水族館の殺人

青崎有吾

夏休みの最中の８月４日，向坂香織たち風ヶ丘高校新聞部の面々は，取材で横浜市内の穴場スポットである，丸美水族館に繰り出した。館内を館長の案内で取材していると，Ｂ棟の巨大水槽の前で驚愕のシーンを目撃。な，なんとサメが飼育員と思われる男性に食らいついている！駆けつけた警察が関係者に事情聴取していくと，容疑者は11人にもおよぶことに。しかも，それぞれに強固なアリバイが……。袴田刑事は，しかたなく妹の柚乃へと連絡を取った。あのアニメオタクの駄目人間・裏染天馬を呼び出してもらうために。“若き平成のエラリー・クイーン”が，今度はアリバイ崩しに挑戦。

主な登場人物

（風ヶ丘高校の人々）

袴田(はかまだ)柚乃(ゆの)……一年生。女子卓球部。文学少女風スポーツ少女。

野南(のみなみ)早苗(さなえ)……一年生。女子卓球部。柚乃の友人。今回も出番が少ない。

佐川(さがわ)奈緒(なお)……二年生。女子卓球部部長。いろいろな意味で柚乃の憧れ。

向坂(さきさか)香織(かおり)……二年生。新聞部部長。裏染の幼なじみ。常にカメラを持ち歩く。

倉町(くらまち)剣人(けんと)……二年生。新聞部副部長。冷静沈着な頭脳で部長を助ける。

池(いけ)宗也(そうや)……一年生。新聞部。かわいさを追求する系男子。

八橋(やつはし)千鶴(ちづる)……二年生。元生徒会副会長。前回、裏染に弱みを握られる。

裏染(うらぞめ)天馬(てんま)……二年生。どういうわけだか校内に住みついている駄目人間。

（緋天学園の人々）

忍切(おしきり)蝶子(ちょこ)……高等部二年生。関東最強の女子卓球部員。佐川をライバル視する。

裏染(うらぞめ)鏡華(きょうか)……中等部三年生。あの兄にしてこの妹あり。

（水族館の人々）

西ノ洲雅彦（にしのすまさひこ）……横浜丸美（まるみ）水族館館長。物好きなとっちゃん坊や。

綾瀬唯子（あやせゆいこ）……副館長。あるいは館長補佐、もしくは秘書。お好きな肩書きでどうぞ。

和泉崇子（いずみたかこ）……飼育員チーフ。いちいち声が大きい。

代田橋幹夫（だいたばしみきお）……飼育員・熱帯魚担当。子供嫌いで短気な男。

芝浦徳郎（しばうらとくろう）……飼育員・淡水魚担当。勤続四十年のベテラン老人。

雨宮茂（あめみやしげる）……飼育員・イルカ担当。冗談好きの優男。

滝野智香（たきのともか）……飼育員・イルカ担当。雨宮の後輩。健康美人。

大磯快（おおいそかい）……飼育員・研修生。短髪、寡黙の好青年。

船見隆弘（ふなみたかひろ）……事務員・経理担当。何事においても適当な男。

津藤次郎（つとうじろう）……事務員・搬入担当。サボリ癖が玉に瑕（きず）。というか、だいぶキズ。

水原暦（みずはらこよみ）……事務員・展示レイアウト担当。芸術はパーマだ。

緑川光彦（みどりかわみつひこ）……獣医師。ただの人間には興味がない様子。

仁科穂波（にしなほなみ）……バイト学生。背の低い、おとなしい女性。

深元（ふかもと）……飼育員・サメ担当。

〈警察の人々〉

仙堂（せんどう）……県警捜査一課。叩き上げの警部。

袴田優作（はかまだゆうさく）……県警捜査一課。仙堂と組む若手刑事。柚乃の兄。

吾妻（あづま）……磯子署の刑事。気配りができるタイプ。

水族館の殺人

青崎有吾

創元推理文庫

THE YELLOW MOP MYSTERY

by

Yugo Aosaki

2013

目次

水族館の殺人

横浜丸美水族館

B棟バックヤード（一部）

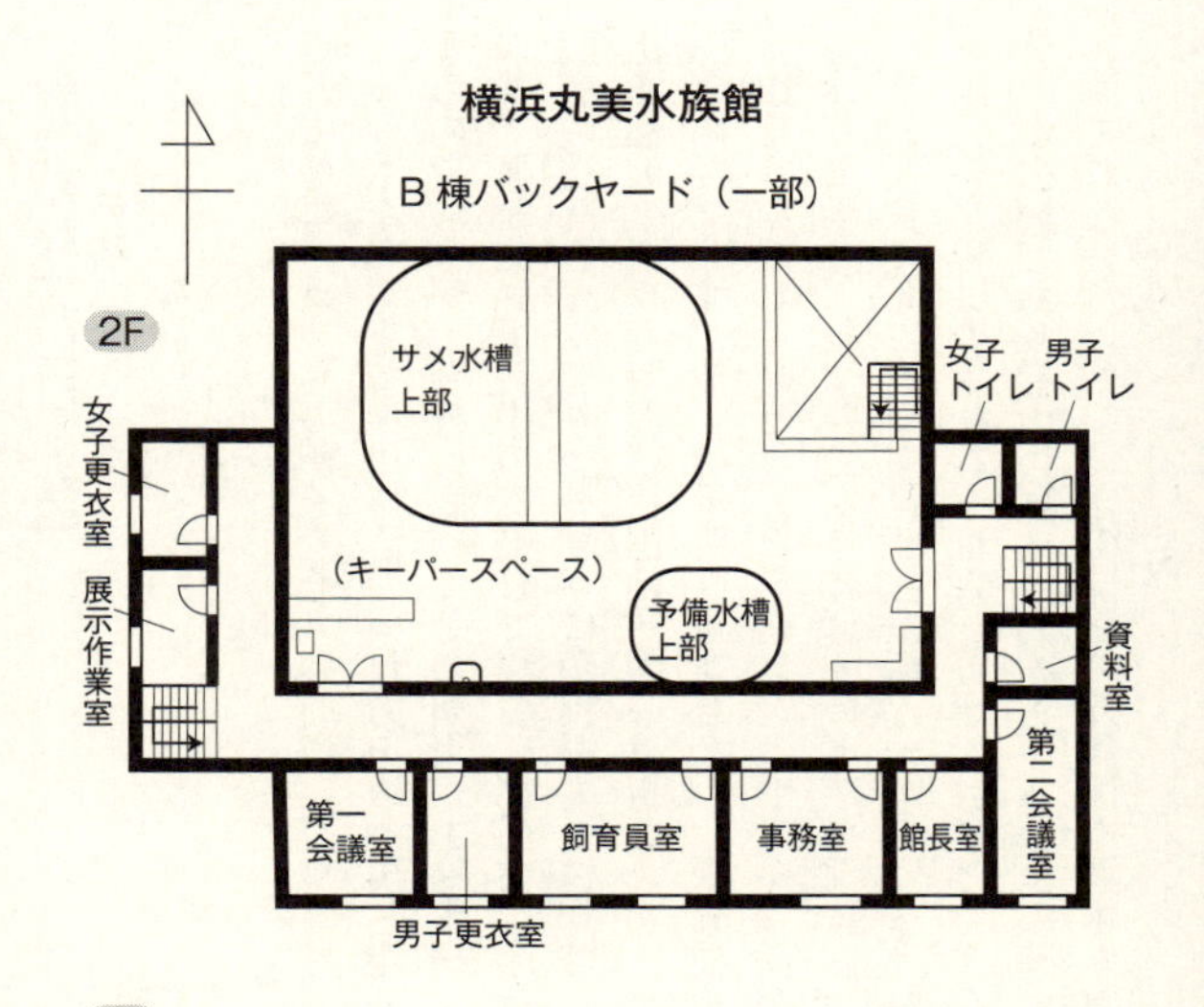

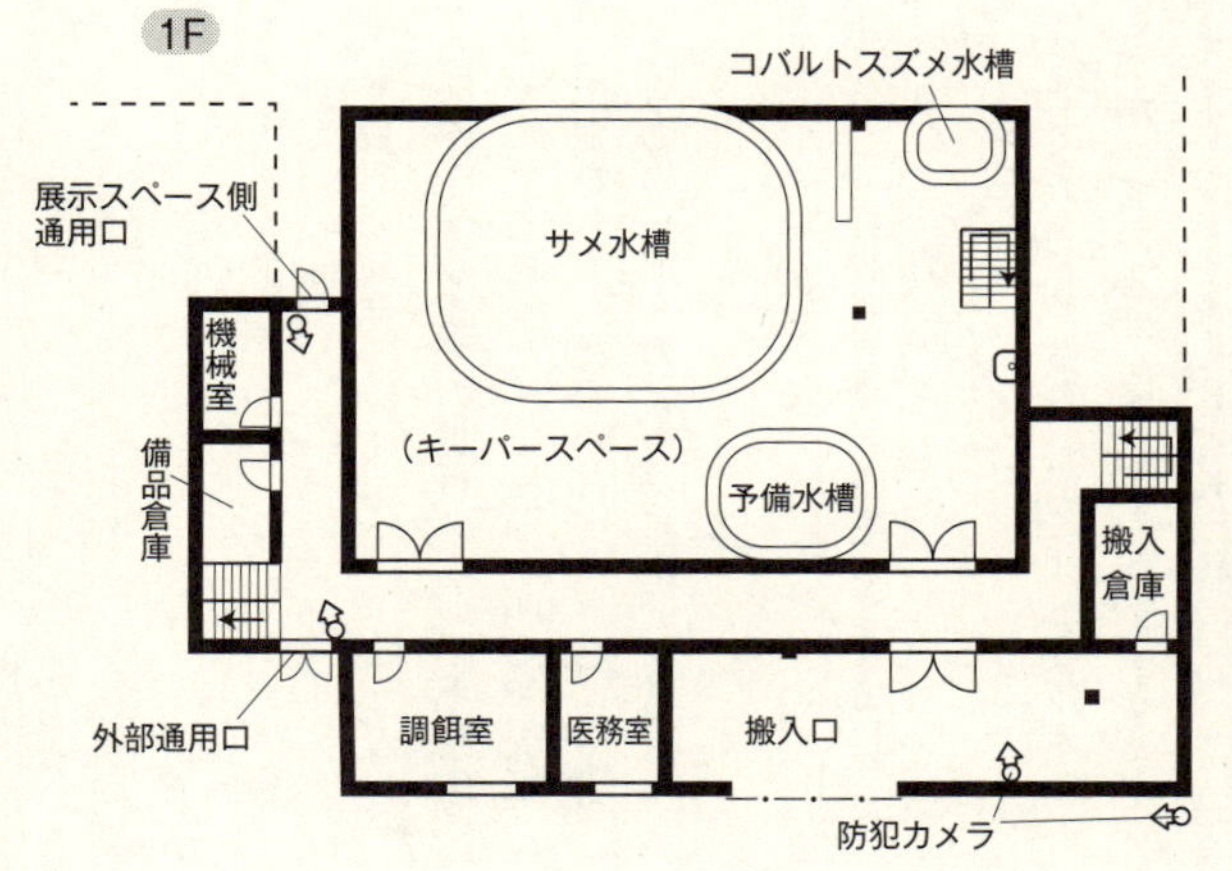

賑やかなプロローグ

弱冷房車に乗ったのがそもそもの間違いだった。

いつもなら電車で冷房を浴び、体力を取り戻したのち駅から学校までの数百メートルを踏破するのであるが、今日に限ってその回復が中途半端に終わってしまった。気温三十四度、天気快晴、連続記録更新中の真夏日である。部活前に余計な出費をしてたまるかと、コンビニや自販機の誘惑を振り切りつつどうにか校門まで辿り着いたものの、前庭のアスファルトから立ち上る熱波を浴びた瞬間、袴田柚乃の心は折れた。

だめだ。今すぐ涼しい場所へ避難したい。水分補給しないと身が持たない。

頭をうなだれさせると、セミロングの毛先から汗が垂れた。蟬の鳴き声に押されるようにふらふらと歩き、気づいたときにはそのドアの前に立っていた。

第二校舎の北に建つ文化部部室棟。一階の、一番西側の部屋。

虫食いだらけの木札に〈百人一首研究会〉とくすんだ筆文字。ドア脇の小窓には厚手のカーテンが引いてあり、中の様子はわからない。当然鍵もかかっている。〝開かずの部室〟と密かに噂されているいわくつきの部屋の外観は、夏休み中でもいつもどおりだった。

一応礼儀をわきまえ、入る前に軽くノックしてみる。返事はなかった。どうせ寝ているのだろう。柚乃はかまわず、合鍵を使っていとも簡単に〝開かずの部室〟のドアを開いた。

まず感じたのは、

「……寒い！」

心地よさを通り越して、二の腕を押さえてしまうほどの冷気だった。背後でギラつく太陽が嘘のようだ。汗は一瞬で乾き、肌に張りついたブラウスもふわりと元に戻る気がした。

昼間だというのに部屋の中は暗かった。電気は消され、カーテンの隙間からわずかに陽が差している。ドアを閉め、内側の鍵をかけると、柚乃は壁を探って電気を点けた。

相変わらずの惨状だった。

床を埋め尽くすように散らばり積まれた、漫画、雑誌、ＤＶＤのパッケージ。大小のかわいらしいフィギュアと本屋の紙袋とネット通販のダンボールが合間合間でひょこひょこ顔を出し、右手のスチール製の棚にも、その両脇の小型冷蔵庫や電子レンジの上にも、窓際に置かれた机にも、中央の白塗りのちゃぶ台にも、とにかく物が置けるスペースには一切の隙間なく、容赦なく、脈絡もないまま、二次元サブカル品の数々が並べられていた。汚く丸められた服もあちこちに放置してあり、お祭り状態に負の彩りを添えている。

壁とて例外ではなく、ずらりと貼り巡らされたポスターとカレンダーからは今日も二十人ほどの美少女が笑顔を振りまいていた。前と微妙にラインナップが変わっており、柚乃の正面には新顔がいる。真っ赤な髪にドクロの髪留めをつけた上半身ビキニの少女がこちらへ向かってライフルを構えている図。物騒である。

唯一被害の少なさが見受けられるのは、左側の壁に沿って置かれたベッドくらいなものだ。必然的にその場所のみが家主の生活空間と化しており、今も毛布の塊がすうすう寝息を立てているところだった。

……人が暑さと戦っているときに、この男は。

足の踏み場を見つけつつベッドに近づくと、柚乃は練習着や水筒が詰め込まれたスクールバッグを振りかぶり、毛布の塊に叩きつけた。「あう」と情けないうめき声。

「なんだ？ どうした？ 朝か？」

「昼だ！」

柚乃が毛布を剝ぎ取ると、部屋の主はようやく身を起こした。

十代の少年である。長く伸びた前髪に、すらりと細い体。眠たげな二重まぶたは起きがけの今に限ったことではない。夏休みに入り制服を着る必要がなくなってからはずっとよれよれのTシャツ姿なので、なおさらだらしなく不健康に見える。

真っ黒な瞳を柚乃へ向けると、彼は寝起きの顔をしかめた。

「なんだ袴田妹か。急に起こすなよ」

「こんな時間まで寝てるほうが悪いです」

「夏休みなんだからずっと寝てたっていいだろ」

「裏染(うらぞめ)さんは平日もずっと寝てるでしょうが。夏休みくらい早起きしてラジオ体操でもやったらどうです?」

「あれは疲れるからなあ」

「ラジオ体操で疲れるな!」

　柚乃の叫びにかまうことなく、少年はあくびを一つ漏らす。まだ夏休み前半だというのに、駄目人間に拍車がかかっていた。

　裏染天馬（てんま）。ここ、神奈川県立風ヶ丘（かぜがおか）高校の校内に無断で住み着く問題児。部員のいなくなった百人一首研究会を占領し、家具と家電と私物を思いきり運び込んで、部室の中で寝起きしているひねくれ者。

　柚乃がこのおかしな先輩と知り合ったのは六月末のこと。旧体育館で起こったある事件のことで協力を仰いだのだが、その時点ですでに一年以上暮らしていたという。裏染は現在二年生だから、入学とほぼ同時に入居も果たしていたことになる。よく学校側に気づかれないものだとあきれてしまうが、部室の管理は生徒たちに任されているので、意外と簡単にごまかせるのかもしれない。生活は不便そうだが、部室棟の水道やトイレを利用し、近所の銭湯やコインランドリーに通い、悠々自適でけっこう快適だと、少なくとも本人は言っている。

　生徒の中でもこの〝開かずの部室〟の秘密を知っている存在はごくわずかで、だから彼は夏休み中も、風ヶ丘から一駅の近場にあるという実家へ帰省せず、校内で安穏に、ちょっと安穏すぎるくらいに一人暮らしを満喫していた。漫画とアニメに囲まれて、ほとんど外にも出ず、エアコンをガンガン効かせて、ベッドの定位置に寝転びながら。

「で、何しに来たんだ」

「モーニングコールです。朝じゃありませんけどね」

「エアコンと飲み物目当てで来たなら、飲んで涼んでさっさと部活に行け」

言い当てられた。

「べ、別にそんなこと思ってませんし」

「弱冷房車に乗ったのに？」

「…………」

なぜわかった、とも聞けず口をパクパクさせてしまう。裏染は柚乃のスクールバッグを見やり、

「横のポケットに下敷きが挟んである。バッグから出して団扇（うちわ）代わりに使ったんだろ。バッグはかなり膨らんでるから、歩きながら中を探って下敷きを引っ張り出せたとは思えない。とすると下敷きを出したのは電車の中。この時間帯の下り電車はどの車両もガラガラで快適なはずだが、下敷きで顔を扇ぎたくなるほど暑かったなら乗った車両は弱冷房車だ。麦茶でよければ冷蔵庫にある」

ぞんざいに言うと、寝癖のついた頭をぼりぼりかいた。

図星を突かれまくった柚乃は歯ぎしりしつつ冷蔵庫を開ける。電子レンジの上に伏せられたグラスを取り、よく冷えた麦茶を注いだ。ちゃぶ台の前に座ろうと思ったが、スペースがなかった。

「いい加減、部屋片付けません？」

「片付いてる。ものが多いだけだ。見てわからんか」

「わからないから言ってんですよ！」

柚乃が地団太（じだんだ）を踏んだ衝撃で、足元に積まれたＤＶＤタワーが崩れた。

「ああっダンクーガが！　買ったばかりのダンクーガが！」

絶叫しつつもベッドからは動かない裏染。寝床を出る気はないようだ。

「買ったばかりならこんなとこに積んでおかないでください」

「いやそれがほら、六月に臨時収入が入ったろ？　それでいろいろ買っちゃってさ、整理も視聴も追いつかないのなんのって参っちゃうよな、あははは」

「喜ぶな！」

一喝した勢いのまま本の山へローキックを入れる。薄手の大判本が埃（ほこり）を舞い上げ頂上から落下した。

「ああっ原画集が！　三万もはたいて集めたまどかの原画集が！」

「とにかく部屋を片付けてください。あと冷房も効きすぎです」

静かな駆動音とともに年代物のエアコンは強力な冷気を吐き出し続け、向かいの壁に貼られたポスターの端が風になびいている。

「何度に設定してるんですか」

「十六度」

「馬鹿ですか！　二十六度で充分です」

「夏は涼しいに越したことないだろ」

「越しすぎなんですよ涼しさを！　第一、このエアコンも部室についてた備品でしょ。私物化しちゃだめでしょうが」

「いいんだ。学校の備品は生徒のもの。俺はこの学校の生徒。したがって学校の備品は俺のもの。証明終了」

「何一つ証明されてない！」

　麦茶を飲みながら話してるのになぜか喉が疲れる。

「いちいちやかましい奴だな、文句があるならここに来るなよ……待てよ。そもそもお前、なんでこの部屋に入れたんだ？　鍵はどうした」

「ああ、それは」

　答えようとしたとき、背後でノックの音がした。どなたですか、と問う間もなく鍵が開けられ、制服姿の少女が現れた。

「やあやあご両人おそろいで」

　落語のようにお気楽な挨拶。レッドフレームの眼鏡と、ショートヘアを留める赤いヘアピン。首から提げた一眼レフのカメラも健在だ。

「香織（かおり）さんにもらいました」

　柚乃はちょうどいいタイミングでやって来たその少女――向坂（さきさか）香織を指さした。

「香織さんがいつでも遊びに来てねって言って、合鍵作ってくれたので。ね、香織さん」

「え？　うん、作っちゃいました」

「勝手に作るな！」

「ところでさあ」

家主の怒りにも散らかったものにも動じず、香織はスムーズな動作で部屋に分け入ってくる。さすが、柚乃よりも先にこの場所の秘密を知っていた唯一の生徒。何もかも手馴れている。ちゃぶ台の前に腰を下ろしてから、彼女はこちらへ声をかけた。

「柚乃ちゃん、水族館行きたくない？」

「すいぞくかん？」

——水族館。

突然振られた話にもかかわらず、ついさっきまで苦しめられた暑さも手伝って、その単語はひどく魅力的に聞こえた。

水槽に囲まれた屋内の楽園。淡い光の中に次々現れる生き物たち。楽しげに泳ぐイルカと、アシカと、魚たちと。ペンギンなんかもいるかもしれない。きっとかわいいに違いない。かわいい上に涼もとれるだろう。一石二鳥だ。部活ばかりのこの夏、たまには遊びに行くのも——

「行きたいです！」

考えるよりも先に、本能が答えていた。

「本当？　実は、増刊号の特集でね。水族館に取材に行くことにしたんだけどさ」

「増刊号。新聞部のですか?」

「うん。夏休み中に出すの」

香織は新聞部の部長である。「風ヶ丘タイムズ」と題されたその新聞は月二回のペースで発行されており、なんでもかんでも記事にする姿勢が生徒間では割と好評を得ている。

「休みの間に学校新聞作ってどうすんだよ」

「部活しに来た生徒に配るの」

「……休みなのに、学校に来る奴がそんなにいるのか。信じられんな」

休みなのに学校で暮らしている奴が、何を言うのやら。

「で、丸美(まるみ)水族館にアポ取ったんだけど、部員が一人行けなくなっちゃって。もったいないから誰か来れないかなーと」

横浜丸美水族館。横浜近郊にある、隠れレジャースポットとして知られる水族館だ。柚乃も小さいころに、年の離れた兄と遊びに行った記憶があった。

「取材とかちょっと手伝ってもらうと思うけど、柚乃ちゃん、それでも来てくれる?」

「もちろんです!」

もう一度、即答。

「いつですか?」

「明後日(あさって)。八月四日」

「えっ」

丸美水族館への期待は、膨らみ始めと同じように急速に弾けて消えた。

明後日は卓球部の試合があるのだ。練習試合だが四校合同の大規模なもので、外すわけにはいかない。

「すみません、その日は大事な試合が……」

「えー、そうか……困ったなあ」

柚乃が泣く泣く断ると香織は腕組みし、ベッドに寝ているもう一人のほうへ顔を向けて、

「じゃあ、天馬来てよ」

「やだ」

「そう言わずにさあ。楽しいよ？　お魚いっぱいだよ」

「魚ならユーチューブでも見れる」

香織がやって来たのは勧誘のためだったようだ。やはりと言うべきか、幼なじみの誘いにも裏染が重い腰を上げる様子はなかった。

「行ってあげればいいじゃないですか、裏染さんどうせ暇でしょ」

「こう見えて忙しいんだ。録り溜めたやつの視聴とか買ったもんの整理とか」

「整理なんてする気ないでしょうが。あ、そうだ、部屋を片してください！」

「だから、いやならここに来るなっての」

話題が一周してしまった。

「そんな言い方ないじゃない」

冷蔵庫からカップ入りの水羊羹を取り出しながら、香織がたしなめるように言う。この部屋に来ると彼女は大抵何か食べている。裏染は渋い顔をし、

「……まあ、百歩譲って袴田妹、お前はいいよ。でもさあ、問題は」

ドンドンガチャガチャバタバタン。

「すみませーん、柚乃いますか」

壮絶なやかましさとともにノックと開錠とドアの開閉と挨拶とが同時に行われ、新たな少女が部屋に入ってきた。インドア派な見た目の柚乃とは対照的な溌剌とした肌と、後ろで揺れるポニーテール。服は制服ではなく、卓球部の青い練習着だった。

「あ、やっぱりここにいた。部活始まるよ、早く部室行こうよ。あれ？　何ここ寒い！」

「お前だよ、お前！」

裏染は第三の訪問者・野南早苗へ向け、指を思いきり突きつけた。事情を知らぬ彼女は「え、なんすか」と呑気に返す。

「なんでお前も出入りしてんの？　お前俺と接点ないだろ！　あとなんで鍵も持ってるんだよ！」

「えー、水くさいこと言わないでくださいよ友達じゃないですか。あ、『ばらかもん』の新刊だ。借りていいですか」

「借りるな！　そして友達じゃないから！　いつ友達になったんだ！」

「やだなあ裏染さん、柚乃の友達はあたしの友達。裏染さんは柚乃の友達。したがって、裏染

さんはあたしの友達。証明終了」

「何一つ証明されてねえよ！」

ヒステリックな叫びのあと矛先は柚乃のほうへ向き、

「袴田妹！　なぜこいつにここを教える！」

「ここに来るたび早苗をごまかすの、面倒だったんで」

「面倒くささで秘密をばらすな！」

「ちなみに早苗の合鍵も香織さんに作ってもらいました」

「作っちゃいました」

「だから勝手に作るな！　あと俺の水羊羹を食うんじゃない！　ぬらりひょんかお前は！」

香織が食べているのは裏染のおやつだったようだ。

「ところで早苗ちゃん、水族館行きたくない？」

「え、行きたいです！　いつですか？　明後日？　行きます行きます！」

「こら、明後日は練習試合」

「あ、そっか。ごめんなさい香織さん、行けないです」

「お前ら人の話を聞け！」

女三人寄ればなんとやらとはよく言ったもので、こうなると裏染に分はなかった。ぜえぜえ息を切らすと、彼は頭を抱えて再びベッドに倒れ込んだ。

「最悪だ……貴重な夏が……」

「寝てるだけじゃないですか」

どうせなら最悪のついでだ。柚乃は枕元に近づくと、そこに置かれている小さなリモコンを手に取った。色あせたディスプレイに〈16℃〉の表示。

「……何する気だ」

「エアコンを止めます」

「よせ、やめろ！　ふぁあっ」

リモコンを取り返そうと跳ね起きる裏染を、柚乃は額を押すだけでもんどり打たせる。最近気づいたのだがこの男、頭はよくても運動にはめっぽう弱い。

ボタンを押すと、ピッと小気味よい音に乗って電波が飛び、送風口が閉じられた。

「だめですよ裏染さん、電力不足の夏なんですから。ストップ節電！」

「節電をストップしてどうする」

「……と、とにかく、冷房の効かせすぎはいけません。体にも悪いです」

リモコンを置こうとしたところで、柚乃はふと思いついた。

このまま返しても自分たちが出ていったあとで、すぐ元の状態に戻されてしまうだろう。裏染は今、倒された姿勢のままうつ伏せになっている。エアコン本体には手動のスイッチがついているが、入／切の操作しかできないようだ。それなら――

一瞬の隙を突いて手早く設定温度を最大限まで上げ、さらに暖房モードに切り替えると、柚乃は手に持ったそれを放り投げた。綺麗な半円を描き、リモコンは棚の前に積まれた漫画の山の中に消えていく。え、と裏染が顔を上げたときにはもう遅かった。

「お前……何した？」

「部屋を片してリモコンを見つけるまで、冷房入りませんからね」

にこり。

「悪魔かお前は！」

個人的にはかわいらしい笑顔のつもりだったが、裏染にはそう見えなかったようだ。

「よし早苗、部活行こう」

「うん。あ、裏染さん、これ借りてきますね」

「じゃあ天馬、行く気になったら連絡してね」

「おい待てこらふざけんな！　どうすんだよリモコン！　おい！　ええい、くそ！」

悪態を背に、柚乃たちはさっさと部屋を出ていく。閉まるドアの向こうから最後に聞こえたのは、覚えてやがれえ、という時代劇めいた台詞だった。結局、なんだかんだ言って彼は一度もベッドから下りなかった。ものぐさの執念ここに極まれり。

「じゃ、またね」

校舎の前で香織と別れ、柚乃たちは運動部部室棟のほうへ。部屋の寒さに慣れた体は灼熱の外気を喜んで受け入れたが、それは最初の数歩だけだった。女子卓球部の部室が見えてきたころ、ブラウスはまた肌に張りついていた。

「暑い……」

わかりきっていても思わず声に出てしまう。うん、と早苗は応じ、

「香織さん、水族館行くんだってさ」

「うらやましいね」

「水族館行くんだってさ」

「いや、二度言わなくても」

「だって行きたいじゃん……」

「行きたいねえ」

「ペンギンとかを愛でたい」

「イルカとかもね……でも」

試合を抜けるわけにはいかない。このために、夏の前半を部活に捧げてきたのだから。

二人は部室のドアを開いた。中に入っても暑さは変わらず、むしろ人がこもっているぶん外より温度が増していた。六畳間に居並んで着替える十四人の部員たちと、申し訳程度に回る壊れかけの扇風機。

「袴田遅い。早く準備して」

部屋の奥から部長が、いつものように凛とした声で指示を飛ばした。どんなときも実直な彼女を見ていると、暑さに負けてる場合じゃないという気になってくる。そんな部長の下で部活動できるなら、それはそれで楽しい夏だ、とも。

「はい、すみません」

柚乃は返事をしながら自分のロッカーを開け、練習着に着替え始めた。水族館への儚い希望は、心の奥にしまい込んだ。

その数日後、いやというほど夢見た場所へ行くはめになるとは、このときは予想もしていなかった。

第一章　夏と丸美と私と死体

1　凪ケ丘タイムズ・タイム

「お待たせ」

「おお倉っち、おはよう！　元気？」

「向坂ほどじゃないけど、元気だよ。相変わらず早いね」

「いやあ、わくわくしすぎて四時に起きちゃってさあ。やることなかったから」

「四時起きでそのテンションとは恐れ入るよ」

「倉っちは相変わらず時間どおりだね」

「まあね。……その倉っちって呼ぶの、やめてくれない？　車の部品みたいな気分になる」

「えー、いいじゃん別に。倉町も倉っちも大差ないでしょ」

「だいぶ違うよ。それは向坂のことを、さきいかって呼ぶようなものだよ」

「お、倉っちが珍しくジョーク的発言を！　さきいかて！　イカて！　水族館だけに？」

「関係ないから。ところで池ちゃんは？」

「まだ来てないけど……あ、あれじゃない？」

「え、どれ」

「ほら、今改札から出てきた。ニコニコマークのバッグの」

「ああ池ちゃんだ……相変わらずよくわからないセンスだなあ」

「どうも、お待たせいたしました！　おはようございます！」

「おはよう」

「おはよ～。池ちゃん、今日もいけてるね！」

「本当ですか！　このバッグ、デパートのキッズコーナーで買ったんです。かわいいでしょ」

「なぜ君は事あるごとにかわいさを追求しちゃうの……」

「似合ってませんか？」

「いや似合ってるけど」

「じゃ、ぼちぼち行こっか」

「三人だけですか？」

「うん。結局誰も捉まらなくてさあ」

「まあ、写真とメモと聞き手で三人いればなんとかなるかな」

「大丈夫大丈夫、倉っちは優秀だから」

「えっ、倉町先輩だけですか？　僕は？」

「池ちゃんはかわいいから」

「あ、そうか」

「納得しちゃだめだよ池ちゃん。向坂も適当なこと言わないの」

八月四日、午前九時十五分。人で賑わうJR根岸駅出口、アーチ形の小洒落た天井の下に、そんなやりとりを交わす制服姿の少年少女たちの姿があった。

朝っぱらからやたらと元気な彼女は、もちろん新聞部部長・向坂香織。ヘアピン・眼鏡・制服のリボンで三点そろった赤と、胸の中心で黒光りするいかつい一眼レフとのギャップが激しく、なんとも異彩を放っている。

香織から倉っち、倉っちと呼ばれる少年の本名は、倉町剣人といった。無表情ながらどこか西欧を感じさせる彫りの深い顔立ちで、彼もまた人目を引いていた。彼は香織と同じ二年生で、新聞部の副部長、部長のよき右腕である。

そして、二人のあとをちょこちょことついてゆくもう一人の少年。無邪気な童顔と低い背丈、さらには本人の子供っぽい趣味も手伝って、高校一年生とはとても思えない。スマイルマークの黄色いバッグに中身がはみ出るほど取材道具を詰め込み、デジカメを手にして歩く姿は、まさしく本当の意味でのカメラ小僧だった。彼の名は、池宗也といった。

以上三名、風ヶ丘高校新聞部メンバー。

「方向こっちでいいんだっけ？」

「うん、とりあえず一本先の通りに出るから」

「いやあ、楽しみですねえ」

彼らが今日集まったのには理由がある。

言うまでもなく、風ヶ丘タイムズ増刊号の特集記事、横浜丸美水族館の取材のためであった。

横浜丸美水族館は、横浜港の端に建てられた小規模な水族館である。

創設は一九六五年と、全国的にみてもそこそこ歴史が古い。もともとは市営の施設であり、そのときの名は「横浜みなと水族館」。昭和の終わりまではそれなりの集客数を保っていたが、水族館ブームが起こり、遊園地と一体になった金沢区の八景島シーパラダイス、関連施設を統合しリニューアルオープンした新江ノ島水族館など、県内・市内の対抗馬が台頭するとたちまち人気を奪われ経営が悪化。やむをえず閉鎖取り壊し、という直前に、無類の魚類好きであった丸美飲料の社長が道楽で権利を買い取り、それ以降半官半民の「横浜丸美水族館」として再スタートする。

改名後も規模の小ささには変わりなかったのだが、新館を増築し、人気筋のイルカショーを取り入れるなどして少しずつ盛り返し、近年では全盛期の勢いを取り戻しつつある。特に強みになったのは恵まれた立地条件だ。横浜駅から電車で十分という行きやすさ、それでいて観光ガイドには丸美のまの字も見せぬという知名度の低さが逆に地元心をくすぐり、市民の間では穴場スポット、隠れた名所として親しまれている――

「らしいよ」

「知ってるよ」

香織渾身の講義は、倉町の一言に叩き斬られた。

「丸美のホームページに書いてあったじゃない。昨日見たよ」

「僕も見ました」

「くぅ、全員知ってたか。ネット社会の弊害……」

「弊害は向坂でしょ。安易にコピペしないの」

「だって本当に資料が少なくて」

ガイドブックにまったく載らないという触れ込みは本当であった。が、それならそれで直接取材のし甲斐があるというものだ。

「じゃ、『丸美のアイドル』ってのも見た？　白いイルカと、クマノミと、サメが人気だって」

「ああ、見た見た。レモンザメだっけ。二メートル超えだってね」

「池ちゃんなんか一口だね」

「不気味なこと言わないでくださいよ……」

軽口を叩き合いながら横須賀街道をしばらく進み、左に折れる。まだ昼前だというのに、アスファルトの熱で道の向こうの景色が揺らめいていた。並木の日陰を辿りつつ歩道を行くのは、親子連れに若いカップル、中高生のグループがほとんどで、いずれも軽快な服装だった。どこかでレジャーを楽しむらしい彼らの目的地はただ一つ。香織たちもその流れについてゆく。

「おおっ」

やがて陽炎(かげろう)の中に、揺らめく空から溶け出したような色合いの、水色に塗られた建物が姿を現した。

涼しげなガラス張りの二階がよく目立つ、全体的に平たい印象の建築。エントランスから延びた屋根が日陰を作り、横手に張り出したテラス部分は緩(ゆる)いカーブを描いている。その奥に顔を覗かせる新館らしき建物も円形、入口前の広場に設置された噴水も円形で、ここから見ると背の順に並んだ三兄弟のようだった。正面に掲げられた、かわいらしいクラゲが描かれた看板には、キャラクターと一緒に丸っこい文字が躍っていた。チビっ子への配慮か、漢字にはきちんとルビが振ってあり芸が細かい。

建物のすぐ向こうは海沿いを走る首都高の高架、さらにその先は埋め立てた工業地帯である。そんな町と港の境目に建てられた、遊び心溢れる館。

看板に書かれた文句は、よく言えばわかりやすく、悪く言えば極めて安直だった。

――〈ようこそ、横浜丸美水族館へ〉

「着いたよ倉っち！　丸美水族館だよ！」

「見ればわかるよ」

到着の感動も、冷静な副部長にはさっぱり通じない。

「来るのは久しぶりですけど、変わってませんねえ」

池には少し通じたようだ。

「あたしも小学校以来だから、懐かしくってしょうがないよ」

「僕も遠足で来たかな。やっぱりみんな一度は来てるんだ」

さすがは地元密着型の水族館、市民たちの思い出には深く根を張っていた。

広場の噴水まで来たところで、ようやく香織の愛機・ニコンのデジイチの出番となった。真夏日の空は今日も晴天で、絶好の撮影日和である。

噴水を手前に入れて外観を二枚。さらに建物に近づき、入口を接写。入ってゆく親子の手をつないだ様子が実に幸せそうで、なかなかいい画が撮れた。その後ろでは、「部長ばっかりずるい」などとぼやきながら池もデジカメを使い何枚か写す。

「向坂、時間は大丈夫？」

「ええと、九時半だから……うん、ちょうどいいや。行こう。レッツラゴン！」

古くさいことを叫びながら、香織はいよいよ水族館の中へ駆け入った。池が小柄な体を全力で動かしそれを追い、倉町はのんびりと歩いてついてくる。

学校の日常とは違う、出張版の部活動。

楽しい一日になりそうだ。

＊

厳しい一日になりそうだ。

同じころ、県立風ヶ丘高校の旧体育館で、袴田柚乃はそんなことを考えていた。

光や風の邪魔を防ぐために引かれたカーテンと、閉めきられた四方の扉。密閉空間の中、空気は静かに燃えていた。それは何も、熱気がこもっていて蒸し暑いという意味だけではなく――いや実際、気温はかなりの高さなのだが――この場所に集まった少女たちの間に見え隠れする緊張感が、そう感じさせるのだった。

壁際で固まる三つのグループを見分けるのは簡単だ。ユニフォームの色でわかる。相手はそれぞれ黒と白、柚乃たちは青。胸にイニシャルが入った襟付きのユニは、久々に着るとやたらと動きにくく感じた。

「まだ始まらないんですか？」

時計が開始時刻の九時半を指したとき、早苗が部長に尋ねた。

「緋天（ひてん）が到着するまで、少し待機だって」

「本当に来るんですか？　ドタキャンとかじゃ」

「新体育館の男子のほうは時間どおりに来たっていうから、女子も大丈夫でしょ」

「遅れてくるとは……王者の余裕ですかね」

「そうかも。だったら、返り討ちにしてあげなきゃ」

アキレス腱を伸ばしながら答える部長の言葉は、軽やかだった。強豪との試合を目前にしても、彼女だけはいつもどおりだ。

勝てそうですか、と横から口を出そうとして、柚乃は思いとどまった。下手にプレッシャーをかけるのも申し訳ない。代わりに、早苗に小声で話しかける。

「佐川（さがわ）さん、自信ありげだね」

「そりゃもう、我らがエースだから」

友人は自分のことのように、得意げに胸を張った。

四校合同の練習試合は、今年で七回目を数える卓球部の恒例行事である。誰が言いだしたのやら、私鉄沿線のご近所関係にある学校同士で練習試合をし、交流を深めましょう、というコンセプトらしい。現に今日ここに集まるのは、いずれも風ヶ丘からほど近い場所にある最寄りの三校だ。

お隣は唐岸町（からきし）の公立校、市立唐岸高校。

駅の反対側に位置する私立校、横浜創明（そうめい）高校。

そして、国大近くに広大な土地と千人以上の生徒数を抱え、関東屈指の名門として知られる、私立緋天学園高等部。

ここに風ヶ丘を加えた四校で、ローテーションで開催校を変えつつ、毎年夏に試合を行っている。

この練習試合の特徴は、何しろ距離の近さだけを基準に集められた四校であるから、実力の差が大きくあるという点だ。序列を挙げれば、まず全国にも名を轟（とどろ）かせる緋天が群を抜いて最強。第二位に古豪として知られる唐岸、次いで中堅の風ヶ丘、やや劣って創明、といったところか。

とにかく四校の中では緋天学園の強さが際立っており、こうなるともはや、互いに磨き合うなどという精神は通用しない。残された唐岸、創明、風ヶ丘の意識は、今や「いかにして緋天に一泡吹かすか」というそこだけに集中していた。そもそも全国レベルと試合が組めるというだけでめったにないチャンスであり、これを逃す手はないのだ。

特に今年は当たり年だった。愛知で行われるインターハイが間近に迫っており、そこに出場を決めている緋天の主力メンバーは補欠を含め、全員遠征中なのである。すなわち、今日この場所にあまり強い選手は来ない。形だけでも悲願を果たしえるというわけで、三校は例年よりもはるかに色めき立っていた――といっても、一年の柚乃にとっては初めての合同練習試合で、すべては先輩から漏れ聞いた話なのだが。

少なくとも、場の緊張感は本物だった。選手たちは準備体操をしたりラケットで球突きをしたりと思い思いに過ごしながらも、じっと王者の登場を待っていた。もちろん柚乃たちもその例外ではなく、むしろ打倒・緋天への情熱は他校よりもはるかに上だった。

なんといっても今年の風ヶ丘には、佐川部長がいるのだから。

柚乃は、ストレッチ中の部長をちらりと見る。くっきりした魅力的な目元と、均整の取れた健康的な体。ショートカットの黒髪が、屈伸の呼吸に合わせて揺れている。

自他ともに認める中堅校の風ヶ丘の中で、段違いの実力を誇る傑人が一人。それが佐川奈緒だった。その力が緋天にも劣らないというのは決して贔屓目ではなく、現にこれまでの個人戦では毎回その喉元に食らいついており、緋天のエース選手から個人的にライバル視されているほどである。

部長なら、佐川さんならきっと王者にだって勝てる。しかも相手は二軍三軍。楽勝、のはず。

「どうだ、コンディションは。勝てそうか？」

顧問兼コーチの増村（ますむら）が近づいてきて、部長に声をかける。柚乃が聞こうとして遠慮したことを、平然と口にされてしまった。

「調子はいいですけど、実際に相手を見ないとなんとも」

「ま、来るのは一年が中心の二軍三軍だからな。リラックスしていけ」

「そうですね。忍切（おしきり）さんとかが来ないなら、どうにか……」

「そうそう、忍切と張り合える奴が、下っぱに負けるわけないって。楽勝楽勝」

快活に笑いながら増村は部長の肩を叩いた。コーチの立場とは思えぬあっけらかんとした励まし方だったが、裏表のない彼らしいといえば彼らしい。

「とにかく今年は最大のチャンスだからな、頼んだぞ。まあ、まだ相手が来てないけど」

「遅れてる理由とかわからないんですか？」

「さあ。遅刻するって一言連絡が来ただけで、どうにも……」

「あ、来た」

いち早く気づいたのは、やはり目ざとい早苗だった。

閉めきられていた金属製の扉が開かれ、きっかり五分遅れで、王者の軍団はやって来た。

監督に引率され、一人ずつ「よろしくお願いします」と頭を下げて体育館に入ってくる少女たち。まだユニフォームではなく、制服姿である。紺というよりも黒に近いセーラー服と、夏だというのに厚手のスカート。所作も恰好も重々しい。

「遅れてしまいすみませんでした」

サングラスをかけた初老の監督が、今年のホスト校である柚乃たちのほうへ歩み寄り挨拶した。増村は、いえいえとスポーツ刈りの頭を振る。

「たいした遅れじゃありませんから。何かトラブルでも？」

「飛び入りで参加したいという部員を、一人待っておりまして。それで」

「飛び入り？」

増村に釣られて、近くにいた柚乃たちは体育館の入口を見やった。ちょうど、緋天の最後の一人が礼をするところだった。

「うそ、あれって」

彼女が頭を上げた瞬間、どこかの学校から悲鳴にも似た声が上がった。動揺は一斉に広がる。本物？　すごい。愛知に行ってるんじゃ？　なんでここにいるの？

柚乃たちも、目を疑った。

高い背丈と、微笑の浮かんだ美しい顔。彼女のことは知っていた。大会の表彰式や雑誌などでたびたび見かける。佐川部長がたった今口に出していた、緋天の主力として活躍している少女。今日ここに来るはずのなかった人物。

「忍切、蝶子（ちょこ）だ……」

呆然としたまま、早苗が彼女の名をつぶやいた。

まさしく、厳しい一日が始まろうとしていた。

2　丸美の愉快な仲間たち

小規模とはいうものの、館内図で確認する限り、丸美水族館の大きさは決してがっかりするほどではなかった。

入ってすぐ、エントランスホールやフードコートつきのこの場所が、横浜近海の海を再現しているA棟。そこから連なる四角い建物がB棟で、クラゲ水槽や目玉のサメ水槽があるらしい。イルカショー用のプールを囲むように造られた新館のほうには、熱帯魚の泳ぐサンゴ礁(しょう)水槽の表示。ちょうど二時間で満喫できるくらいのお手軽な広さだ。む、今の文句はなかなかだぞ。

香織は手帳を取り出すと、〈二時間でお手軽に満喫！〉とキャッチコピーを書き込んだ。

「それにしても向坂、よくアポが取れたね」

「粘ったから」

「粘ったんだ……。迷惑だったろうな」

丸美はバックヤードツアーなどの企画は行っていないのだが、香織は事前に事務室に電話をかけ必死で交渉、裏方や館長に直接取材する許可を取っていた。これで単なる水族館の現場レポートではなく、見どころや展示生物についてより深く紹介した記事が書ける。

チケットカウンターで名前を告げるとすぐに事務室へ連絡が行き、今三人は、館内図の前で案内の者を待っている状態だった。吹き抜けのエントランスホールはカウンターの前に列を作った人々の話し声で満ちており、中央に置かれた、看板に描かれていたのと同じクラゲのパネルも、心なしか嬉しそうだ。ちなみにこのキャラクター、丸美水族館の公式マスコットで名前は「マルちゃん」というらしい。もう少しひねりようはなかったのか。

まだ開館してから間がないためか、お客はひっきりなしに入館してきて、列はみるみるうちに長くなる。夏休み中とはいえ、この盛況さも意外である。丸美水族館、あなどるなかれ。おお、今のもいいぞ。

「あなどるな　丸美は予想の　上を行く」

「……川柳（せんりゅう）？」

「見出しだよ、見出し。どう？」

「ノーコメントかな」

「おお、イルカショーやってますよ。先輩、ほらほら！」

苦い顔をする倉町の横では、池が高い声ではしゃぎ回る。

ホールには館内の展示やイベントに関するポスターがたくさん貼られており、その中でも特に目を引く一枚が、イルカショーの案内だった。客席に囲まれたプールで黒いバンドウイルカがジャンプする写真。決定的瞬間を、水しぶきの一粒一粒まで鮮明に捉えている。プールの両端からは、トレーナーらしき二人の男女が手を振っていた。

「かわいいですね。まあ僕ほどではないですが……あ、二頭目も！」

ポスターの隅にもう一頭、白いイルカの写真が小さく載っていた。アオリの文には〈大人気・ルフィンもまもなく登場！〉とある。

「『丸美のアイドル』のとこに載ってたイルカだ。かわいいねえ」

「池ちゃん、種の壁は越えられないよ。負けを認めなよ」

「くっ……イルカもなかなかあなどれませんね」

「そうだね池ちゃん！　まさに『あなどるな　丸美は予想の　上を行く』！」

「え、なんですか。川柳？」

「見出しだよ、見出し。どう？」

「えーと、ノーコメントで……あ」

池が目を泳がせたそのとき、カウンターの奥から一人の女性がこちらへやって来た。

涼しげな半袖の開襟シャツにスリムな黒ズボンと、恰好自体はラフだが、フレームなしの眼鏡と、きちんと分けられた髪の毛と、きびきびした歩き方が、フォーマルな印象を充分に与えてくる人物だった。

「こんにちは。風ヶ丘高校の新聞部の方たちね」

交渉のとき、電話で話したのと同じ声だ。「はいそうです、どうも初めまして」と香織はかしこまって挨拶を返す。確か、電話で聞いた名前は、

「ええと、綾瀬（あやせ）さん……ですよね」

「そう。事務員の、綾瀬です。どうぞよろしく」

そう言いながら、彼女はポケットから名刺を三枚取り出して、新聞部員たちに手渡した。

〈横浜丸美水族館　副館長　綾瀬唯子（ゆいこ）〉と書いてある。

「副館長さんなんですか？」

池がぶしつけに尋ねた。無理もない、目の前に立つ綾瀬という女性はどう見てもまだ二十代で、そこまで偉い役職には見えない。自分でも「事務員」と言っていたし。

「名前だけよ。実際はただの館長補佐。まあ、秘書みたいなものね」

質問されるのが慣れっこになっているかのように、綾瀬はさらりと答えた。香織は慌ててポーチを探り、そんな自称秘書さんへこちらからも名刺を差し出す。ラグランパンチの太い書体で香織の名前を印刷した名刺。大抵渡すと引かれるのだが、綾瀬は素直に受け取ってくれた。

「部長の、向坂香織さん。よろしくね」

「はい。こちらこそ、よろしくお願いします」

「じゃ、さっそく館長のところまで案内しますから。ついてきて」

チケットカウンターは素通りして、そのままエントランスの奥へ。入館無料、しかも副館長の案内つきで入れるのだから至れり尽くせりだ。

〈順路〉の矢印がついたアーチをくぐり、新聞部員たちの取材は幕を開けた。

館内は青に満ちていた。

陽の光は届かず、薄暗いライトだけに照らされた通路。空調がよく効いているのか室温もあまり高くなく、足音は床のマットに吸い込まれる。謎めいた雰囲気と優しく穏やかな色合いが、例外なく、来館者たちにあるイメージを連想させた。

深海だ。

一歩進むごとに、海へ潜っていくような気分だった。青白い光の中に浮かび上がるアクリルガラスの向こうの世界、水の住人たちに、香織は心奪われた。

まず彼らを出迎えたのは、横浜近海を再現した大水槽である。ファインダーに収まりきらぬほどの迫力の中、銀色に光るカサゴやメジナが群れを成し、アカエイの横切る姿は空を飛んでいるかのようだった。回り込んだ先には円柱水槽があり、鮮やかな赤のサクラダイが泳ぎ回っている。さらには海底の岩場を模した岩礁（がんしょう）水槽に、熱水噴出孔の深海生物を小窓から覗く特設展示。ヒトデなどに実際に触ることができるタッチプールでは、子供たちのはしゃぎ声が賑やかだった。どれもこれもが魅力的で、あとでまた回ればいいとはわかっているものの、きびきびと立ち止まることなく歩いていく綾瀬が憎らしいくらいだった。

ときおり、飼育員らしき人間が通路の隅を行き来しており、すれ違うたびに綾瀬と挨拶を交わす。彼らは一様に、丸美水族館のロゴが入った黄色いポロシャツを着ており、腕時計のバンドもそれに合わせた黄色で、腰のベルトには白いタオルを挟んでいた。手に水色のバケツを持っている者も多かった。掃除や餌やりなどに使うのだろう。

彼らの綾瀬に対する挨拶は、決まって「お疲れ様です」という丁寧なものだった。なんだかんだ言っても、副館長の肩書きは伊達ではないらしい。

「あの、今日は取材の許可をくださり、本当にありがとうございます」

　そういえばまだ礼をしていなかったと気づき、香織も前を歩く綾瀬に声をかけた。

「こちらこそ、学校の新聞で取り上げてもらえるなんてありがたいわ。高校生にいいアピールになるもの。まあ、最初は私も反対したんだけど」

「ですよね……」と、副部長がまた苦い顔になる。

「でも、館長がいいじゃないかって言うから。だから、お礼を言うなら物好きな館長に……あ、先生、お疲れ様です」

　通路の分岐から、急ぎ足で出てきた男がいた。今まですれ違った職員たちと大きく異なる点が三つ。まず、彼のポロシャツは黄色ではなく紺色で、丸美のロゴは入っていない。バケツやタオルもなく、代わりにバインダーを一冊持っていた。二つ、彼は副館長に対し「やあ」とひどく単純な挨拶を返した。そして三つ、彼は綾瀬に「先生」と呼ばれた。

「C3のクマノミだけど、やっぱり全部予備水槽に移したほうがいいな」

「そうですか。困りましたね……最初の二匹はどうです？」

「危ないね、だめかもしれない。まあ、代田橋さんとも相談してみるけど。ところでその子たちは？」

　何やら重い会話を交わしたあと、彼は香織たちを一瞥する。四十代半ばくらいか、髪を後ろへ撫でつけ、角ばった黒縁眼鏡をかけている。頬から顎にかけての輪郭がシュッとしており、なかなかハンサムだった。

「高校の、新聞部の子たちです。朝のミーティングのとき話したじゃないですか」

「そうだったっけ？　ごめん、忘れてた」

それだけ言うと、男はバインダーの資料へ目を移した。歩みを速めて、香織たちより少し前を行く。よほど多忙なのか、それともカメラをぶら下げた高校生は、彼の好奇心のお眼鏡に適(かな)わなかったか。

「彼は緑川(みどりかわ)先生。うちの獣医師さん」

綾瀬はそう紹介し、そして耳打ちするようにつけ加える。

「……あんまり、人には興味ないみたい」

順路に沿って通路を抜け、やがて一行の前には、ふわふわ漂うクラゲが次から次へと現れた。ということは、B棟に入ったのだろう。さらにその前方には人だかりができており、小学生の「サメだ、サメだ！」というストレートすぎる歓声が聞こえた。

あそこに、サメ水槽が？

期待に胸膨らましたが、緑川も綾瀬もその直前で右折し、通路の暗がりへ入っていった。新聞部員たちも泣く泣くあとについてゆく。奥には、ドアがあった。

「ここから先が、いわゆるバックヤード。館長室とか飼育員室もこの中」

緑川がナンバー式のロックを開けている間に、副館長が説明する。

ミステリアスでロマンチックなブルーはどこへやら、扉の向こうは蛍光灯の照明に照らされた、ごく普通の廊下だった。リノリウム張りの床がまっすぐ延びており、退屈な光景だったが、それだけに展示スペースとかけ離れた〝バックヤード〟の趣（おもむき）が強く感じられもした。

たとえばそう、天井に丸っこい機械が設置されているのに香織は気づいた。火災報知器か何かだろうか。それともカメラ？　どちらにしろ、堂々と設置する様がいかにも裏方らしい。

右手に〈機械室〉〈備品倉庫〉と部屋の表示が並び、一番奥には両開きのドアがあった。左側には廊下がさらに延び、右側は階段。地下と二階の二方向へ続いている。

その場所で、二人の職員は別れた。緑川は左の廊下へ向かい、綾瀬は階段のほうへ。医師は別れる直前、副館長に「代田橋さんに、下の医務室に来るよう伝えといて」と言伝（ことづて）した。

彼女は了承して、それから香織たちに、

「地下は濾過（ろか）水槽になってるの。館長室は二階ね」

と、今度は階の説明。

香織たちも綾瀬に続いて階段を上ろうとしたとき、すぐ後ろの〈備品倉庫〉と書かれた扉が開いた。そして、中から一人の女の子が出てきた。

少なくとも、香織には彼女が正真正銘の〝女の子〟に見えた。背は自分とほとんど変わらず、むしろ低いくらいで、顔立ちもあどけなかった。飼育員の黄色いポロシャツを着ていなかったら、取材に来た高校生がもう一人いたのかと勘違いしていただろう。

髪をおだんご風に結わえており、とろんとした目が愛らしい。ベルトに挟んだタオルは他の飼育員と一緒だが、両手にはバケツの代わりに、黄色い柄（え）のついたモップと、水の入ったモップ絞り器を持っていた。

「あ、綾瀬さん……どうも」

「穂波（ほなみ）ちゃん、ご苦労様。清掃？」

「はい」

穂波ちゃんと呼ばれた彼女は、一緒に階段を上り始める。香織と目が合い、お互い会釈（えしゃく）した。

「もしかして、高校の、新聞部の……？」

「はい、風ヶ丘新聞部です。えっと、職員の方……ですよね？」

「アルバイトの仁科（にしな）さん。海洋大の学生で、夏の間だけお願いしてるの」

綾瀬が言った。

「女子大生ですか……へえ、見えませんね」

「池ちゃんが言えたことじゃないでしょ」

香織は小学生にしか見えない高校生を叱りつける。階段を上りきると、穂波は気まずそうに「し、失礼します」と頭を下げ、左側の廊下へ歩いていった。別れ際に見やった細い腕には、子供っぽいデザインの、ミッキーマウスの腕時計がつけられていた。

そんなちょっとした出会いのあと、香織たちはそのまま正面に延びる廊下へ。

ドアに小窓がはめられた〈第一会議室〉、ナンバー錠が設置された〈男子更衣室〉と部屋が続き、やがてバックヤードの静寂は、騒々しさに打って変わった。

「船見（ふなみ）さん、会計記録お願いします。船見さん！」

「でしょう？　だからね、危険があるならすぐにでも移すべきなんですよ」

「そりゃわかるが、私に言われても。まず先生と相談してだな」

「あれ、ここにあったメモリ知りません？」

「芝浦（しばうら）さん、日誌書きました。あと、先週分のレポート」

「コーヒー飲みたいなあ。水原（みずはら）さん、淹（い）れてくんない？」

「馬鹿言わないでください、それよりメモリが……」

「船見さんってば！」

　全開になった四つのドアから、人の声が漏れ聞こえている。綾瀬によると「手前が飼育員室で、奥が事務室」とのこと。一行は、飼育員室の一番手前の入口で足を止めた。

　広いスペースに二十個ほど机が並び、壁沿いにはファイル用の収納棚。その中間にコピー機が一台。どのデスクにもパソコンと、小型の書類棚とペン立てと、雑多に積まれた書類の山が載せられ、香織の経験に照らし合わせれば、そこは学校の職員室によく似ていた。いや、水族館の職員の部屋なのだから、職員室っぽいのは当たり前か。

　学校との違いは、中で働く人間たちがそろいの黄色いポロシャツを着ていることと、書類に交じってタオルやゴム手袋、バケツといったものが見受けられること。そして、窓の向こうに静かな横浜湾が見えること。そのくらいだった。

　室内には四人の飼育員がいた。ふっくらしたおばさんと、いかめしい顔のおじさん。皺の多い老人と、短髪の青年。人数は少ないが、それぞれが目まぐるしく口と手を動かしている。中でも目立つのはふっくらしたおばさんだ。

「船見さん、会計記録！」

おばさんはもう一方の出口から廊下へ顔を出し、隣の事務室へ向けてひときわ大きく叫んだ。そちらのほうから「へえい」と気の抜けた声が返る。

「まったくもう……あ、綾瀬さん」

廊下の一同に気づくと、彼女は飼育員室を横切ってこちらへ近づいてきた。やかましい声とは裏腹に表情は柔和で、親しみが持てそうだ。肝っ玉母さん、と香織は内心であだ名をつけた。

「その子たちが、新聞部の？」

「ええ、風ヶ丘高校の。こちら、飼育員のチーフ、和泉（いずみ）さん」

綾瀬の紹介を受けて、おばさん――和泉は香織たちに笑いかける。

「よろしく。高校の新聞部でこんなとこまで取材だなんて、珍しいわねえ」

「はい、そりゃもう、他とは一味も二味も違いますから」

香織はここぞとばかりに風ヶ丘タイムズをアピールしようとしたが、

「部外者を入れるなんて、俺は賛成できんな」

和泉の後ろから聞こえただみ声に、かき消されてしまった。五十がらみの男が腕を組んで、こちらにしかめっ面を向けていた。岩のようにゴツゴツした体つきをしており、ポロシャツがきつそうだ。

「しかも、高校生のガキどもときた。館長も何を考えてんだか」

本人たちがいるのもおかまいなしの発言に、香織は眉をひそめる。池の見た目はともかく、自分たちまでガキとは心外だ。なんだこの野郎。

和泉が「そんな言い方ないじゃない」とたしなめるが、男は意見を変えるつもりはないようだった。不満げな表情のまま綾瀬に、

「ところで綾瀬さん、緑川先生を見なかったかい」

「ああ、さっき会いましたよ。下の医務室にいるはずです」

「そうか、ちょうどよかった。クマノミの相談をしないと……」

「先生も来るようにと言ってました」

というと、この男が、緑川医師が口に出していた代田橋なる人物なのだろう。

裏付けはすぐに取れた。部屋の奥から短髪の青年が、「代田橋さん、日誌のチェックお願いします」と声をかけたのだ。代田橋は綾瀬との会話を切り上げ、青年のほうへ離れていった。振り返る瞬間にこちらを一瞥した視線には、まだ〝ガキども〟への敵意が露（あらわ）になっていた。

それと同時に、事務室のほうからのっぽの男がやって来た。

「あ、船見さんやっと来た。はい、会計記録」

和泉は手に持っていた書類の束を男に渡し、船見と呼ばれた男は「毎度どうも」とやる気のなさそうな調子で受け取る。

「またコーヒーこぼさないでよね」

「大丈夫だよ、もう懲りたからさ……お、取材の子たち？　経理事務の船見です。よろしくぅ」

彼はガキども肯定派らしく、馴れ馴れしく自己紹介してくる。四十代かそこらか、よれたワイシャツや顎の無精髭がなんともだらしなく、ちょっと頼りなげに見えた。この人が経理事務。経理ってけっこう大事なんじゃないか。大丈夫なのか。

もちろん香織はそんなことはおくびにも出さず、「よろしくお願いしますぅ」と同じような語尾の伸ばし方で笑いかける。その横では、綾瀬と和泉が会話を進める。

「館長、まだ部屋にいますよね」

「ええ、いると思うけど。あ、そういえば深元さんが、サメ水槽の水回り直してほしいって。館長に言っといてよ」

「わかりました、伝えておきます。……じゃあ向坂さんたち、ここでちょっと待っててくれる？　館長室に行ってくるから」

綾瀬は事務室のさらに先のほうを指で示した。そちらが館長室なのだろう。香織はわかりましたと素直に答えようとして、一つ大切なことを思い出す。

「あの……」

「すみません」

綾瀬を呼び止めようとしたが、勢いよく手を上げた倉町に先を越されてしまった。何やら切羽詰まった様子なので香織が引くと、レディーファーストも無視して副部長は言った。

「トイレ、お借りしてもいいですか」

「えー、倉っち、こんなとこで腹痛？」

「いいでしょ別に。ちょっと緊張したんだよ……」

「出すもんは出しとかないといかんぞお、少年」

と、飼育員室の壁にもたれたまま書類を確認していた船見。和泉は「下品なこと言わないでよ」と彼をどつく。綾瀬は微笑みながら、

「トイレは、突き当たりを左に曲がって奥ね」

「すみません、お借りします……」

場所を聞くや否や、倉町は廊下を小走りで駆けていった。青白い額には玉の汗が浮かんでいた。そういえば、綾瀬の案内が始まってから彼はほとんどしゃべっていない。だいぶ前から苦しんでいたのかもしれない。

「テンションが低かったのは、お腹が痛かったせいかな？」

香織は隣の池に囁きかけた。

「倉町先輩のテンションはいつもどおりでしょ。ていうか、部長が高すぎるんです」

「む、池ちゃんだってイルカショーではしゃいでたくせに」

「で、向坂さんはなあに？」

綾瀬は香織に向き直った。香織が呼び止めようとしたことにちゃんと気づいていたのだ。さすがは自称秘書さんである。

「あの、できればでいいんですけど、写真撮影の許可をいただけないかと……」

「写真？　ここの？」

「はい。記事に使いたいので」

半分本当、半分嘘だ。もちろん記事には使うが、それ以上に貴重な水族館のバックヤードを写真に収めておきたいという、個人的な気持ちもある。

綾瀬は少し悩んでから、「ま、いいか」と独りごちた。

「撮られて困るようなものもないし、二、三枚ならどうぞ」

「本当ですか！　ありがとうございます！」

「いえいえ、どういたしまして」

元気のよすぎるお礼がおかしかったのか、クスクス笑って彼女は廊下の奥へ歩いていった。

書類の確認を終えた船見も飼育員室から出て、飄々とした鼻歌を歌いながら、事務室へと戻ってゆく。和泉もいつの間にか自分のデスクへ引き返していた。

よし！

香織は池とうなずき合った。彼もデジカメを構えて準備万端だ。飼育員室の入口をくぐると、二人はさっそく手当たり次第にシャッターを切り始めた。綾瀬の言った二、三枚の上限は一瞬でオーバーしてしまったが、黙っていればわかるまい。

部屋の雑多さがわかるよう、壁を中心にして全体像を一枚。角度を変えて、今度は窓から見える海を背景に一枚。いかにもチーフらしくパソコンに向かって仕事をしている和泉の姿を一枚。窓と反対側の壁には当番表などの貼られた掲示板があったので、それにも焦点を当て——

「おい、勝手に撮るな！」

突然の怒声で、焦点が定まる前にシャッターを切ってしまった。ファインダーから顔を離すと、額に青筋を浮かべた代田橋と目が合った。

「え、でも副館長さんから許可が」

意地悪く副館長という部分を強調してやると、代田橋は言葉を詰まらせる。

「許可があろうとなかろうと、だめだ。こっちはお前らの遊びにつきあってるわけじゃ……」

「まあまあ、いいじゃないか、減るもんじゃないし」

穏やかな声が上がった。

今度彼を止めたのは和泉ではなく、それまで机に向かっていた皺くちゃの老人だった。

「だが、芝浦さん……」

「わざわざ私らの仕事ぶりを見に来てくれてるんだ、光栄じゃないか。……大磯(おおいそ)、調餌(ちょうじ)の時間だ。行こう」

芝浦と呼ばれた老人は、腕時計に目をやってから短髪の青年に声をかけ、どっこいしょと大儀そうに腰を上げる。青年は持っていたファイルを慌てて戸棚にしまい、代わりに足元のバケツを手にした。こちらの名前は、大磯というようだ。

「お嬢ちゃんたち、ちょっとどいてもらえるかな」

芝浦は部屋の入口に立っていた香織と池へ笑いかける。すぐさま一歩引いて場所を空けると、どうも、と紳士的に頭を下げてくれた。痩せこけた腕には血管が浮かび、額にも深く年輪が刻まれ、若く筋骨隆々とした後ろの青年とは対照的な風貌だったが、それでも腰は曲がっておらず、生涯現役の志が感じられた。

何か話しかけたい、とふと思う。助けてくれたお礼とか？　だが代田橋の目の前でそれを言うのはさすがに嫌味がすぎるか。お年なのに元気ですね。いや、それは本人に失礼かな。いろいろと考えた末、結局口から出たのは、

「皆さん、お忙しいんですね」

「はは、うちは職員が少ないからね。ここに四十年近く勤めてるが、毎日こうさ」

芝浦は快活に答え、腰の後ろに挟んだタオルを揺らしながら、生真面目な顔のバディと一緒に階段のほうへ歩いていった。勤続四十年。「みなと水族館」創立当初から働いているわけだ。代田橋が逆らえないのも道理である。

ベテランへの敬意とともに芝浦たちを見送っていると、それと入れ違いで、別のペアが階段を上ってきた。彼らは男女の二人組で、どちらも若く、そして、どこかで見覚えがあった。

二人とも飼育員であるらしく、お決まりの黄色いポロシャツ、腰にタオルという恰好である。スタイルがよく、日に焼けており、似合いのカップルのようだった。

「おや、かわいい子がいるね。迷子かな？」

男のほうが香織たちに目を留め、そんなことを言ってくる。池と姉弟とでも思われたのだろうか。カメラをちらつかせてやると、彼はすぐに破顔した。

「冗談冗談、新聞部の子たちか。あとでイルカショーも取材してね、僕と、ほら、こっちの美人なお姉さんも出るから」

「雨宮さん、また変なこと言って……」

女性のほうがあきれ顔をし、男はまた「冗談冗談」と繰り返して飼育員室へ入る。香織はようやく思い出した。イルカショーのポスターで、プールの両端から手を振っていた二人組だ。

「ああ、雨宮さん、滝野さん、お疲れ」

和泉がパソコンから顔を上げ、よく通る声で言った。二人はお疲れ様です、と返した。男のほうが雨宮で、女のほうは滝野というらしい。

「ルフィンの調子はどう?」

「良好ですよ。何せ三代前から水族館で育ってますからね、人をぜんぜん恐れてない」

雨宮は和泉のデスクのほうへ行き、棚に寄りかかった。

イルカショー担当という前提で改めて見ると、確かに彼はただの優男ではなかった。腕は先ほどの二人、芝浦の細さに大磯の筋力を凝縮したような形で、見事に引き締まっていた。その右手を会話の最中、軽く染めているらしい短髪や、腕時計の余分にはみ出たバンドへ所在なく伸ばし、弄ぶようにいじっている。組まれた長い脚といい、口元の笑みといい、どこか俳優めいた、気取ったしぐさ。「画になる」と判断し、香織はこっそりと彼のこともフレームに収めた。

「ジャンプも順調に覚えてますし、あと一週間あればなんとかなるでしょう。ずっとは無理でも四、五分遊び回らせるか、でなけりゃふれあいタイムだけに出演させてもいい」

「そうじゃなくて、体調よ、体調。平気なの？」

「今のところは大丈夫です。ルフィンのことですから、油断はできませんけど」

と、滝野も自分のデスクから答える。彼女のほうは雨宮のような飾った感じのない、南国風の美人だった。髪は後ろで結ばれており、卵みたいにすべすべした額が印象的だ。首筋から下が日焼けしておらず白いままなのは、普段マリンスーツを着ているせいだろうか。

「部長、ルフィンってアレですよね。ポスターとか、ホームページに載ってた。白いバンドウイルカ」

隣から、池が小声で言う。

「うん。やっぱりショーに出るんだね。すぐにじゃないみたいだけど」

話を聞く限り、現在は調整中のようだ。残念この上ないが、しかしだからこそ、新聞の発行とショーデビューの時期とを合わせてタイムリーな記事にすることもできるか——

「俺は賛成できんがな」

香織が新聞作りへ思いを馳せていると、飼育員たちの会話に、代田橋がまた苦言を呈した。

「こっちの都合で生き物に無理をさせるべきじゃないだろ。新館のクマノミだって、伝染病にかかってる」

「でも、だからこそショーを盛り上げて、お客を呼ばないと」

「うちは特色が少ないですからね」

滝野が言い、雨宮がそれに重ねた。

「クマノミが治療中となると、展示生物で今の目玉といえば、レモンちゃんくらいなもんです。ルフィンがショーで活躍すれば、注目度だって上がります」

「しかし……ああくそ、もうこんな時間か」

九時四十分過ぎを指した時計を見て、代田橋は悪態をついた。バケツを持ち、椅子の背にかかったタオルをベルトにねじ込んで、あたふたと飼育員室を出てゆく。香織たちの横を通る瞬間、一言「写真撮るなよ」とだけ吐き捨てた。

香織はまた怒りがぶり返した。ささやかな仕返しに、階段のほうへ歩いていく代田橋の後ろ姿を撮影してやろうか。そう思って入口から顔を出したが、失敗に終わった。カメラを構えるよりも先に、彼は階段の手前のドア――右側の壁にある両開きのドアの中へ、いかつい体を滑り込ませてしまった。

そのドアの存在に、香織は初めて気づいた。二、三歩近寄ると、プレートの文字が見て取れた。

〈B5・レモンザメ〉

たった今、雨宮が口にしていた「レモンちゃん」とはこのことだろう。ホームページの『丸美のアイドル』でも一番推されていた。現在の丸美水族館、最大の目玉。サメの水槽。

この奥に、それがあるのだろうか――

好奇心が求めるまま中を覗いてみようとしたとき、

「そこは関係者以外立入禁止ですよ」

すぐ横から、新たな人物の声が聞こえた。慌ててそちらを向くと、猫背気味の痩せた男が、にやにや笑いとともに立っていた。

「あれ、でも普段はバックヤード全体が立入禁止で、そこにすでに立ち入ってるということは入れてもいいのかな。いやでも水槽は別物かなあ。ま、たぶん入ったら怒られますよ」

「あ、はい。すみません……」

「いえいえ。高校の新聞部の方ってあなたたちですよね。どうもこんにちは。キャンディー嘗めます？」

男はポケットから飴玉を出して、香織と池に一つずつ渡す。大阪のおばちゃんみたいな行動だが、真っ黒な髪を肩近くまで伸ばし、ワイシャツもグレーの長袖でどことなく陰気な雰囲気を身にまとっているため、やけに怪しく感じられた。年は三十代くらいか、ロゴ入りのシャツを着ておらず、バケツもタオルも持っていない。ということは、緑川や船見と同じ事務方の職員なのだろう。

「僕、津です」

「つ？」

「三重の県庁所在地と同じ。津。覚えやすいでしょう？」

たった一音の苗字。確かに覚えやすい。

「皆さんはどこの高校でしたっけ？」

「凪ヶ丘です」

「凪ヶ丘？　カゼガオカね。うーん、最近どこかで聞きましたね……」

津が顎を撫でて考え込むのを見て、香織の手に汗が滲んだ。

香織たちの高校では六月の終わりに、体育館で殺人事件が起きている。ステージ上で生徒が刺殺されたというショッキングな内容が全国のメディアで取り上げられ、情報が解禁されてから数日間、ワイドショーのテロップから〝凪ヶ丘〟の三文字が消えることはなかった。幸い、警察＋α（アルファ）の尽力によって二日と経たぬうちに事件は解決しており、目まぐるしく移り変わる話題の中ですぐに騒ぎは収まったのだが、それでもまだ人々の記憶には新しいはずだ。

「……ま、いいか。とにかく、よろしくどうぞ」

幸い、津がそこに思い至ることはなかった。いや、それとも思い至ったが口に出さなかっただけか。内心ほっとしている香織の横を通り過ぎると、彼はひらひらと手を振って事務室のほうへ歩いていった。やはり事務方の職員だったようだ。

他にも事務員はいるのだろうか。不完全燃焼なままに終わってしまった好奇心の矛先が、そちらへ向いた。香織は津のあとを追って事務室の入口へ近づく。さらにそのあとを、池がちょこちょことついてくる。

やはり開けっぱなしの入口から、中の様子をうかがった。飼育員室よりやや狭く、机の数も半分ほどしかない。水槽との間を行ったり来たりする必要がないせいか、どの机も片付いており、かなり落ち着いた印象の部屋だ。タオルやバケツ、ゴム手袋なども見られない。棚とコピー機の間にはコーヒーメーカーが置いてあり、どこかのオフィスのようだった。

津を除くと、部屋にいるのは二人だけだった。気だるそうに書類のチェックを続ける船見と、もう一人は髪にパーマをかけた、三十代くらいの眼鏡の女性。アートめいた飾り文字がデザインされたTシャツを着て、一心不乱にデスク上の小物をかき分けており、服も行動もアグレッシブである。

「あれ？　津さん、新館で搬入の打ち合わせしてたんじゃないの？　もう終わったの？」

船見が津の帰還に気づき、声をかける。

「深元さんのほうが詳しいので、任せてきました」

「え、抜けてきたの？　困るなあ、サボってばっかりで」

あまり困っている様子はなく、船見は苦笑まじりである。机の引き出しを漁っていた女性が顔を上げ、早口で、

「ねえ津さん、あたしのメモリ知りません？」

「メモリ？」

「USB。赤いやつ。この辺に置いといたんだけど、どっかいっちゃったみたいで」

「これですか」

津がポケットから赤いUSBメモリを取り出すと、女性は飛びついた。

「あ、これこれ。なんであんたが持ってんのよ！　勝手に人のもの盗らないでよ！」

「いやあ、雨宮さんが言ってたんですよ、好きな人の気を引きたかったら何か盗めって」

「何それ、小学生みたいな理屈ね……ていうか津さん、あたしのこと好きなの？」

「僕が水原さんを？　そんなわけないでしょ。ファイルの間にたまたま挟まってたんです」

「なんなのよもう！」

「水原さん、コーヒー淹れてくんないかなあ」

「船見さんは黙ってて！」

こっちはこっちで騒がしい。香織はそっと部屋に入り、事務室の様子も数枚写真に収めた。

「勝手に撮っていいの？」

と、背後で冷静沈着な指摘。聞きなれた声なので今度ばかりは驚かない。振り向くと、トイレから戻った倉町の姿があった。

「いいの、許可もらったもん。倉っち、お腹大丈夫？」

「もう治った」

からかったつもりなのに普通に返されてしまう。まったく面白みのない副部長だ。

「こんなところ写真に撮っても、記事に使えるかなあ」

「使えなくても私が個人的に撮りたいからいいの」

「職権濫用じゃ……ま、いいや。副館長さんはまだ？」

「うん。でももうすぐ……あ、来た」

事務室の隣の部屋のドアが開いて、綾瀬が出てきた。

「お待たせ。ごめんなさいね、ちょっと館長の仕事が長引いてて」

「いえいえ、楽しく待てましたから」

香織の返事は事実だった。次々職員が現れ、見ているだけで飽きない取材現場だ。

綾瀬は廊下の脇へ寄り、続いてドアから男が現れる。

「紹介します。彼が丸美水族館の責任者、西ノ洲館長です」

男は新聞部一同と顔を合わせ、すぐににっこりと笑った。

「やあ、どうもどうも。本日は、お越しいただきありがとうございます！」

*

「えー、本日はお集まりいただきありがとうございます。これより、四校合同の練習試合を始めたいと思います」

我らが顧問である増村の声が、体育館中に響き渡った。ささやかな開会式は十五分遅れで始まった。

「今年も例年のように、午前中は個人戦のトーナメント、午後はレギュラーメンバーによる学校対抗のリーグ戦、という段取りで行います。暑いので、水分補給を欠かさないように。販売機の場所はここを出て右の、学食前です。トイレはステージ裏と校舎内に……」

ああだこうだと諸注意が述べられるのを、柚乃は上の空で聞いていた。自分の高校の自販機の場所など知り抜いているし、それ以上に気にかかっていることがあった。柚乃の意識は、いや、おそらく他の全員の意識も、突如この会場に現れた一人の人物に奪われたままだった。

「では、トーナメントは十分後から始めたいと思います。それまで各校、ミーティングとアップをお願いします」

言葉が切られ、整列していた少女たちは学校ごとに散開する。館内を彩るユニフォームには、四色目の色が加わっていた。青と、白と、黒と、そしてもう一つ、赤。鮮やかにグラデーションのついた、燃えるような緋色。

「やばい、やばいよ、これはやばいよ」

お喋りが解禁されると同時に、早苗はまた呪文みたいにぶつぶつ唱えだした。

「なんで忍切さんが、緋天のエースが……やばいよ、ああやばい、これはやばい」

「やばいのはもうわかったってば」

そう言いながら、柚乃も四色目の緋色の集団——とりわけその中心にいる人物から、目を離すことができなかった。彼女を取り巻くようにして後輩たちが集まり、次々に話しかけている。

「忍切先輩、ドリンクをどうぞ」

「やあ、ありがとう」

「先輩、時計をお預かりします」

「いや、大丈夫。公式試合じゃないしね」

「新幹線に乗られて、お疲れではありませんか？」

「これくらいで疲れるほどやわじゃないよ」

彼女が何か言うたびに周りの後輩たちは色めき立ち、頬を染め合い、尊敬の眼差しを送る。この人気は彼女の実力ゆえか、それとも美貌とカリスマ性のなせる業か。

とにもかくにも柚乃と早苗は、顔を青くしてつぶやいた。

「せ、世界が違う……」

忍切蝶子。

常勝・緋天学園のさらにその中で、二年生にしてエースの名をほしいままにする選手である。サウスポーのカットマン、鞭のようにしなやかなプレースタイルで、県内では間違いなく最強。関東でもほぼ無敵、全国のランキングにも名を連ねるという、どこを取っても文句のつけようがないトッププレーヤーだ。

雲の上の存在――であるにもかかわらず、彼女と風ヶ丘との間にはちょっとした因縁があった。正確に言うと、彼女と、風ヶ丘の部長との間に。

佐川部長をライバル視している緋天のエースとは、他でもない忍切のことだった。二人はシングルス戦の準決勝や準々決勝でたびたびぶつかっており、去年の新人戦でも、今年の関東予選でも、部長が優勝に今一歩及ばなかったのは、そのほとんどが道半ばにして忍切に敗れたせいである。

それで部長が彼女を倒すべき強敵と見なす、というのならば当然の流れだったのだが。どういうわけか、実際に生まれたのは真逆の関係性だった。忍切が関東大会で圧倒的強さを見せつけた際、卓球雑誌の記者が「もはや関東に敵なしでは？」と尋ねると、彼女はこんなことを答えたのだ。

「そんなことありませんよ、勝てる自信のない相手もいます。たとえば、風ヶ丘高校の佐川奈緒さんとか」

　記者たちは首をひねった。佐川奈緒は確かに県内では強いと言われてはいるものの、とても全国レベルの忍切蝶子が引き合いに出すような選手ではない。なぜ、と重ねて尋ねると、

「やりづらいんです、彼女とは。感覚的な問題です」

　その一言がきっかけで、佐川奈緒は忍切蝶子の関東最大の敵として知られることになってしまった。部長本人も記事を読んで「へえ、忍切さんが」と意外そうだったが、柚乃たちの気持ちは誇らしかった。

　そういえば、部長が柚乃の中で憧れになり始めたのは、この忍切による発言があったころからだったかもしれない——

「さ、が、わ、な、おっ」

　先ほどまで後輩たちを翻弄(ほんろう)していた声が、一音ずつ区切るように、憧れの部長の名を呼んだ。忍切蝶子が緋天の集まりから離脱し、まっすぐ風ヶ丘のほうへ向かってくるところだった。

「わ、こ、こっち来た」

　気圧(けお)されるように、早苗は柚乃の背中へ身を隠す。

　確かに彼女の立ち振る舞いからは、常人離れしたオーラが感じられた。姿勢のよい歩き方と、

自信に満ちた微笑み。ユニフォームから伸びる両脚には無駄な肉が一切ついておらず、どこかのモデルのようだ。艶のある長い髪は後ろでまとめられていて、顔立ちは中性的。後輩たちから崇拝されるのもわかる気がする。

身を引いて道を空ける部員たちの間を悠々と進み、忍切は部長の前まで辿り着いた。背丈もスタイルもよく似ている。風の流れを模した細いラインの入った青と、緋色の空を模した赤。ユニフォームだけが相容れなかった。

「しばらくぶり」

「こっちこそ、久しぶり。元気だった？」

友達と話すような気さくさで、部長は応じた。

「元気だよ、絶好調。君はどう？　そういえばニュースで見たけどこの体育館で殺人事件があったんだってね。大丈夫だった？」

「ご心配なく。探偵がスピード解決してくれたから」

「……探偵？　警察じゃなくて？」

忍切が首をかしげる。部長はごまかすように肩をすくめ、

「でも、ちょっとびっくりした。来ると思わなかったから。愛知にいるんじゃなかったの？」

「いたよ。さっき新幹線で戻ってきた。おかげで後輩たちを待たせてしまったけど」

「どうして急に……もうすぐインターハイでしょ」

「だからこそ一試合しておきたくて」

「誰と？」

忍切はにんまり笑い、もう一歩部長に近づいた。

「君と」

おおっ、と風ヶ丘の面々からどよめきが上がる。やはり忍切のライバル視は本気だった。

「心配しなくても大丈夫、今日はそもそも午前中がオフなんだ。つまり、これは私のプライベートというわけだ。私は個人的に君と戦いたい。気が済んだらすぐ帰る」

「午前中って、トーナメント戦だけど」

「問題ないよ、私は負けないもの。君だってこの程度なら勝ち上がれるだろう？　お互い負けなければ、いつかは戦える」

「……光栄だけど、なんで私なんかと」

勝ち上がれるだろう？　という言葉には応じぬまま、部長はさらに問う。

「最終調整の代わりにしようと思ったんだよ。相性の悪い相手と打てば弱点も見直せて、よいトレーニングになる」

相性。確かにカットが主体の忍切と速攻タイプの部長とでは正反対の戦い方だが、同じようなスタイルの選手は他にもごまんといるだろう。やはり〝感覚的な問題〟なのか。

「それに、君は自分で言うほど私と差があるわけじゃない。ね、そう思うだろ？」

横ではらはらしながら聞いていると、突然忍切に話題を振られた。え、え、えっと、とつっかえながら柚乃は答える。

「そ、そうですね。佐川さんは、強い、と思います。すごく」

「ほら見たまえ」

「だからって忍切さんほどじゃ」

「じゃあ私とやったら負ける？」

「……さあ。やるとなったら、勝つつもりでやるけど」

おおおお！

どよめきがさらに大きくなった。気迫の点ではうちの部長も負けていない。忍切も嬉しそうに笑ってみせる。

「戻ってきた甲斐があった。じゃ、楽しみにしてるよ」

優雅に手を振り、彼女は緋天の席へ戻っていった。後輩たちが再びかしましい声援で迎える。

それを見届けてから、部長は柚乃に向かってぼそりと言った。

「忍切さんって、すごい人だけど変わってるよね」

「すごいのは佐川さんです。忍切さん相手にもぜんぜん動じませんでしたね……」

え、そう？　と今さら気づいた様子の部長。

「うーん、あの事件のせいで鍛えられたのかも」

六月の体育館の事件で、部長は犯人と間違えられて県警の刑事に取調べを受けていた。確かにそれに比べれば、どんなプレッシャーも屁でもないだろうが。

「あ、そうだ。袴田、ありがとね」

「え?」

「さっき、強いって言ってくれたから」

「あ、いえ、そんな。あれはただ本当のことを……」

また返事がつっかえ気味になった。礼を言われただけなのになぜか動揺して、顔が熱くなってしまう。どうしようと思っていると、やって来た増村に救われた。

「ほい、午前のトーナメント表だ」

A4判のプリントが、部員から部員へとリレー式に手渡された。学年も学校も入り乱れたシングルス戦。五十人ほどの名前が、左右に分かれて半分ずつ記してある。人数が中途半端なので、ところどころシードを入れて調整してあった。

動悸を落ち着けてから名前を探すと、〈袴田柚乃(風1)〉はかなり後ろのほう、第十六試合だった。試合までしばらく待つことになるが、組み合わせはなかなかよさげだ。初戦の相手は唐岸の一年生だったし、二回戦はシードの選手と当たるのだが、そこの〈迫春子(さこはるこ)(創2)〉という選手名には鉛筆で線が引いてあった。欠席なのだろう。ということは、自動的に二回戦は不戦勝。自分と同じ一年生に勝つだけで、三回戦まで行ける。

「柚乃、どう?」

「いいよ、最高。三回戦まで行けるかも」

欠席のシード枠を見せつけると、彼女のほうの組み合わせは芳(かんば)しくなかったようで、早苗は露骨にうらやましがった。

「いいなあー。もし三回戦も勝てばベスト8じゃん。残れるんじゃない？」

「うん、がんばってみようかな……」

緋天や佐川さんと肩を並べるのも夢じゃないかも。そんな妄想に浸っていると、

「おおい、ちょっといいか」

増村がいつもミーティングでやるように手を上げて、部員たちの注意を集めた。

「みんな知ってのとおりだと思うが、緋天の忍切さんが飛び入りで参加した。トーナメント表に予備の枠はないんだが、ちょうど一人欠席がいるから、そこに代わりに忍切さんを入れることにする。ペンか何かで書き込んどくように」

そうか、今日いきなり来たわけだから、すでに組んであるトーナメントに空きがないわけだ。これではわざわざ愛知から戻ってきても部長と試合するどころではない。一人だけ欠席がいてラッキーだった。

「ん、欠席……？　一人……？」

「ええと、右下、第十六試合の次の、迫さんて人。鉛筆で線引いてあるから、わかるよな？この人の枠に忍切さんが入るってことで、よろしく。じゃ、みんながんばってな」

連絡事項だけ伝えると、増村はステージ前に設置された役員席のほうへ去っていく。柚乃はトーナメント表を握りしめたまま、固まっていた。指だけが、ぷるぷると細かく震えた。

「な、な、な……」

迫さんは、柚乃が二回戦で当たる予定だった選手だ。ということは――

「ゆ、柚乃、ドンマイ……」

早苗の言葉も、一転して虚しく聞こえるばかりだった。

こうして袴田柚乃は、二回戦で忍切蝶子と対戦することになったのだった。

3　横浜鮫・屍動乱

丸美水族館館長・西ノ洲雅彦氏は、声は太いが笑顔は朗らか、背は低いが横幅は充分という、恰幅のよさと愛嬌を併せ持った人物だった。

「向坂香織さんですね。どうぞ、よろしくお願いします」

香織たちが名乗ると、彼は綾瀬や芝浦老人にも増して慇懃に頭を下げた。

年のころは五十代後半か、小皺に囲まれた丸い瞳はらんらんと輝き、口髭はよく手入れされている。水族館の館長というより、サーカスの団長といった印象だ。彼もまた半袖のワイシャツ一枚という軽装で、ネクタイも締めていなかったが、燕尾服やシルクハットを着せたらよく似合いそうだった。

このままスムーズに流れればそつのない館長というイメージで通ったのだが、

「館長～、作業室のプリンター買い替えてもらえませんか」

水原が廊下にパーマ頭を突き出し、ねだるように言った。

「え？　そういうことは船見さんに頼んでよ」

「船見さん仕事が遅いんだもの」

「遅くて悪かったねえ」

と、事務室のデスクから、紙コップを手にした船見。結局コーヒーは自分で淹れたようだ。

「お願いしますよ、印刷かすれてきてるんです。業者に発注したほうがまだいいですよ」

「ああ、わかりましたわかりました。手配しますから」

声を聞きつけたのか、飼育員室の入口から和泉や滝野、雨宮たちも顔を出す。

「あ、館長！　深元さんが、サメ水槽の水回り……」

「はいはい、綾瀬君から聞きましたよ」

「館長、ルフィンのことですけど、あと一週間じゃちょっと」

「ああはいはい、それもあとで聞きますから」

生え際の後退した頭を何度も上下させて、職員の意見に対応する。彼もまた仕事に追われているようだ。

「あの人はとっちゃん坊やだからね」

香織の背後から、囁くような声がかかった。振り返ると、雨宮である。端整なマスクには、いたずらっ子めいた笑みが浮かんでいた。

「ま、ほどほどに遊んであげてよ」

「とっちゃん坊や、ですか……」

ゴホゴホと咳き込んで館長の威厳を取り戻し、「では、館長室へどうぞ」と笑う西ノ洲氏。

そんな姿を見ながら、言いえて妙だ、と香織は思った。


――向坂、準備はいい？

――うん、いいよー。池ちゃんはどう？　いけそう？

――いけますいけます、今スイッチ入れました。もう録れてますよ。

――じゃ、改めまして……今日は取材の許可をいただき、ありがとうございます。

――いえいえ、こちらこそありがとうございます。うちは地味ですからね、取材なんてなかなか来ないんですよ。

――新聞っていっても高校の部活ですけど……。ともかく、今日はよろしくお願いします。一応、水族館の見どころなどを軽くインタビューするということで、始めさせていただきますね。僕は副部長の倉町です。

――西ノ洲です。こちらこそよろしく。いや、何か緊張しますね。

――いえいえ、そんなにたいした内容じゃないので……で、写真担当が部長の向坂です。それからこっちでメモ帳とレコーダーを構えてるのは、後輩の……。

――あれえっ。日誌がないじゃない。おっかしいわね。

――……後輩の、池君です。今の声、和泉さんかな？

――そのようですね。あ、すみません、もしかして音が入っちゃいました？

——入っちゃ……ったかなあ。いや、まあ大丈夫です。倉町先輩、続けてください。

——コホン。それじゃ、さっそく質問を。まずはありきたりですけど、丸美水族館の魅力とはなんでしょうか?

——そうですね。さっきも言ったように地味な水族館ですが、それだけに気軽に遊びに来ていただけるかと思います。横浜駅からも近いですし、特に夏休み中には、

——あ! ちょっと津さん、どこ行くのよお。仕事しなさいよ! もおー!

——と、いうのが魅力で。……今のは、水原さんですね。

——あの、西ノ洲さん、先輩、すみません。今のは大丈夫じゃないかもしれないです。もう一度いいですか……?

——もちろん。すみませんねえ、騒がしくて。綾瀬君ちょっと注意してきてくれない?

——あ、いえいえ、お気遣いなく。えーと、それじゃ、もう一度丸美の魅力を……。

——ちょっと滝野さん、日誌知らなあい? え、犬笛? 知らないわよあたしは!

——……池君でしたっけ。ちょっと止めてもらえますか。

ピ、と音がしてボイスレコーダーのスイッチが切られた。六時間連続録りできる優れものなのだが、表示された録音時間は二分と少しだけだった。
「すみません。本当に、騒がしい職員ばかりで」

西ノ洲が苦笑しながら謝る間も、ドアの向こうからは和泉や他の職員たちの、よく通る声が

漏れ聞こえていた。

館長室は、手前に応接セットのソファーとテーブル、奥にデスクが二つ、壁際には書類棚が一つ。変わったものといえば、角に設置された館内放送用の小型マイク、という程度の小さな部屋だった。香織たちと館長は黒い革張りのソファーで向き合い、綾瀬は片方のデスクの椅子に座って、その様子を見守っていた。ここは副館長の仕事場でもあるらしい。

館長は薄い壁を憎らしげに見やり、

「うーん、場所が悪いのかなあ。他の部屋に移動しますか？」

「あー……そうですね。お言葉に甘えてもよろしいなら」

今度は倉町も、お気遣いなくとは言えなかった。録音環境がよいに越したことはない。

「どこがいいかな。隣の会議室……いや、和泉さんの声はあそこまで聞こえそうだなあ」

「展示スペースのほうが逆に静かかもしれませんね」

と、綾瀬。冗談のつもりだったのだろうが、とっちゃん坊やは飛びついた。

「そうだね。見どころを紹介するという趣旨だし、実際に案内しながら答えればいいかも。皆さん、そうしましょう！」

「え？　あ……はい」

思わず新聞部も流されてしまう。

「ええと、時間は……九時五十分か。私、あと三十分くらいは暇ですから、お好きなだけご案内しますよ。さ、行きましょう！」

決定してからの行動は早かった。西ノ洲はすぐに香織たちを率いて、館長室をあとにした。綾瀬は「いってらっしゃいませ」とデスクについたまま、慣れた様子でそれを見送る。〝館長が物好き〟なのは、いつものことのようだ。

「歩きながらかあ。大丈夫かな」

池まで気が早くなったらしく、再度ボイスレコーダーの録音スイッチを入れていた。

飼育員室の前を通ろうとしたとき、またもや和泉と滝野が飛び出してくる。

「あ、館長。先月の飼育日誌が見当たらないんだけど、知らない？　印刷してファイルに入れといたのに、中身が丸ごとないの。ついさっきまであったのに！」

「私の犬笛も知りませんか？　赤い紐がついたやつです。確かに持ってたはずなのに……」

さらにその奥、男子更衣室からもう一人が顔を覗かせる。禿げ頭に、皺の深い額。一階へ下りたはずの芝浦だった。

「あの、誰か私のメモ帳知らんかな。ロッカーのどこ探してもないんだけど」

先ほどの水原のUSBといい、なくし物の多い水族館である。こちらはいつものことではないようで、西ノ洲も「今日は変な日だなあ」とぼやいた。

「どれも知りませんよ。あと和泉さん、あんまり大声出さないようにね」

「え、何よそれ！　あたしがいつ大声出した？」

「現在進行形で出してるじゃないですか」

そう言ったのは、事務室から出てきた水原である。

眼鏡の奥の目を細めて、半分独り言のように、半分香織に話しかけるように言った。彼女自身もけっこうやかましいのだが。

水原は香織たちの前を通り過ぎると廊下を歩いていき、階段の前を右へ曲がった。滝野も後ろでまとめた髪を揺らしながら、同じルートを辿る。和泉と芝浦は部屋へ引っ込んだ。

行きましょう、と西ノ洲が言い、香織たちもまた歩きだした。階段の前で右側へ目をやると、廊下の中央で学生バイトの女の子、穂波がモップがけをしていた。向こうもこちらに気づいて、また会釈し合う。いかにも〝任務中〟というような、引き締まった唇がかわいらしかった。

そして、階段の下へ――と思ったところで、香織は背後に、キイ、という物音を聞き取った。すべてのドアが閉められ、静寂を取り戻した廊下にただ一人、雨宮の姿があった。先ほど津に「立入禁止ですよ」と注意された、サメ水槽のドア。そこを開け、中に入っていくところだった。手には何やら、分厚い書類の束が握られている。

イルカショー係がサメ水槽のある部屋で、書類を何に使うのだろうか。疑問に思ったものの、どんどん進んでいく館長と部員たちを追いかけるのに注意を奪われ、香織がそれを口に出すことはなかった。

通用口を出ると、再び青い世界が一行を迎え入れた。西ノ洲館長は順路に従うのではなく、香織たちのやって来た方向――A棟のほうへ進んでゆく。

結果的に、展示スペースでインタビューを、という趣向は大成功だった。水槽を背景にして記事に使えそうな写真が何枚も撮れたし、西ノ洲も生き物と来館客に囲まれていたほうが館長としての自覚が出るのだろう、職員に振り回される姿は影を潜め、どこか楽しげだった。

　彼は池のかざしたボイスレコーダーに向かって、次々と裏方の話を繰り出した。

「うちの場合、海水は目の前の横浜湾から引いています。地下に大きな濾過タンクがありましてね。すぐ近くに横浜市の水再生センターがあるので、そことも提携しています。トレーラーで海水を搬入することもありますね」

「職員が少ないのはうちの悩みの一つです。人手がないので分刻みのスケジュールで、毎日さっきみたいな騒がしさですよ。仕事の代行も日常茶飯事で、私もときどきキーパースペースの床拭きなど、こき使われています。もっとも私も事務方の雇われ館長なので、床掃除くらいしか手伝えないんですけどね。……え？　ああ、キーパースペースというのは、水槽の裏の、整備をしたり餌やりをしたりする場所のことです。飼育員室の前にもサメ水槽のドアがあったでしょう？　あの奥がキーパースペース」

「人手がないと防犯にも気を遣います。一階の廊下にカメラがあるのに気がつきましたか？あれですべての出入口を見張っています。以前、マニアのお客さんが勝手に入って、飼育員用のポロシャツを盗んだり、展示前の魚を写真に撮られたりってことがありましてね。困っちゃいますよ」

「ええ、水族館には裏方だけで飼育している生き物もいます。今は調整中のブルーディスカスなどが新館のほうにたくさんいますよ。あとでお見せしましょう。あ、そうそう、見どころを紹介するんでしたね。小さいなりにいろいろやっております。今はA棟で、深海生物の特別企画を。人気の生き物も多いですよ。イルカのルフィンをご存じですか？　そうです、今はショーの練習中で水槽にはいないんですが、白いイルカが新館にいて。ここB棟では、まずこの子たちが……」

　そこで、とっちゃん坊やのマシンガントークは一区切りを見せる。一行はクラゲ水槽の小ホールに来ていた。今度は、ちゃんと堪能できた。

　他の場所よりも淡い照明の下、絵画のように並んだクラゲたち。長い触手を儚げに漂わせるアマクサクラゲと、集合した様がまるで空の雲のようなミズクラゲ。その横のアカクラゲは、名前のとおりカサに赤いラインが入っていた。小さく愛らしいブルージェリーフィッシュは、一目で香織のお気に入りとなった。ゆったりとした動きは、見ているだけで癒される。

「美しいでしょう？　クラゲの飼育は、二十年近く前から続けています。今は全部で十種類ですね。一番端はアマクサクラゲで、触手には毒があり……」

　西ノ洲は一つずつ、丁寧にクラゲの紹介をした。雇われ館長とは言っていたものの、さすがに知識は豊富だ。

　最後のサカサクラゲまで来ると、「そして、この棟の見どころはもう一つ」と、三人を順路のほうへ導く。先ほど出てきた通用口の方向であり、なぜまた戻るのかと香織は首をかしげた。

——が、西ノ洲の目的はすぐにわかった。

通用口を通り過ぎ、すぐ隣のホールへ。床から天井までの巨大な水槽があり、その前には、今もまだ人だかりができていた。子供たちのはしゃぎ声も途切れていない。

アクリルガラスの向こうでは、一匹の巨大なサメが泳ぎ回っていた。

癒し系のクラゲたちでワンクッションを置き、その直後にサメをぶつけて驚きを増大させる、という狙いなのだろう。配置の計算は功を奏し、来るとわかっていてもなお、実際に目にしたときの衝撃は大きかった。

ギョロリとした冷たい目玉と、紡錘形（ぼうすい）の灰色で滑らかな体。鋭角で形作られた尾やヒレが、向きを変えるたびに水を切っている。水槽の中には岩盤などの装飾もなく、深い青の中にはただ一匹、その巨体だけが君臨していた。

「去年から飼育を始めたレモンザメです。いかがですか、向坂さん」

「……すごいです」

圧倒されていたので、そんな感想しか言えない。倉町もおお、と小さく歓声を上げ、池は口を開けたまま見入っていた。

「体長は今、二メートル七〇センチです。最大で三メートル以上になりますから、もう少し大きくなるかもしれません」

これ以上巨大になるとは、末恐ろしい。

「水槽もこの子のサイズに合わせて特注しました。水質が二十四時間管理されていて、異状があればすぐにセンサーが知らせます。ところで、レモンザメの由来をご存じですか？　メジロザメの一種なんですが、自然の中での個体は体がレモン色なんです。飼育下ではこのとおり、黒く変色してしまうことが多いですけど……」

館長の解説は倉町たちに任せ、香織は水槽へ駆け寄った。携帯電話やデジカメをかざしている来館客に交じり、独り一眼レフを構える。透過性の高いアクリルは近づいても光を反射せず、向こう側がよく見えた。

迫力の巨軀(きょく)を、香織は夢中で連写した。できれば目の前を泳いでほしいのだが、勝手気ままな被写体は水槽の上部をグルグルと旋回していた。しかし下から覗くように撮るのも、それはそれでよい構図だ。ふと腕のデジタルウォッチへ目をやると、十時六分だった。インタビューやクラゲの解説で、意外と時間が押している。

背後では「でっかいなあ」と、池がタイミングのずれた声を上げた。

「池ちゃん、本当に一口で食べられちゃうんじゃないの」

「く、倉町先輩まで怖いこと言わないでくださいよ」

「はは、心配ありませんよ」

と、西ノ洲の笑い声。

「レモンザメは確かに獰猛(どうもう)ですが、人を襲うことなんて滅多にありません。特に飼育下では、毎回きちんと餌をやってますからね。ダイバーが飛び込んだって、よほどのことがない限り涼しい顔をしているでしょう」

「へえ、そうなんですか。よかったね池ちゃん」

「一安心です」

ぐるり、とまた上部を旋回。香織はサメの動きを広角レンズで追う。

「でも、サーフィン中に襲われたとかよく聞きますけど」

「もちろん事故はありますが、世界中でも年に数件程度です。死亡した例に至っては数えるほどですからね。今はどこの水族館でも、サメを過度に恐れる必要はないと説明文に書いてあります」

また旋回。様子が変だな、と常連客らしい老人がつぶやく。デジタルウォッチは十時七分に切り替わった。

「サメが人を食べるなんて、映画が作り出したただのイメージですよ。血まみれの状態でテリトリーのど真ん中に飛び込みでもしない限り、そんなことは……」

館長の言葉とほぼ同時に、
突然、水槽の中に、男が飛び込んできた。

落下し、細かいあぶくを巻き起こしながら沈み、浮力と釣り合って一瞬止まる。分厚いアクリルのせいで、音は聞こえない。

すべてはガラスの向こうの、静寂の中の、現実味のない出来事だった。無意識のうちにシャッターを切ったらしく、香織の手元でパシャリ、とだけ小さく音が鳴った。

男は、汚れた黄色いポロシャツを着ていた。髪は短く、少し染めているようだった。細い腕は筋肉が引き締まっていたが、手足に力は入っておらず、完全に水に身を任せていた。

そして、首から霧のように、赤いものが水中に溶けていた。

男は、飼育員の雨宮だった。

「……あっ」

誰かが、声を発する。

サメが一度深く潜り、香織たちの前を高速で横切った。そしてまた急上昇し、大きく口を開け、尖った歯を光らせ、
雨宮の首筋に、それを突き立てた。

「……きゃあっ！」

どこかから金切り声が上がり、直後にパニックが起きた。

小さな子供が泣き叫ぶ。恋人と手をつないだまま、若い女性が崩れ落ちる。順路を逆走し逃げ出す者も、固まったまま動けない者もいた。香織は後者だった。目を背けることすら忘れて、アクリル越しに繰り広げられる惨劇を、麻痺した視覚で見つめていた。

「向坂！」

倉町に声をかけられ、ようやく動くことができた。振り返ると副部長の顔色は真っ白で、池は今にも泣きそうだった。

「こ……これはいったい……これは……」

「西ノ洲さん、早く裏へ！　助けないと！」

呆然としていた西ノ洲も倉町のその言葉で我に返り、通用口のほうへ走りだした。香織たちも顔を見合わせ、あとを追う。

掃除を続けてここまで来たのだろう、一階の機械室の前には、モップを持った穂波が立っていた。悲鳴が聞こえたらしく、不安げな表情で尋ねる。

「か、館長、何かあったんですか？」

「大変だ！　サメ水槽が……大変なんだ！」

それればかり連呼しながら、西ノ洲は廊下の先の階段を駆け上がった。香織たちと一緒に、穂波もモップを握りしめたまま一ついてきた。館長はすぐにサメ水槽のある部屋へは飛び込まず、飼育員室と事務室のほうへ走る。

「大変だ！　雨宮君が、雨宮君がサメに……警察、警察と救急に電話を！　あと、か、館内放送だ！　深元さんを呼ばないと！」

切羽詰まった声が廊下に響いた。それを聞きつけ、「どうかしたの？」と、水原と滝野が角を曲がって現れる。

香織は一瞬迷ってから、館長より先にサメ水槽のドアへ駆け込んだ。

入ってすぐ、床の異状に気づく。赤い足跡がリノリウムの上に点々と残っていた。それを避けて奥のほうへ行くと、水槽の上部が見えた。水面は餌にかぶりつくサメの動きで、激しく波打っている。

「うあ……」と、うめきとも悲鳴ともつかぬ声を、背後で穂波が上げた。

しかしさらに恐ろしいのは、水槽の中心に渡された橋の様子だった。

一目見て香織は息を飲んだ。ああ、この感覚には覚えがある。すぐそばで、人の命が奪われた。自ら渦中に飛び込むのはこれで二度目だ。

足元がふらつき、倒れかかった……が、倉町がそれを支える。

「向坂、写真だ！」

「え？」

「写真を撮るんだ、早く！　皆さんも、まっすぐこちらへ来ないでください。右側から回り込んで！」

入口で固まっていた水原と滝野、穂波に指示を飛ばす。船見と津に綾瀬と和泉、芝浦と大磯、緑川医師と代田橋など、次々飛び込んでくる職員にも、倉町は同じように頼み込んだ。

「向坂、写真を！」

「あ……うん」

水槽の上がこんな状態なのだ、ただの事故のはずがない。

現場を保存しておかなくてはならない。

ようやく理解すると香織はカメラを構え直し、床の足跡や橋の上の光景を撮り始めた。池も倉町に言われ、涙を拭いながらデジカメを取り出した。

永遠とも思える体感時間とは裏腹に、デジタルウォッチはまだ十時八分に変わったばかりだった。

西ノ洲が言っていた水槽のセンサーが水質異常を感知したらしい。ピー、ピーという警報音が、断続的に鳴り始める。展示スペース側のパニックが大きくなり、ここまで悲鳴が届いてくる。西ノ洲が和泉にも勝る大声で、警察に電話をかけているのも聞こえた。倉町は現場を収めようと必死で叫び回り、職員たちの驚愕と、焦燥と、戸惑いの声も重なった。すべてが頭の中で反響し、脳が煮えているようだった。自分自身の息遣いすら、怖かった。

手に持ったカメラの冷たさだけがいつもどおりで、それを手放したら今度こそ気絶してしまいそうで。

恐怖から少しでも逃れるため、香織は一心不乱にシャッターを切り続けた。

第二章　兄の捜査と妹の試合

1　仙堂警部と袴田刑事リターンズ

駐車場はガラガラだった。

無理もない。開館から一時間と少し経っただけで、館内が完全封鎖されてしまったのだ。封鎖後何も知らずに遊びに来て、泣く泣く引き返した客も多いことだろう。災難な話である。客側にとっても、職員側にとっても。

唯一端のほうに、数台の車がまとめて停めてある。なじみの白と黒のデザイン、ボディに書かれた〈神奈川県警察〉の太い文字。夏の陽射し(ひざ)に目を細めながら、袴田優作(ゆうさく)はそちらへハンドルを切った。フロントガラスに見えていた薄い雲と水色の建物が、左の窓へとゆるやかに流れていった。

「八年ぶりだな」

助手席で仙堂(せんどう)がつぶやく。

「娘らが小学生のとき、連れてきてやったんだ。あのころはまだ反抗期前でかわいかったもんだ」

「僕も最後に来たのは、そのくらい前ですね。妹と一緒に遊びに来て」

「しかし、まさか……」

車体がパトカー横の駐車スペースへ滑り込んだところで、仙堂は言葉を切った。上司と以心伝心、というわけではないが、続きの台詞は察しがつく。

――まさか、こんな形で再び来ることになろうとは。

ドアを開けると同時に、熱気がまつわりついてきた。脇に抱えたジャケットに活躍の場はなさそうだ。

「B棟ってのはどこだ?」

「たぶん奥のほうだと……こっちですかね」

八年前の記憶を頼りに、二人は歩きだす。正面入口の前には今なお人だかりができており、不満顔の親子連れやカップルたちに、警官と黄色いポロシャツの水族館職員が一緒になって事情を説明していた。その上には、紫色のクラゲのキャラクター。

〈ようこそ、横浜丸美水族館へ〉という看板が、刑事たちの到着を虚しく歓迎していた。

水色の建物を回り込んでいくと、続いて現れたのは窓の多い、ダクトがうねる壁面だった。これがB棟かと確認する前に、通用口らしき両開きのドアから二人の人物が出てくる。エラの張ったワイシャツ姿の青年と、白衣を羽織った初老の男。

「失礼ですが、県警の警部殿でしょうか」

青年のほうが尋ねたので仙堂はうなずき、バッジを見せた。

「捜査一課の仙堂だ。こっちは、部下の袴田」

「お疲れ様です。磯子署刑事課の、吾妻と申します」

敬礼とともに彼は名乗った。髪の毛は先がちぢれ、肌は日に焼けている。臨海部の署だからということもないだろうが、どことなく海の男を連想させる。

「ずいぶんタイミングよく出てきたな」

「窓からお二人の姿が見えましたので。いや、それにしても仙堂警部とお会いできるとは、光栄です」

「へえ、俺のことを知ってるのかい」

「県警の方々からお噂をちょくちょく。この前の高校の事件では、たった一本の傘から犯人を言い当てたとか」

「……ああ、まあ、ね」

とたんに仙堂は顔を引きつらせた。六月に起こった高校の体育館での事件。県警の手柄といえば手柄なのだが、その裏にはいろいろと複雑な事情があり、二人にとってはあまり触れてほしくない思い出となっていた。袴田は咳き払いをして、無理やり話題を変える。

「ええと、それで、現場はこの建物の中ですか」

「はい。サメ水槽の二階部分です。現在、鑑識が現場検証中。関係者は全員会議室に待機させています」

「待機？　事情聴取は？」

「まだ、ごく簡単にしか。何しろ、全員アレにかかりきりでしたので……」

そう言って、吾妻は後ろを見やった。シャッターの開いた幅の広い搬入口から、捜査員の吹くホイッスルに合わせて、トラックがゆっくりと出てくるところだった。

「なんですか、あれは」

「サメだよ」

それまで黙っていた白衣の男が、ぶっきらぼうに言い放った。角ばった顔の輪郭と、愛想のない表情。監察医の弓永である。

「弓永さん、お久しぶりです」

「体育館のとき以来だな」

ああ、また体育館か。今度は袴田の顔まで引きつった。

「え、ええ。それでサメというと、ひょっとして……」

「お前らも事件の概要くらい聞いてるだろう。人食い、ザメを眠らせて、あのトラックに載せたってわけだ」

「現場保存と、サメを落ち着かせるのに三十分。水槽から引き上げるのに三十分、コンテナに入れてトラックへ積み込むのにもう三十分……捜査員も職員も、あ、もちろん関係者以外の職員ですが、とにかく総出の作業です。苦労しました」

二人が話す横を、問題のトラックが通り過ぎていった。袴田が時間を確認すると、十一時四十五分である。事件発生が十時過ぎというから、ついさっきまで一時間半、たっぷりサメの巨体と格闘していたのだろう。それはどうもお疲れ様です、と心からねぎらいの言葉をかけた。

弓永は腕を組み、

「これから解剖だ。ここの獣医が使えりゃいいんだが、容疑者扱いだからな。今、海洋大と八景島から専門家を手配してもらってる」

「というと、やはり被害者は……」

「腹から上はほとんど食われてる」

表情を変えぬまま、監察医は言った。

「水死体なら腐るほど診てきたが、こうなると別問題だ。そもそも腹の中で原形を留めてるかどうかもわからん」

サメを解剖し、胃の中から出てきた被害者を、さらに解剖する——

「うっ……」

想像するだけで袴田は口を押さえてしまった。昼食前だったのがせめてもの救いか。ベテランの仙堂は屁でもない様子で、弓永に頭を下げる。

「大変でしょうが、ひとつよろしくお願いします」

「まあやるだけやってはみるが、結果は期待するなよ。何せ、陸(おか)で人がサメに食われるなんて

「……俺はこんな事件、初めてだからな」

言い捨てると監察医は踵を返し、搬入口のほうへ大股で歩いていった。

「……私だって、初めてですよ」

仙堂はその背中に向かい、ぼそりと答える。

彼の頰を、夏の暑さのせいだけとは思えぬ汗のしずくが、一筋確かに伝っていった。

＊

その、一時間ほど前。

頰を伝う感覚は自分自身にもわかった。暑さだけではなく、緊張しているせいもあるのだろう。柚乃は顔をこすって汗を払い落とすと、前傾姿勢でラケットを構えた。相手の投げ上げるボールへ、意識を集中させる。

カコッ。

一球目のサーブはネットに引っかかり、フォルトとなった。向こうも緊張しているのがわかる。二球目は成功したが、ミスを恐れて勢いは落ちていた。難なく返し、相手も応じる。

バックサイドへ打ち込んだとき、返球に隙が見えた。こちらのコートへ着地したボールは軽やかに弾み、大きな弧を描く。回転が緩い。

打たなきゃ。

気持ちが先走る形で、柚乃はボールに飛びつきラケットを振り抜いた。不器用な打ち方になってしまったが、スマッシュはどうにか上手く決まった。

「よしっ」

小さく叫び、ガッツポーズを取る代わりに、左手でユニフォームの胸元をぎゅっと握った。これが柚乃なりの勝利のかけ声だ。中学で卓球を始めたばかりのころ、自分の打つ番が来るたび不安で不安でしかたなく、神様に祈るように胸を押さえて緊張をほぐしていた。それをずるずると引きずってこうなってしまったのである。胸元の布がよれよれになってしまうのでできればやめたいのだが、いまだに癖は直らない。

とにかく、こちらがポイントを取った。一回戦はセルフジャッジなので、相手がボールを拾いに行っている間にスコアボードをめくる。これでスコアは、7—10。

柚乃のマッチポイントだ。

トーナメントは2ゲーム先取制、柚乃と相手は互いに1ゲームずつ取っている。これが勝敗を分ける最終ゲームだった。あと一点で柚乃の勝ちが決まる。

相手は唐岸高校の一年生で、的場（まとば）さんという人。眉がきりりと引き締まった、ボーイッシュな少女だった。実力はほぼ五分（ごぶ）。リードし続けてここまで来たものの、三点差では油断できない。

追い詰められた的場の二度目のサービスは、初球からこちらへ襲いかかってきた。バウンドの瞬間速度が上がる、打ち返すだけで精一杯のドライブサーブ。サーブの技術は向こうのほう

が上だ。柚乃は主導権を握られるものかと食らいつくが、

「あっ」

その力みが仇となった。打った瞬間に後悔が頭をかすめる。勢いのつきすぎたボールは狭いコートを簡単に越えていき、床の上で小刻みに跳ねた。

「アウト。8—10」

ほっとしたように、的場がカウントした。

二点差。

ああ、迫られてる。どうしよう、追いつかれたら。デュースに持ち込まれても勝てる？　微妙かなあ。うわ、また汗垂れてる。暑い。息苦しい。やばいやばい、これはやばい。って、早苗みたいな言い方だけど。

煮え立った頭の中で、思考がぐるぐると渦を巻く。気ばかり焦りながら、柚乃はボールを受け取った。サーブチェンジで次はこちらのサービスだ。チャンスではある。

——とにかく、逃げきろう。

集中し直し、四〇ミリの小さなボールを握りしめた。整えた呼吸に合わせて投げ上げ、サーブを放つ。相手に比べるとやはり遅く、変化もしない。浅めにレシーブされ、つっつきと呼ばれるカット法で返した。的場はさらにドライブをかけ、急角度を狙ってくる。どうにか追いついたが、逆サイドがガラ空きになってしまった。なぜ五分だなどと思ったのだろう？　彼女のほうが一枚上手だ。

ああ、負ける――

「あっ」

また、声が上がった。

叫んだのは、的場のほうだった。

さっきのサービスと同じように、彼女の打球はネットでその軌道を阻まれた。引っかかったボールはそのまま自陣に着地し、回転の余韻を残してシュルシュルと動き続ける。終わりはあっけなかった。

的場は天井を仰ぎ、絞り出すようにカウントした。

「……ネット。ゲームセット」

8―11。ゲームスコアは1―2。

柚乃の勝ちだ。

ありがとうございました、と二人は握手を交わす。どちらの手も、じっとりと湿っていた。

結局のところ、どうしようもなく焦っているのは的場も同じだったのだ。実力は五分と五分で、こちらのほうが少しだけ緊張に強かった。

「……よしっ」

もう一度、柚乃は胸元の布を巻き込んで拳を握った。

一回戦、勝ち上がりである。

「柚乃、勝った?」

部員たちのもとへ戻ると、すぐに早苗が聞いてきた。

「ま、ギリギリでどうにか」

「おお、やったじゃん。拍手拍手」

自身もすでに創明の一年を破っている早苗は、祝福のしかたまでお気楽である。パチパチと手を叩いてから、しかし彼女は暗い顔になり、

「でも問題は……」

「わかってるから、それは言わないで……」

柚乃は赤いユニフォームの集団、緋天学園へ目をやった。しなやかな手足を思いきり伸ばして、ストレッチに勤しむ忍切蝶子。周りでうっとりと眺める後輩たちも開始前と同様である。

そう、問題は次の試合だ。

いやが上にも柚乃は戦わなければいけない。緋天のエース、関東最強の女子卓球部員、忍切蝶子と。

中学時代に戻ったかのように、柚乃は無意識のうちに、またユニフォームの胸を握りしめていた。勝利を喜ぶためではなく、神に祈るために。

どうか、勝てますように——いや、せめてこっぴどい負け方はしませんように。

祈りを終えてふと気づくと、胸元には手から滲んだ汗の跡が、はっきりと残っていた。

2　真っ赤な血海

通用口から中に入ると暑さは幾分やわらいだ。前言撤回、袴田と仙堂はスーツの上着を羽織る。蛍光灯に照らされた廊下が正面と右側に延びていて、左には階段。掃除をしたばかりなのか隅にモップ絞り器が置いてあり、踏み面には水気と光沢があった。

「被害者は雨宮茂、二十八歳。ここの水族館でイルカの飼育と、ショーを担当していました。身長一八〇センチ、体重六八キロ。住所は……」

その階段を上がりながら、吾妻はさっそく事件経過を話し始めた。

「午前九時の開館後、彼は同じイルカ担当の滝野智香と一緒に、新館にあるプールでイルカのコンディションを確認。九時四十分ごろ飼育員室へ戻っています」

袴田はいつもどおり愛用の手帳に、逐一報告事項を書きつける。あとで警部の思考を手助けできるように。

「で、いつもなら十時二十分くらいまでデスクワーク兼休憩を挟んで、そのあと二人で十一時からのショーの準備にかかる……はずだったんですが」

階段を上りきると、吾妻は正面の廊下を少し進んだところで立ち止まり、

「九時五十分に、雨宮がこのドアの中へ入っていくのが目撃されたんです」

左手にある両開きのドアをコツコツと叩いた。プレートには〈B5・レモンザメ〉の表示。

「この奥に、サメの水槽が?」

「ええ。職員が餌をやったり水槽の掃除をしたりする、いわゆるキーパースペースと呼ばれる部屋です。しかも、飼育日誌の束を持っていたそうで。イルカ担当の被害者がサメ水槽に用があるのも妙ですし、そんなものを持ち込むのも普段ではありえないのですが、とにかく今日は行動が違いました」

吾妻はその向かい側、廊下の右のドアを大きく開けた。そちらの表示は〈第一会議室〉と書いてあり、中は長机と椅子が並べられただけの簡素な部屋だったが、今は捜査員の即席の詰所と化しているようだ。机に捜査資料がぶちまけられ、青いつなぎ姿の鑑識班と磯子署の刑事たちが、慌ただしく動き回っていた。

吾妻は会議室に歩み入りながら報告を続ける。

「そのときこのバックヤードには数人の職員がいましたが、皆自分の仕事にかかりっきりで、彼が消えたことを怪しむ者はいませんでした。そして、その十七分後、午前十時七分——」

机の上から写真の束をつかみ上げると、刑事は一番上の一枚を袴田たちに差し出した。

来館客の誰かが、展示スペースから水槽を見上げて撮影したのだろう。眩しい光の中を泳ぐ巨大なサメの白い腹部が見える。まるで魚が空を飛んでいるかのような美しい構図。しかし、それにも増して幻想的なのは、偶然写り込んだ闖入者の存在だった。

黄色いポロシャツを着た若い男が、サメのすぐ脇に浮かんでいる。いや、浮かんでいるのではなく沈んでいるのか。落下した直後であるのを示すように、その体は細かいあぶくで包まれていた。さしずめ人魚姫ならぬ人魚王子だ。ライトアップされた水面の反射で少し見にくかったが、王子様の首筋からは、赤い血が霧となって水中に溶け込んでいた。

写真の端に記録された日時は、確かに十時七分だった。

「決定的瞬間だな」と、仙堂。

「ですが、本当の決定的瞬間はこのあとです。さすがにそのときの写真はありませんが……」

「いや、かまわん。何が起きたかは知ってる」

たとえ知らなくとも、この写真を見ただけで充分予想はつく。血まみれの男と、三メートル級のサメ。考えうる限り最悪の組み合わせだ。

「えげつない事件だなあ……」

「だが、そのぶん捜査はしやすい」

袴田には先が思いやられたが、上司は正反対の意見だった。

「誰かがこの雨宮って男を水槽に突き落としたんだとしたら、これだけ派手にやらかしたんだ、逃げられるわけがない。現に関係者の洗い出しはもう済んでる。そうでしょう?」

最後の言葉は吾妻への確認だった。彼はうなずき、

「事件が起きたときB棟のバックヤードの中には、全体の三分の一ほどの職員がいました。そこでもちょっとしたパニックになったようですが、防犯カメラのおかげで人の出入りは把握できています」

「防犯カメラ?」

「なんだ、気づいてなかったのか。天井に設置してあっただろう」

「こちらに図があります」

吾妻はすぐに、二人を部屋の奥へ案内する。顔は大味だが、なかなか気配りの細かい刑事だ。ホワイトボードにこの建物の見取図と思しきものが描いてあり、ところどころに色のついたマグネットが貼りつけられていた。彼は脇の予備から青いマグネットを四つ手に取った。

「この建物、B棟のバックヤードの出入口は、全部で三つあります。まず、私たちが通ってきた通用口。トラックが出てきた搬入口。それと、展示スペース側へ出るためのここのドアです。そもそもナンバー錠の暗証番号を知らないと一般人は入ることができませんし、その上出入口はすべて、このカメラで見張られていました」

解説とともに、それぞれの出入口からすこしずれた場所にマグネットが貼りつけられる。カメラの見立てらしい。

外部通用口の前に一つ。廊下を挟み込むようにして、展示スペース側の通用口にも一つ。さらに搬入口とその外側に一つずつ。計四つ。

「カメラの映像は新館の警備室へ送られています。捜査員がざっと確認していますが、改竄された形跡等はないようです。加えて、搬入口の外側のカメラにはB棟の壁も映っており、窓からの出入りがないことも確認済みです。ですから……」

もう一度、吾妻は最初に告げた結論を繰り返した。人の出入りは、完全に把握できています。

「雨宮が最後に目撃された九時五十分から、事件が起きた十時七分まで。バックヤードの内部にいた人間は全員確認済みで、廊下の端の、第二会議室に集めてあります」

「というと、犯人はその中にいるはずなんだな？」

「ええ、間違いなく」

仙堂はさらに食い入るように、

「人数は？」

「現時点で、犯行は不可能とわかっている者を除くと……十一人です」

十一人。

決して少なくはないが、これから何百という水族館利用者との闘いを予想していた刑事たちにとっては救いの数だ。袴田は安堵の息をつきながら、〈11〉の数字をページの末尾に書き入れた。事件の瞬間どこで何をしていたかを調べていけば、容疑者はさらに絞れるだろう。

「やりましたね。仙堂さんの言うとおり、簡単そうな事件ですよ」

「だといいがな。さっさと終わらせて、キャビアでも食いに行きたいもんだ」

「サメなだけにですか。僕はフカヒレのほうが」

「サメなだけにな……ってばか、気い抜くんじゃない」

囁き声で小突かれてしまった。先にふざけたのはそっちなのに。いや、ノリツッコミなどを使ってくる時点で、警部もかなりリラックスしている証拠か。

袴田は脇腹をさすりながら、机の上の写真に目を戻し——ふと、疑問に思った。

「ところでこの被害者、自殺の可能性はないんですか?」

「自殺、ですか」

「水槽に飛び込む時点ですでに首から出血していたようですけど、だからって殺人とは限らないでしょう? 自分で首を切って、そのまま落ちたのかも」

吾妻は他の捜査員たちと顔を見合わせ、ゆっくりと首を振った。

「袴田さん、おっしゃりたいことはわかりますが、これは絶対に殺しですよ。現場を一目見れば明らかです」

彼はホワイトボードを指の腹で叩く。〈サメ水槽上部〉と書かれた場所の中央に、赤いペンで幾重にも記号が記されていた。

「殺害現場は水槽の上に渡された、この橋の中ほどです。床は血まみれ、被害者が置けたはずのない場所に包丁が落ちていて、さらにそこから血の足跡が……とにかく、ご自分でご覧になってください」

廊下側の壁——その先のサメ水槽のほうを実際に顎でしゃくり、磯子署の刑事はくたびれたような笑顔を見せた。

「ちょっと、すごいですから」

二時間前に雨宮茂が通っていき、そして二度と戻ってこなかったドアから、仙堂、袴田、吾妻の三人はキーパースペースへ足を踏み入れた。

キーパースペース２階

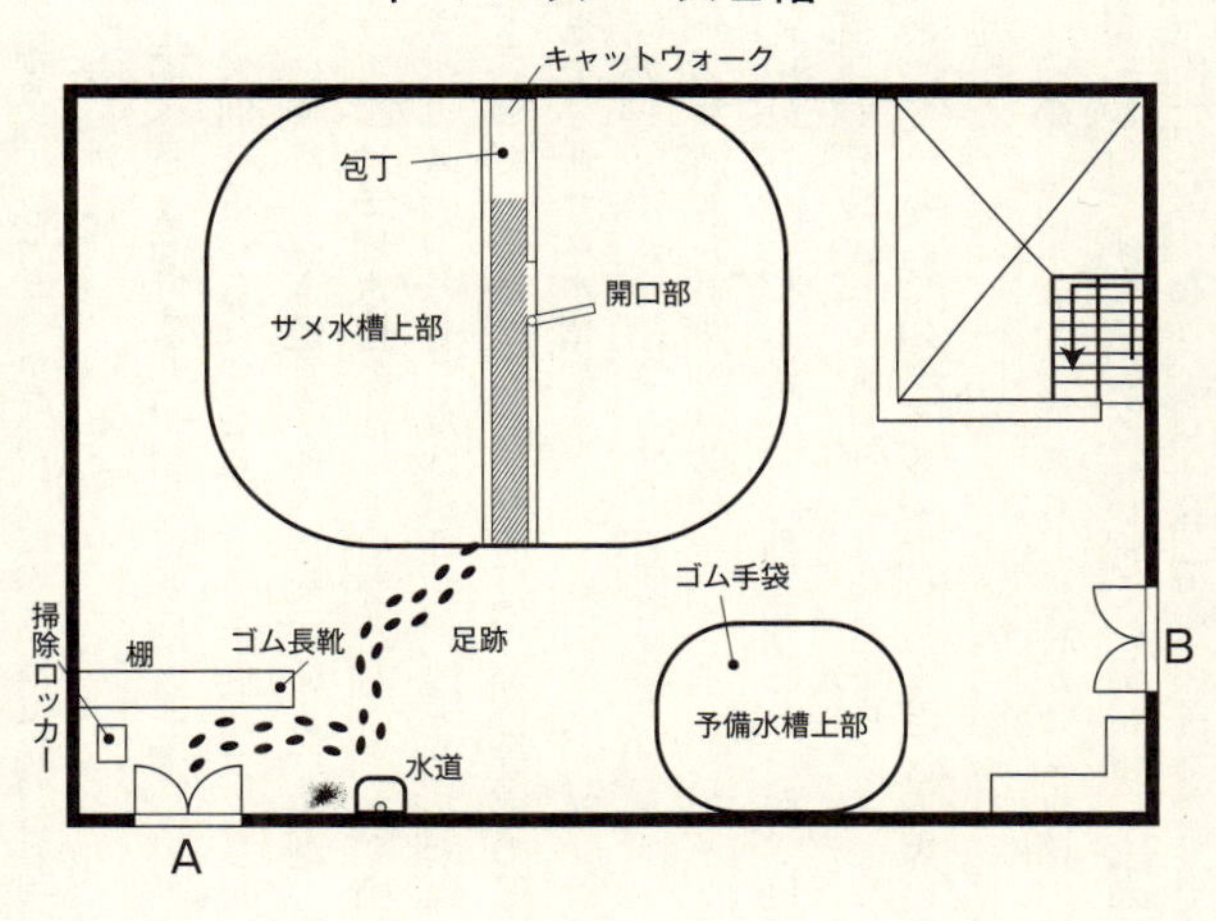

壁沿いの棚や水道、数本の柱の他には、段差も遮蔽物もない広々とした空間だった。しかし開放的とは程遠く、窓は一つもなし。壁と天井は剝き出しのコンクリートで、パイプや換気ダクト、クレーンのレールなどが縦横無尽に走っている。吊り下げられた蛍光灯の頼りない光が、絡み合うそれらの蛇にも似た影を、ぼんやりと浮かび上がらせていた。

袴田は、先ほど手帳に写した見取図と目の前の光景とを見比べた。キーパースペースは横に長い長方形。バックヤードの中心にあり、それを三方向から囲むようにして事務室などの他の部屋が並んでいる。

出入口は二つあり、自分たちが通ったのは〈A〉と割り振った角にあるドアだった。部屋は右奥のほうへ広がっており、横手に水面の低い、黒々としたプールが見える。

〈予備水槽〉というらしい。そのさらに先、対角線上の角には柵が設けられていた。一階部分の吹き抜けになっているようだ。

正面へ目を向けると、すぐ近くにスチール製の幅広の棚があった。大小さまざまなバケツがサイズ別に重ねられており、ゴム手袋にゴム長靴、タオルにブラシ、網にホースなど、掃除や飼育に使うらしき道具が並べられている。左側の壁には古ぼけた掃除ロッカーがあった。

プールは予備水槽の他に、自分たちの正面、棚の向こうにもう一つあった。薄暗いキーパースペースの中でそこだけが唯一、煌々(こうこう)とした輝きに包まれていた。普段水族館の職員たちが動き回っているはずのその場所は、今は警察の鑑識係たちで占められている。

「あそこがサメ水槽です」

巨大なプールを指さして、吾妻が言った。

サメ水槽──事件の現場。

袴田はさっそく水槽へ、と動こうとしたが、足元の異変に気づき歩みを止めた。

廊下に広がっていたアイボリー色のリノリウム製のタイルは、青みがかった寒々しい色へと変わっている。そのタイルの上に点々と、赤黒いものが見て取れた。

足跡だ。

一筋の、血によって作られた足跡がサメ水槽のほうからまっすぐ伸びてきて、中ほどで少し壁際に蛇行、またコースに復帰し、最後はこちらまで続いていた。歩みが進むにつれて血の色はだんだん薄くなり、ちょうどドアの前あたりで完全に見えなくなっている。

「これが、血の足跡……。犯人のものでしょうか」

「だろうな。犯人の靴の裏に血がついてたってことか？」

「だったらよかったんですが、向こうは一枚上手でした」

吾妻は白手袋をして正面のスチール棚へ近づくと、棚の右端、ゴム長靴の並べられた場所から、大きめのサイズの一つを手に取った。

「キーパースペース内での作業用に使われてるゴム長です」

説明しながら、吾妻はこちらへ靴の裏を向けた。ゴム張りの靴裏は、濁った赤色で汚れていた。波打つ溝の形は、床に残った足跡のそれとまったく同じである。溝の中にはどういうわけか、白い繊維のようなものも挟まっている。

「犯人はこれを履いていた、と」

「そういうことです。ご覧のとおり足跡は現場から始まっていますし、付着してるのは血液で間違いありません。詳しくはまだ結果待ちですが、被害者の血でしょう。溶けた紙の繊維も現在検査中ですが、おそらく現場のものと一致するかと……」

「紙の繊維？」

「あ、すみません、説明していませんでした。現場には血と一緒に、日誌の紙も散乱していて……いえ、やはり直接ご覧いただいたほうがいいですかね」

吾妻は長靴を棚に返し、そそくさとサメ水槽を見やるが、

「いや、メインディッシュはあとに取っとこう」

警部が柄にもなく、キザな言い方で待ったをかけた。

代わりに何をするのかと思えば、腰をかがめて床へ顔を接近させ、足跡を逆に辿り始めた。これで虫眼鏡でも持っていたらまるっきりシャーロック・ホームズだ。袴田も手帳片手にあとをついていく。

「何か、気になることでも?」

「歩幅がバラバラだ。酔っ払いの歩いた跡みたいに」

言われてみれば、足跡の歩幅は一定せず、広くなったり狭くなったりを繰り返している。

「わざと歩幅を散らしたのかもしれませんね。身長を特定されないように」

「たぶんそうだろう。大きめの長靴を履いたのも、足のサイズがばれないように考えたからかもしれん。てことは……ん?」

足跡が壁のほうへ蛇行している部分で、仙堂は立ち止まる。ステンレス張りの狭い流し台がついた、簡素な水道が設置されていた。向かって左側には縦幅八〇センチほどの細長い鏡があり、袴田が壁のほうへ目をやると、自分と視線が合った。

血の足跡は水道の前で明らかに一時停止しており、さらに流し台の右側の床には、もう一つ別の血痕がついていた。

縦二〇センチ、横三〇センチほどの長方形。巨大なスタンプに赤インクをつけ、ぐっと押さえつけたかのような跡。先ほどの靴裏と同じく、細かい紙の繊維のようなものも交ざっている。

「なん……の跡でしょうね」

「さあな。ただ、靴の裏でないことは確実だな」

警部は水道の観察に移る。蛇口を軽くひねったが、水は出なかった。

「断水中か？」

「古い建物ですから、水回りの調子が悪くなっているそうです」

流し台のステンレスの表面には、排水口へ向かって伸びる赤い筋が見て取れた。血の混じった水が流された跡のように見える。

「こちら、事件直後の写真です」

気配り刑事・吾妻は、胸元から数枚の写真を取り出した。二時間前の水道周辺の画像。流し台に残った水は乾ききっておらず、赤い筋もよりはっきりと確認できた。排水口には白い繊維もこびりついている。その周囲の側面には、ポツポツと赤い飛沫（ひまつ）が飛んでいた。

「何か、血のついたものを洗ったんでしょうか」

「水道が壊れてるのに、なぜ水を流せるんだ？」

「流し台にわずかに残っていた水は、サメ水槽のものと成分が一致しました。水槽の水を汲んできたのだと思われます」

「水槽の水……」

吾妻の言葉に首をかしげながら、仙堂は一枚写真をめくる。

流し台付近の床を写した写真だった。右側には今見たとおりの四角い血痕がついており、その反対側——流し台の左には——

「……水滴？」

直径一センチほどの、ごく小さな水滴が写っていた。一滴だけならそう怪しくもないが、写真をめくるにつれて警部の眉間には皺が寄った。水のしずくは現場から伸びる足跡に沿って、ポツポツと数十センチごとに垂れており、水道から先ではぷつりと途切れていた。

袴田は写真から現実の床へと視線をずらす。リノリウムは傷（いた）みにくい代わりに水はけが悪い。水滴は乾いてすっかり縮んでいたが、まだかろうじて形を残している。

加えてもう一つ。足跡が蛇行を始める箇所に、直径三〇センチほどの赤い円が見て取れた。水滴と同じく、足跡が進む方向の左側に沿ってついている。

「バケツを床に置いたような跡もあるな。犯人は水槽の水を現場から汲んできて、それをここに流したってことか？」

「だと思われます。水滴の成分もサメ水槽の水と一致しましたし、あの地点からは、ごくわずかに血も混ざっていました」

と、吾妻は赤い円がついた箇所を指さした。

「流し台の横の、四角い血痕はなんの跡なんだ？」

「それについてはまだ調査中です。サンプルは採ってありますから、すぐに結論は出ると思いますが」

「ふむ……」

低く唸り、仙堂は部下を見やった。袴田は水滴や血痕の情報を要点だけ書き込み、手帳から顔を上げる。大丈夫、データは順調に集まっている。いつものように。

「それじゃ、先へ進もう」

仙堂は水道を離れ、また足跡を追跡しだす。水滴が沿っている他に、いくつかの足跡には血に交じって白い繊維も見受けられた。靴にこびりついていたものが剝がれたのだろう。

そのまま五、六メートルほど進み、捜査陣の前にようやくメインディッシュ——サメ水槽が現れた。

近づいてもなお、袴田にとってその水槽は、巨大な〝プール〟としか形容しようがなかった。微妙にカーブしているので正確にはわからないが、幅、奥行きともに八メートル以上はあるだろう。飼育されている生き物からして三メートル級なのだから水槽も大きいのは道理であるが、それにしたってやはり、でかい。周囲にはサーチライトのようなものがずらりと設置され、主の消えた水槽に光を当て続けている。それらもまた特大のサイズで、自分が小人になった気がした。

中央には細い橋が架かっており、奥の壁までまっすぐに続いている。ちょうど検証を終えたのか、捜査員たちが列をなしてそこから出てくるところだった。彼らは外に出るたび、ゴム長靴から革靴へと履き替えていた。

「あそこが殺害現場だと思われます。水槽は大きすぎますからね、中央でも作業できるようにと作られたブリッジです。俗にいう、キャットウォークというやつです」

「キャットウォーク……ああ、劇場の天井とかにある通路のことですね」

袴田たちは捜査員に会釈しながら進み、その通路——キャットウォークの前に辿り着く。

地獄絵図だった。

リノリウム部分よりやや低い位置に作られた通路の床は、その狭い幅いっぱい、中ほどまでまんべんなく血に浸っていた。事件から二時間近く経っているというのにどういうわけか血は黒ずんでおらず、鮮やかな赤色のままで、代わりにかなり薄まっていた。どうやら大量の水が混じっており、そのせいで血が固まるのが遅れているらしい。

加えて床の上には、何枚もの紙が散らばっていた。紙は血と水に浸かった状態で入口付近を隙間なく埋め尽くしており、柔らかくなったその上を歩いたせいだろう、まるで雪に残った跡のように、何筋も足跡ができていた。奥のほうにも紙は散っていたが、そちらはさらにぐしゃぐしゃと踏み荒らされている。血が滲んだ白い固まりの数々は、朽ち果てる最中の骸のように見えた。

さらに橋の外、サメ水槽の水面は濁った茶色を映し出している。水槽内の〝食事〟で大量の血液が流れ出たのと、捜査の関係で濾過装置が止められたせいだろう。

ライトアップされた、波一つなく静まり返るどす黒い水面と、その中心を貫く鮮血の橋。白い骸と、不気味な足跡。肉片や死体の影はすでになくスプラッタ色は弱いものの、目の前の光景は死後の世界を象徴するような、ある意味芸術的ですらある迫力を持って、県警の刑事たちを出迎えた。

「こりゃ確かに、ちょっとすごいな」

百戦錬磨の警部も、このときばかりは首の後ろをさすりながら嘆息した。それからすぐに仕事の目に戻り、

「足跡は、この橋……キャットなんちゃらだっけか。ここから始まってるな」

「キャットウォークですよ、仙堂さん。キャットウォーク」

「ああわかったわかった。ウォークな、ウォークウォーク」

言葉どおりずんずんと歩き、仙堂は現場に踏み込もうとする。

「あ、ちょっとお待ちを。これを履いていただけますか」

と吾妻。両手には、入れ違いに出ていく捜査員から受け取った、〈磯子署〉と書いてあるゴム長靴が三足。通路の外に余計な足跡や血痕を残さぬためのものだろう。

靴を履き替え、短い段差を下り、いよいよ正真正銘の現場へ。水は狭いキャットウォーク上に一センチ近く溜まっており、足には、濡れた紙を踏みしめるいやな感覚が伝わった。

「血の海だな」

仙堂がつぶやき、「まさにそうです」と吾妻は応じる。

「ここに撒かれている水も、サメ水槽と成分が一致しています。文字どおり、血と海水の混合ですよ」

「散乱した日誌ってのは、この紙のことか?」

「ええ。先月分の、館内の生物の飼育記録だそうです。事件直後はこうなっていました」

また写真が差し出される。今自分たちがいる入口付近の様子だったが、光景はますます雪の上のそれに近かった。赤く染まった溶けかけの雪原だ。踏みつけられて形を崩した紙によってできた足跡が、綺麗に一筋だけキャットウォークの奥のほうから伸びており、他に荒らされた部分はまったくなかった。ただ、奥のほうの紙はその時点で、すでにぐしゃぐしゃと踏み荒らされていた。

「……捜査員が入る前は、一筋しかなかったのか」

仙堂は写真と見比べながら、今通ったばかりの入口を振り返る。紙の上に残った足跡は、橋の外の赤い足跡へとつながっていた。

「こりゃどう見ても、犯人が逃げた跡だな」

「日誌は、被害者が持ち込んだんですよね。殺されたときにばら撒かれたんでしょうか」

首をかっ切られ、手の力が抜けて書類を落とす。袴田はそんな場面を想像したが、吾妻は「さあ、どうでしょう」と答える。

「偶然散らばったにしては範囲が広すぎます。ほら、水面にも何枚か浮いていますし。おそらく床の排水口を詰まらせるために、わざとやったのではないでしょうか」

彼の話はこうだった。キャットウォークは入口のほうへやや傾斜しており、本来は、そこの排水口へ水が流れ落ちる仕組みになっているらしい。今床が水浸しなのは、大量の紙によって排水口が塞がれてしまっているからだ。

「ですから、犯人は被害者を殺害したあと、彼の持っていた日誌を入口付近にばら撒き、排水口を詰まらせた上で水槽の水を撒いて、この状況を作った、と。そう考えられます」

「でも、それじゃあなんのために水を？」

「殺害の行われた正確な地点を、ごまかすためかもしれません」

「ああ、なるほど……」

血が水に溶けて広がれば、どこで殺したかは判別できなくなる。

「でも、この通路の上で殺したのは間違いないんでしょう？」

「ええ。ここ以外から、これほど大量の血は検出されてませんから」

刑事たちは首をひねりつつ、水槽の上という慣れない現場をさらに奥へ進む。キャットウォークの幅は一メートルと少しだけで、一列に並んで行進しなければならなかった。両端の柵は高さ八〇センチほど、牢屋のように縦棒が並んだごくスタンダードなタイプで、海水を扱っているせいか、手すり部分には錆(さび)が目立った。

吾妻はキャットウォークのちょうど中間、紙がもともと踏み荒らされていたあたりで歩みを止めた。

「正確な場所は不明ですが、おそらくこの中間あたりで殺害したのではないかと……。ここなら、落下地点に近いですから」

言葉に合わせて、通路の右側が示される。柵の一部が、外へ向かってドアのように開く仕組みになっていた。幅は六〇センチほど。飲食店のレジ部分の扉や、西部劇に出てくる酒場の扉の片方だけによく似ている。

「犯人は被害者の首を切ったあと、この開口部から水槽に突き落としたと思われます。写真に写っていたのも、ちょうどこの真下に当たります」

扉の柵の上部には、血がべっとりと付着していた。水が混ざっていないため、すでに凝固して赤茶色に変色しており、周囲の錆とまだら模様を作っている。さらに観察すると、開口部分の扉とその接点の柵との間には、トイレの個室にあるような差し込み式の簡単な鍵が取りつけてあった。

「この鍵、事件直後には……」

「鍵は開いていました。というか扉自体、開けっぱなしの状態で」

吾妻は新たな写真を取り出した。開け放たれた開口部と、そこについた血と、背後の淀んだ水面。靴だけが残された崖っぷちの光景と、同じ喪失感を覚える。

袴田が実際に扉を押すと、わずかな軋みの音とともに、抵抗なく外側へ開いた。左手で鍵の受け金がついている柵をつかみ、外へ身を乗り出してみる。

濁った水面には、暴れたときの名残なのだろう、破れた書類が数枚浮いていた。サメがいないとわかっていても充分すぎるほど怖い。

「本当に、えげつない事件……」

独りごちたその瞬間、
ポタリ。

薄手の手袋を通して、柵をつかんでいる左手に、冷たい感覚が走った。

「ひゃうあっ」

間抜けな叫びを上げ、水槽へ落ちそうになる。間一髪のところで柵をつかみ直した。息を荒らげながら身を引くと、冷めた目の仙堂と目が合った。

「何やってんだ？」

「い、いや、違うんです。手にいきなり水が」

そのまま天井を見上げる。キャットウォークの真上にも何本かパイプが通っており、どうやらそのうちの一ヶ所から水漏れしているようだった。じっと待っていると、また同じ場所にピチョン、と水滴が落ちてきた。

吾妻は笑って、

「さっきも言ったとおり、古い建物ですからね。水槽の設備は最新鋭らしいですが」

「他の部分もちゃんと整備してもらいたいなあ。危うく被害者のあとを追うとこ……」

「袴田、待った」

突如、仙堂が鋭い声で部下の動きを止めた。

「足だ。足。いや違う、動かすな。そのままでいろ」

彼は袴田の足元に屈み込み、水でグズグズになった紙の中を探り――何か小さなものを拾い上げた。

「画鋲（がびょう）だ」

頭の部分が平たく丸い、ごく普通の画鋲。

「捜査員も見逃してたようですね……どうしてこんなところに画鋲が？」

「俺が知るか。吾妻君、鑑識に回してくれ」

「あ、はい」

ポケットから保存用のビニール袋を引っ張り出し、吾妻は画鋲を受け取った。

仙堂はそのあともしばらく開口部付近を調べて回ったが、それ以外得るものはなかった。やがて出した結論は歯切れが悪かった。

「まあ、この橋の上で被害者が襲われたことと、ここから落とされたってことは確かだな」

開口部の扉を開いたり閉じたりさせて、吾妻に、

「で、もう一つ……凶器についてだが。それもこのキャットなんとかで見つかったとか」

「ええ、あそこです」

吾妻は二人を先導し、さらに奥へ進む。袴田は警部に「だから、ウォークですってば」と耳打ちするのを忘れなかった。また小突かれてしまったが。

入口から七、八メートルは入っただろうか。壁がかなり迫ってきた通路の端。このあたりには紙はなく、床が入口側に傾斜しているせいで血と水も途絶えていた。ただ一つその先には、タオルに包まれた出刃包丁が落ちていた。

仙堂は手に取り、タオルを剝いだ。よく見るまでもなく、タオルも刃も血まみれだった。

「……確かに、自分で首を切って開口部から落ちたんだとしたら、こんな離れた場所に包丁を置けるはずないいな」

彼は包丁と開口部を交互に見比べた。

「首を切ったあと、涼しい顔して刃にタオルを巻けるはずもありませんしね。……吾妻さん、あなたの勝ちです。こりゃどう見ても他殺だ」

賭けに乗った覚えはないものの、一応袴田は負けを認める。「サメに食われず助かりました」と吾妻はまた冗談を返し、

「それでこの包丁ですが、出所は現在調査中。どうやら館内の備品ではないようです。タオルのほうはおそらく被害者がベルトに挟んでいたものかと。腹部から下は水槽内に残っていましたが、タオルだけは見つかりませんでしたので」

ずいぶんと恐ろしい判別法があったものだ。袴田はまた喉に込み上げてくるものを感じた。必死で飲み込み、手帳にペンを走らせる。

「指紋は？」

あまり期待しない様子で、仙堂が尋ねた。

「包丁にも、どこにも残っていません。というのも、予備水槽——向かい側の、もう一つのほうの水槽ですが、あそこにゴム手袋が投げ捨ててありましてね。しかも、ご丁寧に裏返しになった状態で。犯人はそれをつけていたのだと思われます」

「そのゴム手袋は、もともとはどこの？」

「長靴と同じで、入口の棚に置いてあったものです」

「……ふむ」

手袋が棚にあった備品で、さらに水の中に裏返しで捨てられていたとなると、そこから犯人へつながる指紋等を検出するのは不可能だろう。

殺人であるということははっきりした。いつ、どこで、どうやって殺したかもすべてわかっている。

だが〝誰が〟やったか、最も重要である犯人の正体だけが、謎のままだった。

「ここからわかるのは、このぐらいか……よし、戻るぞ」

見切りをつけたのか、仙堂はキャットウォークの入口へ向かい歩きだした。袴田はその背中を追いつつ、控えめに話しかける。

「意外と用心深い犯人ですね」

「そうでもないさ」

「ですが、犯人は痕跡を残していませんよ。手袋にゴム長っていう念の入れようで……」

「そのゴム長だが、ちょっと妙だと思わないか」

出口で靴を履き替え、赤い足跡を、今度は犯人が歩んだ方向に沿って辿り直す。キャットウォークを斜めに出発し、水道をかすめ、また入ってきたドアのほうへ。

「長靴は、この棚の隅に置かれていた。だが足跡自体は……ほら見ろ、棚をスルーしてドアの前まで続いている。普通なら、棚の端が終着点になってるはずじゃないか？」

「うーん、それは……急いで現場から逃げようとして、ドアの手前でまだ長靴を履いてることに気づいて、引き返したのでは？」

「しかしな、犯人は足跡の歩幅をわざとバラバラにしてるんだぞ」

仙堂は切れ長の目で床を見やる。

「つまり犯人は、自分が足跡を残してるってことを、はっきり意識していたんだ。そんな人間が、長靴を履いてることを忘れると思うか？」

「あ……」

足元に意識を集中させていながら、靴の存在を忘れる。ちょっと考えられない話だ。

袴田は最初に足跡を調査していたときの警部の様子を思い出した。彼が本当に気にしていたのは、このことだったのか。

「となると、犯人は一度扉の前まで意図的に行き、その後長靴を処理するため引き返した、ということになる」

「一度、ドアの前まで……いったいなんのために？」

「無論、そのあたりに急ぎの用があったわけだ。たとえば、あそことか」

仙堂はゆっくりと、指先を伸ばした。

その先には、古ぼけた掃除ロッカーがあった。

「吾妻さん、あの中は調べてあるのか？」

「ロッカーですか。いえ、キャットウォークの外はまだ完全には調べてませんが、もちろんすぐに……あっ」

返事の最後まで待たずに、仙堂はロッカーの扉を開いた。

中にはバケツが一つ無造作に置いてあり、それをどかすと、モップが一本立てかけられていた。どこにでもあるタイプの、柄の先に撚り糸の束がついたもの。しかしただ一ヶ所だけ、普通ではない点があった。

撚り糸の部分には、色が薄れてはいるものの、はっきりと赤い血が見て取れた。

「これを隠そうとしてたんだな」

柄の色は黄色で、長さは一メートルほどだった。ふむ、と唸りながら仙堂はそれを持ち上げる。ネジが取れかけているらしく、柄の付け根が危なっかしく揺れた。撚り糸の根本のほうにはかなり血が濃く残っており、靴の裏と同じように白い繊維も交じっている。しかし、先のほうへいくにつれて色は薄くなっていた。

まるで、水で軽く洗ったあとのようだ。

「あの水道のところで、これを洗ったんですかね」

「おそらくそうだろう。流し台の横にあった跡も、これだな」

仙堂は一人得心した。確かに洗う前の血まみれのモップを床に立てかければ、流し台の横にあったような四角い跡がつくだろう。

続いてバケツが手に取られる。棚に並べられていた水色よりも少し色が濃く、青いプラスチック製。大きさは直径、高さともに三〇センチほど。〈床掃除用〉と側面に油性ペンで書いてある。こちらの見どころはバケツの裏側だった。丸い底の縁に沿って血と紙の繊維が付着していた。

「足跡の横にあった丸い血痕と一致しますね」

「ああ。これで水槽から水を運んできたんだろう。……ん？」

バケツをあちこちから眺めていた仙堂が、唐突に声を漏らす。袴田も同じ角度から覗き込むと、バケツの底からわずかに光が射しているのがわかった。

「……穴が開いてますね」

「穴というか、こりゃヒビだな」

すぐに袴田は思い当たる。もしこのバケツに水を注いで、それを持って歩いたとしたら、小さなヒビから少しずつ水がしたたるのでは。そう、あの足跡に沿った水滴のように——

もう、鑑識に回してくださいなどというやりとりは必要なかった。誰の目にも明らかな重要証拠である。仙堂はモップとバケツを吾妻に差し出し、所轄の刑事は受け取ろうと気が急(せ)くあまり、片手に持っていた写真の束を取り落とした。

「やりましたね、水滴と血痕の謎が解けましたよ」

両手が塞がってしまった吾妻に代わり、袴田は床に膝をついた。散らばった写真を集めながら、仙堂へ興奮した声をかける。

「これでわかっただろ、犯人はそれほど用心深い奴じゃない」

警部も唇の端を曲げた。

「それに本番はこれからだ。事件の瞬間のアリバイを調べれば、容疑者はかなり絞れる」

そう、容疑者はすでに特定されている。現場からは指紋こそ出てこなかったものの、いくつも証拠が見つかった。

袴田は自分たちが真相に迫りつつある、いつもの感覚を味わっていた。キャビアとフカヒレは目前である。

熱い期待とともに、集めた写真の束を握りしめ——そして彼は、あれ？　と眉をひそめた。

「どうした？」

「この現場写真、何枚か隅に人が写ってます。鑑識員でも刑事でもなくて、黄色いポロシャツの……」

体格のよい短髪の若い男。丸っこい中年女性に、腕を組んで呆然としている老人。ワイシャツ姿の人間も数人いる。水族館の職員であるようだ。

「吾妻さん、どういうことですか」

問い詰めると、吾妻はすみません、と低く頭を下げ、

「先に報告しておくべきでした。実はこの写真、我々が撮ったものでないものも含まれてまして。床の足跡だとか、排水口の様子だとか、外から撮ったキャットウォークだとかは、目撃者の一人が撮影したものなんです」

「最初の、サメ水槽を表から撮った写真みたいに？」

「そうです。あれも同じ子が撮影してくれたもので」

子、という呼び方が引っかかった。大人ではないのか？

「ちょうど今日、高校の新聞部の部員たちがここに取材に来ていましてね。事件の瞬間も、館

長と一緒にサメ水槽の前にいたんです。そのあとすぐにこちらへ入ってきて、キャットウォークに人を入れないようにしたり、足跡を踏ませないようにしたり、このように写真を撮ったりと尽力してくれたようなんです。おかげで現場保存がスムーズにできました」

「そ、そうでしたか……」

袴田と仙堂は、吾妻に気づかれぬよう視線を交差させた。高校の新聞部。六月のいやな思い出の一部が、甦（よみがえ）る。

さらに続けられた言葉で、悪い予感は現実となった。

「風ヶ丘高校と言っていましたから、ひょっとしてお二人とも面識があるかもしれませんね」

「か、風ヶ丘？　風ヶ丘の新聞部ですか？　体育館の？」

「ええ、その風ヶ丘です。お二人が担当された」

吾妻は誇らしげに言うが、県警コンビはそれどころじゃなかった。

「ま、まさかとは思いますが、赤い眼鏡の女の子とかはいませんよね？」

「向坂とかいう名前の女だ。いないよな？　いないと言ってくれ」

二人して、必死に詰め寄る。吾妻は涼しい顔で、

「ええそうです。部長さんがそういう名前の、かわいらしい女の子で。いやあ、やっぱりご存じでしたか」

「…………」

「え……？　ど、どうかされました？」

「なんてこった」

仙堂は片手で顔を覆い、パイプだらけの天井を仰いだ。

パサリ、と乾いた音を立てて、袴田の手から写真が滑り落ちた。

＊

「袴田、ファイト！」

背後からよく通る声が聞こえた。振り返ると、佐川部長だった。彼女も近くの台で試合に臨むところらしい。ど、どうも、と柚乃は弱々しく笑みを返し、それから目の前に立った相手を見て、ファイトと言われても……と頬を引きつらせた。

トーナメントは順調に進み、勝負の時は三十分と経たぬうちにやって来た。心の準備などできるはずもなく、柚乃は肩をこわばらせたまま、卓球台の前で忍切蝶子と対峙（たいじ）したのだった。

自分よりも頭半分背が高い。口元には変わらず、余裕のある微笑み。

「よ、よろしくお願いします」

「ああ、よろしく」

握手をしてから、お互いのラケットを交換する。といっても忍切のプレースタイルは全国的に有名だから、いちいちラバーをチェックするまでもなかった。バック側にツブ高を張った、ストレートグリップのシェークハンド。綺麗に手入れされており、手垢のついた自分のペンハンドが恥ずかしいくらいだ。

顔を上げると、忍切と視線がぶつかった。ラケットと同時に柚乃自身を値踏みするように、彼女は少し首を傾け、目を細めていた。試合のために後ろで結んだセミロングの黒い髪に始まり、子供っぽい顔立ちと白い肌からひ弱な四肢まで、文学少女にしか見えないとよくからかわれる容姿の、すべてを見つめられている気がした。試合の緊張とは別の意味で、なんだか顔が火照った。

ラケットを返すと、ジャンケンでサーブかレシーブかを決める。忍切が勝ったがエンドを選択し、柚乃が先攻となった。二人は離れ、台の両端から再び向き合った。

「2ゲームストゥマッチ、袴田、トゥ、サーブ。0―0」

二回戦からは負け審制なので、スコアボードには先ほど試合をした的場がついている。コールの間忍切は、右腕のスポーツウォッチを操作して何やらセットしていた。試合の時間でも計るつもりだろうか。

「い、いいですか」

「ああ、すまない。始めていいよ」

「そ、それじゃ。お手柔らかにお願いします……」

「お手柔らかに？　わかった、そうしよう」

素直にうなずかれてしまう。柚乃は妙な気持ちになりながらも、試合に意識を移した。

相手は関東最強の女子卓球部員。逆立ちしようがファイトと励まされようが、敵うはずのない存在。

しかし、だからといって逃げの一手は禁物だ。佐川部長だって言っていた。

やるとなったら、勝つつもりでやる。

「勝つつもりで……」

生唾を飲み込み、ボールを高く上げ、
卓球台に最初のサーブの音が響いた。

渾身（こんしん）の一球だったが、忍切は難なく返してくる。柚乃もすぐに構えを正し、また打ち込む。

ラリーは二度三度とハイペースで続いた。

やがて柚乃は、ちょっとした違和感を覚えた。

——意外と、戦えている？

忍切の基本戦術はカットマン。粘ってミスを誘うという型であるから、前陣速攻型の柚乃に対し防戦一方というのは、まあ納得がいく。だがそれにしたって速度は遅いし、回転も鋭くない。とても関東最強とは思えぬ球だった。

最初の〝お願い〟どおり、本当に手を抜いてくれているのだろうか。だとしたらずいぶん舐められた話だが、ともかく、この程度の勢いならこちらから自由に攻められる。

チャンスだ。

柚乃はフォアサイド——サウスポーである忍切が苦手とするであろう側——の端へ狙いを定めた。やはり緩いまま戻ってきた何度目かの返球にドライブ回転をかけ、思いきり叩き込む。

コントロールだけには自信がある。見事、ボールは狙いどおりの場所に――

ほぼ同時に、風が顔を掠めた。

打球音も、バウンドの音も、耳にはほとんど届かなかった。水平に近い角度で台と接するほどの鋭利なカット回転で、ボールは襲いかかってきた。向こうにとってはスマッシュでもなんでもない普通のリターンなのだろうが、柚乃は反応すらできなかった。

「…………」

「0―1」

あっけに取られている的場に代わり、忍切がコールする。美麗な顔にゆとりの微笑を浮かべたまま。

手を抜かれているのは本当だったし、今だって本気とはほど遠いのだろう。しかしいやな気分にはならなかった。ただただ柚乃は、実力差に呆然とするしかなかった。

ボールを拾い、またサーブの構えに入る。頭の中では二頭身の小さな早苗が、やばいよ、やばいよとかん高い声で喚き回っている。勝つつもりで、ファイトを持って立ち向かってはいるものの、それでも柚乃は青い顔で、もう一度改めて悟りきった。

――世界が、違う。

まだトーナメントの序盤、誰もが自分の試合や審判で忙しく動き回っており、忍切蝶子と袴田柚乃の試合に目を留める者は少なかった。不幸中の幸いである。もし目を留めた者がいたとしたら、その試合は実に情けなく、そして単調なものとして映っただろう。

柚乃が様子見のときはラリーが延々(えんえん)続き、攻撃に転じようとすると忍切もとたんに球威を上げ、一瞬でポイントを取られる。何度やってもその繰り返しだった。最初のゲームでは一度だけ忍切がアウトを出したが、2ゲーム目はそうはいかず、やがて的場が、無情に試合終了を宣言した。

「11―0。マッチ、トゥ、忍切選手。ゲームセット」

あっという間に2ゲーム取られ、もちろん結果は、忍切の勝利だった。

「ら、ラブゲーム……」

一点も取れずにゲームが終わるなんて、中学一年以来だ。柚乃は膝に手をつき、倒れ込みそうな上半身を支える。精神も肉体も疲労にまみれていた。髪を解(ほど)くと、べたつく頬に毛先がへばりついた。

忍切はといえば汗だくの柚乃とは対照的に、涼しい顔のまま腕時計を確認している。

「六分三十秒……こんなものか」

ぼそりとつぶやくのが聞こえた。2ゲームで六分三十秒。普通だと、十分近くかかるのだが。

息を整えていると、忍切は台を回ってこちらへ近づいてきた。「どうもありがとうございました」と言いながら手を差し出す。柚乃も礼と握手を返した。

「なかなか上手いね」

「え?」

ふいに忍切が言ってきて、柚乃は思わず聞き返す。

「私が流しで打ったボールはすべてきちんと返してきた。打点も正確。基礎がよくできている」

「ど、どうも。でも、結局まともな得点は、一度も……」

「はは、そりゃそうだよ。相手が私だもの」

あくまで爽(さわ)やかに忍切は言ってのけた。「けれど」と柚乃のユニフォームを見るように目線を下げ、

「球筋がまっすぐすぎるのはよくないね。狙いがすぐ読める。スピードでカバーしようとしてるみたいだけど、私はそういう、端(はな)からフェアを貫こうとするようなプレーは嫌いだな」

「き、嫌い、ですか」

「うん。大嫌い」

にこりと微笑むと、

「佐川の打ち方にそっくりだから」

試合中と同じように本気なのかどうかわからない一言を残して、彼女は去っていった。

なんとなく——なんとなくだが、忍切が部長をライバル視する理由が、少しだけわかった気がした。

「見てたよ」

風ヶ丘のほうへ戻るや否や、早苗がにまにまと笑いながら寄ってきた。見てやがったか。

「つ、強すぎた……」

「そんなの最初からわかってたじゃん」

「いや、わかってたけど。ああ、もう」

試合の興奮が収まると、今度は実力差のショックが襲ってくる。一歳違うだけなのになぜあんなに強く、なぜあれほど風格があるのか。見た目も大人っぽくて美人だし。いや、そこはどうでもいいのだけど。

「ともかくお疲れ。これ飲む？」

飲みかけのスポーツドリンクだったが、ありがたく頂戴した。自分のはとっくに空になっている。

柚乃がドリンクを呷る横で、早苗はあーあ、と天井を仰いだ。

「これで二人とも二回戦敗退かあ」

彼女も唐岸の副部長と当たり、二回戦で見事に玉砕済みである。

「他に勝ち残ってる人は？」

「うーん、緋天とか唐岸ばっかり残ってるからなあ。佐川さんは順調だけど、あとは理本さんと、窓辺さんと……あ、一年だと小鈴が残ってるけど、今佐川さんと当たってるから……」

要するに、ほぼ全滅ということだ。まあ、トーナメントの後半を緋天が占めるというのは毎年のことで、どの校も、メインは午後の団体戦という認識らしいが。

「それよりさ、試合が少なくなってきたから、端の台使っていいんだって。負け審が回ってくるまでちょっと打とうよ」

「いいけど、もう少し休ませて……」

「なんだ、情けないなあ」

「今、情けないとか言わないで。本当に情けなくなるから……」

「そんなに落ち込むことないって。けっこう試合になってたじゃん」

「あれは、忍切さんが手を……あれ？」

白いユニフォームの少女が、こちらへ近づいてきた。先ほど審判をしていた的場だ。なんの用かと思ったら端のほうの台を指さし、

「そこ、使っていいって聞いたから。ちょっと打ちませんか？　なんならダブルスでも」

おお、他校の自分をそんな気さくに誘ってくれるとは、ボーイッシュな見た目どおり積極的な人だ。疲労も忘れて、柚乃は「ぜひ！」と即答する。

「おいコラ、休憩はどうした？　そんなにあたしと打ちたくないか」

「そうじゃないよ、早苗も打とうよ。ダブルスでいいですよね？」

「うん。じゃ、私も相方連れてくるんで……」

唐岸のほうへ戻りかけてから、彼女は思い出したように振り向いて、

「あの、余計なことかもしれないけど……私も、ちゃんと試合になってたと思う」

「え？」

「いや、なんていうか、途中で諦めてダレたりとか、そういうの感じなかったんで」

顔を赤らめて頭を下げると、早足で戻っていった。

柚乃と早苗の会話が耳に入っていたらしい。

「…………」

「ほらね、わかる人にはわかるんだって」

言葉が出せないでいると、早苗が軽く肩を叩いてくるのを感じた。

「柚乃はけっこう、かっこよかったよ」

3　容疑者が11人いる！

「どうも、お久しぶりです。いかがですか景気は」

「黙れ」

一ヶ月ぶりに顔を合わせた向坂香織の挨拶を、仙堂は冷たくはねのけた。

「どうして君がここにいるんだ」

「どうしてと言われましても、取材ですよ、取材。ねえ？」

胸に提げたカメラを揺らし、香織は隣に立った高身長の男に同意を求める。彼は黙って、日本人離れした顔を上下に動かした。そのさらに横の少年は、小学生かと思うほどの児童体型。

関係者を待機させている第二会議室から、こちらの第一会議室へと呼び出した三人の高校生は、いずれも個性的な容姿で刑事の精神をますます摩耗させていた。

その後ろでは口髭が印象的な小太りの男と、角刈りの任侠風の男が、事情を解せぬ様子でやりとりを眺めている。館長と、サメ担当の職員だという。

「あいつは来てないんだろうな」

「天馬ですか？　来てませんよ。天馬は今ごろ部屋で寝てます」

「そりゃよかった。……本当によかった」

「あの、ちなみに僕の妹は」

「柚乃ちゃんも誘ったんですけど、来れなかったんですよねー。試合があるとか言って」

「そりゃよかった。……本当によかった」

心底安堵し、二人の刑事は額の汗を拭う。吾妻が後ろから、

「やっぱり、お二人とは何か関係が？」

「いや、ない。まったくない。初対面だ」

「え、でも今お久しぶりって……」

「吾妻さん！　彼らのアリバイはどうなってるのかな！」

急に仕事モードに戻った仙堂は、ひときわ大きな声で刑事の疑問をかき消した。吾妻は「あ、はい」と慌てて手帳を取り出し、

「ええとですね、先ほども少し説明しましたが、館長と新聞部の子たちは九時五十分から十時

七分までずっと行動を共にしておりまして、さらに事件の瞬間には展示スペース側にいたことが映像で確認されてます。インタビューの録音記録もありますし、アリバイ的にはまったく問題ありません」

「では、犯人ではありえないんだな？」

「もちろんです。そうでなかったら、撮った写真や証言なんて信用しませんよ」

そもそも高校の新聞部と水族館の飼育員との間に、殺人が絡むほどの因縁があったとも考えにくい。仙堂は腕を組んで香織たちに向き直り、

「ならとりあえず、捜査協力に関しては礼を言わせてもらおう。どうもありがとう」

「いや〜そんな、当然のことをしたまでで」

「主に活躍したのは、倉町先輩ですしね」

照れる香織の横から、小学生風の少年が口を出す。倉町というのはハーフ顔のことだろうか。

「あ、そうそう、すごいのは倉っち、いや、倉町君で。あたしは何も」

「ああそうか、だろうな。倉町君、ありがとう」

「ちょっと待ってください、だろうなってなんですか？　刑事さん、だろうなってなんですか？」

「で、もう一人の彼は？」

香織は無視して、仙堂は角刈りのいぶし銀な男を見やった。

「深元さんですね。彼も事件当時はずっと新館のほうにいましたので、アリバイは問題ないで

す」

「そうか……ではまず、お二人から軽く話をお聞きしましょうかね」

「はいはい。まず、あたしが雨宮さんがサメ水槽に入ってくとこを見て……」

「お二人と言ったんだ、君じゃない！」

ときおり仙堂の叱咤が響き渡りながらもどうにか聞き込みは進み、袴田の手帳には事件の流れが詳細に記された。

香織たちがバックヤードから出ていったのは、カメラの映像によると九時五十分。雨宮は、その直前にサメ水槽のある部屋へと消えたらしい。落下の瞬間が十時七分なのは写真で確認済みだが、香織たちが裏方へ回ってそこにB棟のバックヤードにいた全員が集まったときも、まだ一分ほどしか経っていなかったという。

「ではそのとき、キーパースペースから逃げていく人間などは見なかったんですね？」

館長と新聞部は、そろって首を縦に振った。メモを取りながら袴田は、逃げ足の速い犯人だな、と内心でつぶやく。

職員たちがキーパースペースに集まった順番については、ハーフ顔の倉町がよく覚えていた。全員、二人以上のグループごとでやって来たそうだ。殺人であるとすでに直感していたので、現場や足跡に誰も近づかぬよう気をつけ、さらには集まった職員たちをそのまま第二会議室で待機させた、とのこと。確かに表彰ものの活躍である。警察や水族館全体への連絡は、館長自らが行ったそうだ。

サメ担当の飼育員・深元からは、水槽の事情を聞くことができた。彼が最後に水槽をチェックしたのは九時ごろだったが、何も異状はなかった。事件のあった十時前後は、ちょうどキーパースペースの二階に誰も入らない時間帯だった。水回りは、数日前から壊れていた（ここで西ノ洲館長は気まずそうに笑った）。他の場所からだと水面が遠すぎるので、サメ水槽の水を汲むには、低い場所に作られたキャットウォークの開口部からじゃないと不可能。……ということは、やはり流し台に流されていた水は、バケツで汲んで運んできたと見るべきだろう。

「雨宮さんがサメ水槽の裏に入ることは、これまでもあったんですか？」

と尋ねると、

「いや、ほとんどありませんでしたね。飼育員同士で業務を代わることはよくありますが、雨宮はショーとかイルカの飼育とか、自分の仕事でいつも手一杯だったので」

深元は、見た目どおりの渋い声で答えた。

「なるほど、ありがとうございました。まだ解放するわけにはいきませんが、どうぞ会議室のほうへお戻りください」

仙堂は丁寧に頭を下げ、捜査員の一人に二人を送り出させた。それから新聞部に、

「君たちも、戻っておとなしくしてなさい。……いいか、おとなしくだからな？　勝手に動くなよ？」

念を押すと、香織はドアへ向かいながら「はいはい」と適当な返事。

「別に、言われなくたって動きませんよ」

「お前らはこの前勝手に動いただろうが！」

　仙堂の一喝はしかし、すぐにドアを閉めて出ていった新聞部員たちには届かなかった。怒りのやり場を探すように、警部の拳は小刻みに震えた。

「なんで風ヶ丘の、よりにもよってあいつの関係者が……。最悪だ」

「あの、警部殿、この前勝手に動いたっていうのはどういう……」

「なんでもない！　君は気にするな！」

「あ、はいっ。失礼いたしました」

「仙堂さん、ちょっと落ち着いてくださいよ」

　袴田は、小声で警部をなだめる。妹が来ていないと聞いたせいで、部下のほうが幾分余裕があった。

「別に体育館のときみたいに、密室がどうこうってややこしいことにはなってないじゃないですか。裏染君も今日は不在みたいですし、問題ありませんよ」

「うむ……そうだ、そうだな。すまん、取り乱した」

　仙堂はその場で、ややオジンくさく深呼吸を繰り返す。

　次に吾妻のほうを振り向いたとき、彼の切れ長の瞳にはいつもの光が戻っていた。冷静沈着に犯人を追い詰める、刑事の眼光が。

「では、吾妻さん。この第一会議室を仮の取調室にする。資料なんかを少し片付けてくれ。それから、事件当時このバックヤードにいた職員……何人だったかな」

「十一人です」

手帳を見返し、すぐさま袴田が答えた。

「十一人。その中から、一人ずつこちらへ呼んでくれ。それぞれのアリバイを調べる」

「はっ。かしこまりました」

吾妻も真面目な敬礼を返し、さっそく行動に移る。袴田の胸はいよいよ迫ってきた事件の核心へ向かい、いやが上にも高鳴った。

途中で思わぬ幕間(まくあい)もあったが、捜査の終焉(しゅうえん)は確実に近づいている。彼はまた手帳をめくった。

雨宮茂がキャットウォークから突き落とされた瞬間——十時七分に、犯人は間違いなく現場にいたはず。その不在証明を調べていけば、怪しい者は必ず網にかかる。

容疑者は、十一人。謎は単純。

楽勝だ。

やがて捜査員たちは別棟の会議室へ移り、見取図のホワイトボードは裏返しにされ、会議室には元のうすら寒い机と、椅子と、そして二人の刑事が残った。

「では、最初は飼育員のチーフから」

「ああ、頼む」

扉から顔を覗かせた吾妻に、仙堂は大きくうなずいた。先ほどの香織とのやりとりなど記憶から消したかのような——いや、実際消したのかもしれないが——頼りがいのある態度。

「袴田、メモの用意を」

「ええ、わかってます」

県警のコンビは無敵の布陣で、一人目の容疑者を迎え入れた。


その一時間後。仙堂、袴田、吾妻の三人は、会議室の長机で沈黙していた。

仙堂は机をコツコツと指で叩き、袴田はペン先をカチカチと出し入れし、吾妻は眼玉をキョロキョロ動かして、そんな二人の様子を気まずく見守っている。無言のまま、誰も話そうとはしなかった。

やがて三人が発した言葉は、誰に話しかけるでもない、自問的な問いかけだった。

「どういうことだ？」

「どういうことです？」

「どういうことでしょう？」

「………………」

また、沈黙。

「わかりました、ちょっと整理してみましょう」

不毛な時間に終止符を打ったのは袴田だった。席を立つとホワイトボードの見取図が書いてある側を表に向け、青い水性ペンを手に取り、片手の手帳と示し合わせながら、聴取の結果をまとめだす。

「まず前提として、犯人はあの十一人の中の誰か以外考えられない。それはいいですね？」

「ええ。カメラの映像が証明してます」と、吾妻。

「ですよね。で、まずは飼育員のチーフ、和泉崇子。彼女は事件の起きた十時七分、事務室にいて――」

＊＊＊

「九時五十分からどこにいたか？　あたしは、ずっと飼育員室にいたわよ」

会議室の小さな椅子に大股で腰かけた和泉は、そう断言した。事件が起こって怯えているというより、それを通り越してむしろ怒っているようで、鼻息がいちいち荒かった。

「業務記録をまとめてたの」

「十時七分ごろも、そのままそちらに？」

「あ、事件のときね。そのときは隣の事務室にいたの。先月の飼育日誌がどこ探しても見つからなくって、もしかしたら事務のほうに紛れちゃったかな、って思って」

「先月分の飼育日誌というと、キャットなんちゃらの上で見つかった……」

「そうそう、それ。雨宮さんが隠し持ってたのね。どうしてだか知らないけど。あと、ウォークよ」

「え？」

「キャットウォーク。なんちゃらじゃなくて」

「ああ、はいはい……」

「日誌、グチャグチャになっちゃったんでしょう？　困るわよねえ、大事な記録なのに」

「そんなに大事なんですか」

「そりゃ、もちろん。まあ、データの記録は残ってるから問題ないんだけど」

ということは、日誌の情報を消したくて水浸しにしたというわけでもないようだ。

「事務室には、正確には何分くらいに？」

「移動したのは、十時ちょっと過ぎで……何分かは忘れたけど、五分よりは前だったんじゃないかしら。……あ、飼育員室から出たとき、芝浦さんと会ったわね。芝浦さんに聞けばわかるかも」

「わかりました、確認しておきましょう。事務室には、どなたかいましたか？」

「部屋には船見さんと、津さんと……あと、綾瀬さんがいた。誰か日誌知らない？　って話をしてたら、急に館長が駆け込んできたわけ」

「確かですね？」

「もちろんよ！」

自信ありげに、和泉は脂肪に囲まれた胸を張ってみせた。受け答えする声量はかなり大きく、いちいちやかましかった。

＊＊＊

　事務室の中に〈和泉〉と書き込み、手帳をめくる。

「……さらに、十時五分前の時点で事務室にいたのが、船見隆弘と津藤次郎、それに副館長の綾瀬唯子。船見はずっと事務室で仕事、津は十五分ほど資料室で休憩してから戻り、綾瀬は館長室にいましたが――」

＊＊＊

「ええと、今おっしゃった、九時五十分でしたっけ？　その前に僕、和泉さんから書類を受け取ったんですよね。会計記録まとめたやつ。ずっと事務室で、そのチェックをやってましたよ」

　経理事務の船見は、無精髭を撫でながら答えた。小心者らしく顔に事件のストレスがはっきり表れ、眉は綺麗な八の字を描いていた。ワイシャツの第一ボタンをだらしなく外していたが、館長もそうだったし、ここの職員は全員ノーネクタイで通しているのだろう。うらやましい限りだ。

　事務室の人の出入りを尋ねると、

「ええ？　どうだったかなあ、津さんと水原さんが出ていって……十時過ぎに、津さんが戻ってきましたね。え、正確に？　さあ、十時二、三分ごろだったと思うけど」

一応、和泉と証言は合う。

「で、ほぼ同時に綾瀬さんも入ってきましたね。コーヒー淹れに。ええ、事務室にしかコーヒーメーカーないんで。で、またすぐに和泉さんが、日誌知らないかって入ってきたんですよ。日誌ってアレでしょう、雨宮さんが持ってったんでしょう？」

「ええそうです、キャット……現場で見つかりました」

仙堂はいい加減うんざりしたらしく、なるべく恥をかかない言葉に言い換えた。

「では、十時七分の時点では、事務室には四人でいたわけですね？」

「はい。突然館長が入ってきて、びっくりしましたよ」

船見は肩をすくめ、苦笑した。


「覚えやすい苗字ですね」という言葉を聞いたときの、津のいかにも嬉しそうな表情を見て、袴田はすぐに後悔した。彼にとってこれは鉄板ネタなのだろう。そうでしょういやあよく言われるんですよ小学校のときもね、などとまくし立ててくる長い黒髪の男をどうにか椅子に座らせ、聴取は始まった。

「九時四十七分から十時二分まで、僕は十五分間資料室にいましたよ。ドアも閉めきって一人でね」

わざとらしいくらい正確に、彼は答えた。

「いえ別に用があったわけじゃないんですが、ちょっと休憩をと思いまして。で、十五分経ったのでもういいかと思い事務室に戻ったんです。船見さんがいました。ちょうどすぐ、綾瀬さんも入ってきましたね。それから、和泉さん。これは十時三分くらい。日誌がないだのサボられちゃ困るだのと話していたら、十時七分過ぎに、館長が『大変だ！』と言ってきた、と」

「……分単位のことを、よく覚えてらっしゃいますね」

仙堂が警戒しながら言う。津は笑って、

「記憶力がいいんですよ。あと、注意力もね」

嫌味ったらしく指を頭にやった。陰気なのか陽気なのかよくわからない男であるが、ともかく証言は他の者とも一致する。


「高校の生徒さんたちを館長と引き合わせて、そのあとは十時過ぎまで館長室におりました」

若き副館長・綾瀬は迷うことなく答えた。本人は「名前だけです」とのことでも、それまでの三人と違い背筋を伸ばし、顎をツンと向けた姿勢には、責任者の威厳が見て取れた。

「館長室は、私も先ほど確認させていただきましたが、ここと同じようにドアに小窓がついてますね」

「ええ」

「廊下を誰かが通っていくのを、見ましたか？」

彼女は刑事たちから目を逸らし、少し考えてから、

「そうですね……津さんが資料室のほうから戻ってくるのには気づきましたが、ずっと気をつけていたわけではないので……」

「けっこうです。それで、あなた自身は十時二分ごろ、事務室にコーヒーを淹れに行った、と」

「はい。津さんが戻ってくるのを見て、私も喉が渇いたから事務室に……と思ったんです」

「間違いなく、十時二分でしたか？」

「確かとは言えませんけど、腕時計を見たら十時を少しだけ過ぎてて、そのくらいの時間だったかと」

それからの証言は和泉たちと同じだった。仙堂は袴田にうなずきかけ、彼は手帳を閉じた。

「どうも、ありがとうございました。では、戻ってかまいませんよ」

＊＊＊

「というわけで十時七分の時点では、四人が四人とも事務室にいたことを証言し合っています」

さらに〈和泉〉の下に〈船見〉〈津〉〈綾瀬〉と書き込む。

「したがって彼らにはアリバイがあり、雨宮を突き落とすことは不可能です」

「そうですね」

「ああ、そうだな」

確認すると、吾妻と仙堂も同意した。袴田は青い水性ペンで、事務室の四人の名前の上に大きくバッテンを描いた。

――和泉・船見・津・綾瀬、除外。

「では次に、二階の西側について」

階段横の二部屋、展示作業室と女子更衣室をペンで指し、さらに手帳をめくる。

「作業室には展示担当の水原暦が、更衣室にはイルカ担当の滝野智香がいました。しかし十時前に滝野は飼育員室へ戻ろうとして――」

＊＊＊

滝野智香は、被害者とは仕事上つきあいが深い関係にあった。容疑者の中では動機も濃厚と思われる。仙堂は言葉を選ぶように、ゆっくりりと尋ねた。

「あなたが九時五十分まで飼育員室にいたことは、和泉さんや新聞部員の証言でわかっています。そのあと、どこへ行かれましたか？」

「女子の、更衣室に……。犬笛がなくなってしまって、代わりを探しに行ったんです」

滝野も慎重に答えを返す。

「ああ、そんなお話でしたな。犬笛というのは……」

「イルカの調教に使うんです。餌とか、ジャンプのタイミングを教えるために」

「ショーなどでよく見ますね。なるほどなるほど」

世間話のように話す仙堂の後ろで、袴田は手帳にチェックの印を入れる。なくしたというのは、一人になるための口実かもしれない。

「十分くらいロッカーを探したんですけど、古いものしか見つからなくて。まあいいかと思い、それを持って引き返そうとしたら、作業室の前で水原さんに呼び止められたんです」

「水原さん？」

「事務員さんで、展示の企画やレイアウトをやってくれてる方です。ポスターのデザインはどっちがいいかっていうようなことを聞かれて、そのあと、廊下で適当に雑談とか。そしたら、館長の叫び声が聞こえてきて……」

「ええと、ちょっと待ってください。あなたが水原さんに呼び止められたのはいつごろのことですか」

「たぶん、十時直前くらいだったと思いますけど」

「それからずっと、水原さんと一緒にいたんですか？　十時七分まで」

「はい。二人で」

「……廊下にいたとおっしゃいましたね。誰かの姿を見かけたりしましたか？」

「いいえ、誰も……あ、芝浦さんが階段のほうから声をかけてきたので、お疲れ様ですって返しました。いつかは、ちょっと覚えてないですけど」

次第に彼女の返答は、おそらく普段のショーでの振る舞いがそうであるように、はきはきとした調子を帯びてくる。仙堂は、わかりました、と質問を区切った。

最後に、代わりの犬笛をまだ持っているというので見せてもらった。細く小さなそれは色あせていて、確かに古びた品だった。

「九時五十分くらいに、業務用のプリンター使おうと思って作業室に行ったんですよ。え？そうですね、滝野さんと同じくらい……いや、あたしのほうがちょっと早かったかな。部屋入ってから、ドアの前通ってくのが見えたので。あ、作業室のドアにもここみたいに、窓がついてるんですけどね」

水原暦は早口で述べた。三十路(みそじ)過ぎに見えるが、ふわふわした髪や丸っこい派手な眼鏡、ロゴ入りのTシャツ一枚という出で立ちで、全体的に落ち着かない雰囲気の女性だった。

「何枚かサンプルを印刷して、どれを本決めにしたもんかって悩んでたんですけど。そしたらちょうどトモちゃんが戻るところが見えたから、声をかけて、相談して……。時間は、十時前だったかな、九時五十七分くらいでしたね」

「確かですか？」

「ええ。腕時計を見て、あ、もうすぐ十時になるなって思ったんですよね。そのときトモちゃんが通りかかったの、よく覚えてますから」

水原は、黄色いバンドの腕時計をこちらへ突き出した。他の職員も皆つけていたので、水族館からの支給品らしい。

二人の聴取のあと、袴田は仙堂の指示を受けて、B棟の西側を確認してみた。展示作業室は業務用プリンターやファイル棚が置いてあるだけの簡素な部屋。対する更衣室は女子のほうも、ついでに覗いた男子のほうも、雑多に服や荷物、タオルなどが散らばっており、この中でなら十分間なくし物を探し回るのも納得だった。

＊＊＊

「――十時七分の時点で、二人は展示作業室前の廊下にいた。ということは彼女たちもアリバイ持ちであり、犯行は不可能」

「だろうな」

「問題ありません」

二人の声を聞きつつ、袴田は西側の廊下に〈滝野〉〈水原〉と書き込み、またチェックを入れた。

――滝野・水原、除外。

立ち位置を変え、さらに続ける。

「二階にいたのはこの六人だけ。残りは一階です。まず、飼育員の芝浦徳郎(とくろう)と大磯快(かい)。この二人は――」

＊＊＊

「調餌室にいました」

短髪の青年、大磯快は静かに言った。見方によっては目つきが悪いとも取れる真剣な眼差しは、どこか警部と似ていた。

「チョウジ室。魚の餌を作る部屋のことですか」

「ええ。今日はA棟の水槽に撒く用の、アジを捌いていました。九時四十分に芝浦さんと調餌室に行き、それからずっと。芝浦さんはメモ帳を忘れたと言って一度二階へ引き返したのですが、十時過ぎには戻ってきました」

「餌も、飼育員の方が作るんですね。十時過ぎというと、正確には？」

「ううん……時計は見たのですが……正確には忘れてしまいました。でも、十時五分より前だったのは間違いないと思います」

和泉と同じような証言をする。

「それじゃ、十時七分――事件が起きたときには……」

「二人で調餌室に。館長の叫び声を聞いて、何事かと思って上に向かったんです」

「ふむ……」

仙堂が考え込む間も、大磯は無表情のまま姿勢を崩すことはなかった。

雨宮の死に、あまり動揺していないように見えた。

「ええ、確かに二階の男子更衣室に、メモ帳を取りに行きました」

芝浦徳郎のほうは、彼も動揺を隠そうとしてはいるものの、成功していなかった。口調は滑らかでも、深い皺の刻まれた顔には狼狽(ろうばい)が浮かび、骨ばった右手は緊張にじっと耐えようとするかのように、もう片方の手首を握りしめていた。

「私は淡水魚の担当なんですが、いつも飼育で気がついたことなんかをそれに書き込んでるんです。調餌のときは当番表に名前や時間を書き入れるんですが、ペンを出そうとして、メモ帳ごと忘れてきたのに気づきましてね。まあ大磯もペンは持っているので取りに行かなくともよかったんですが、気づいたついでだと思いまして」

「飼育員室ではなく、更衣室へ行かれたんですね」

「飼育員室でもメモ帳を見た覚えがなかったので、ロッカーの中に置きっぱなしだろうと当たりをつけたんですが……な、何か、まずいですか？」

今にも泣きそうな目で、老人は身を乗り出してくる。仙堂はいえいえ大丈夫です、とそれを制し、

「ただ、大磯さんの話だとあなたが二十分近く更衣室にいたことになるので。確かに更衣室は散らかっていましたが、メモ帳を取るだけでそんなに時間がかかりましたか」

「鞄(かばん)の奥のポケットに入り込んでましてて。そこだと気づくのに十分ほどかかっちまいました。

一回廊下に顔を出して尋ねたりしたから、誰か覚えてるんじゃないかな」

「ああ、五十分のときですね。新聞部や館長から証言が取れています。ですが、それでもまだ十分余りますよね。サボっていたとか？」

「はは、津さんみたいにですか」

芝浦はようやく泣き顔をやめた。津は今日に限らず、サボりの常習犯らしい。

「まあこの年で、疲れやすいですからね。それもありますが、それよりは、大磯が一人でもできるかどうかってとこが気になりまして」

「……といいますと？」

「あいつは今年入ったばかりで、まだ研修中なんです。何かするときは他の飼育員と一緒にって決まりなんですが、もうそろそろ大丈夫じゃないかと思いまして、それで……」

「わざと更衣室に長くいたわけですね。お一人で？」

「ええ、一人でした。……まずいですか？」

また顔を寄せられ、今度は仙堂まで泣きそうになってしまう。

「いえ、ですからまずいというわけでは……。理由が気になっただけですから。それよりも重要なのはですね、いつ調餌室へ戻ったかということなんですが」

「ああ、十時三分でした。時計を見て当番表に書き込んだので、間違いないです。あ、更衣室から出たとき、廊下で和泉さんとか水原さんたちにも挨拶しました」

「ええ、それは聞いています。しかし、十時三分ですか……」

「安心しましたよ。大磯はちゃあんと、仕事をこなしていましたからね」

親心溢れるベテラン飼育員は、そう言って証言を締めくくった。

＊＊＊

「そういうわけで、こちらも十時三分から二人でずっと一緒だった、と」

一階の通用口の横、調餌室の中に〈芝浦〉〈大磯〉と書き、

「したがって、この二人にもアリバイがあり、犯行は不可能」

「……そう、なりますかね」

「認めざるをえん」

袴田はそこにバツを重ねた。刑事たちの返事は、少しずつ歯切れが悪くなってきていた。

――芝浦・大磯、除外。

十一人のうち、八人が除外された。

「ええと……お次は、調餌室の隣、医務室ですね。ここには、飼育員の代田橋幹夫(みきお)と獣医の緑川光彦(みつひこ)がおりまして、代田橋は四十五分ちょっと前まで飼育員室にいたのですが――」

＊＊＊

「俺はやっとらんぞ！」

部屋に入ってくるなり、代田橋はそう言い張った。まだ警部が質問を始める前から。

「あんたらどうせ、俺が犯人だと思っとるんだろう。俺はやっとらん。無実だ！」

「別に誰もそんなこと思ってませんよ。とりあえず、おかけください」

この手のヒステリーに慣れっこな仙堂は、軽くあしらう。代田橋はまだ「濡れ衣だ」とブツブツつぶやきながら巨体をパイプ椅子に沈めた。熱帯魚担当の飼育員だそうだが、漢くさい見た目からはとても想像しがたい。

「代田橋さん、あなたは九時四十分過ぎに、飼育員室を出ておられますね」

「ああ、一階の水槽に餌をやりに行ったんだ。レモンザメの隣でコバルトスズメを飼ってるからな」

「そのとき、雨宮さんが消えたのと同じドアからキーパースペースに入ったようですが……」

「ほら見ろ、疑ってるじゃないか！」

代田橋は叫んだ。

「疑ってはいません。理由が知りたいだけです」

「理由も何も……いつも飼育員室からB6に行くときはそうしてるだけだ。廊下の階段で下りるより近いから」

「B6というのは、あなたが担当している水槽のことですね。確かにキーパースペースには、一階部分へ下りられる階段がついていましたね」

「そうだろ？　だから俺は無関係なんだよ。無実だ無実」

「あまり言いすぎると、逆に怪しく見えてきますが」

この一言の効果は絶大だった。代田橋はとたんに息が詰まったような音を出し、黙り込んだ。代わりにしかめっ面がますます険しくなる。

「餌やりは何分くらいまで行いましたか？」

「十時前……九時五十五分とか、そのへんだ。よくは覚えとらん」

「そのころには、雨宮さんがサメ水槽の上部にいたはずです。何か気づきましたか？」

「一階からサメ水槽の上なんか見えんからな、わからん。音も聞こえんかった」

袴田は証言をメモしながら先ほどの現場検証を思い出す。確かに、冷蔵庫が発しているような機械音の反響で、離れた場所の音は聞き取りにくかった。

「では、餌やりの最中、誰かが一階部分に下りてくるということもなかった？」

「当たり前だ」

「そうですか……。最初にドアから入ったときは、当然サメ水槽の前を通りましたよね？　そのとき何か、気づいたことは？　いつもと違う部分とか」

「だから、いちいち気にせんって。サメ水槽の様子なら深元に聞いてくれ。あいつはサメ担当だから」

「直前の様子が知りたかったのですが……何も気がつかなかったということは、いつもどおりだったんですかね」

独り言のように言ってから、仙堂は膝の上で指を組み、

「で、ここからよく思い出してほしいのですが。十時以降はどこで何をしていましたか？」

「餌やりを終えたあとは、医務室に行って獣医さんと話してた。新館のクマノミが伝染病にかかっちまってね、対処を相談してたんだ」

「事件のことを知るまで、ずっとですか？」

「ああ。驚いたよ、突然館長の大声が聞こえたからな。……本当だぞ？　嘘だと思うなら、緑川先生に聞いてみろ」

性懲(しょうこ)りもなく食らいついてくる。仙堂は「ではそうしましょう」と無理に面談を打ちきった。

緑川光彦はほっそりした顎に眼鏡がよく似合う、知的な印象の男だった。獣医というから白衣を着ていてもよさそうなものの、彼もまた紺色のポロシャツだけという、かなりラフな恰好だった。

「九時四十分少し前にこの下の医務室へ行きまして、ずっとそこに。古いカルテを見返していました」

あまり興味のない様子で、淡々と彼は証言した。

「誰とも会わず、お一人でですか」

「基本的にはそうです。ここへ入ってくるときに綾瀬君と会ったのと、あと、十時前に代田橋さんが部屋に来ましたが」

「十時前。正確には覚えてらっしゃいますか？」

緑川は眼鏡を指で上げ、

「九時……五十七分ってとこでしょうか。話し始めて少し経ってから、腕時計で十時ちょうどを確認したので」

彼も水原と同じように、黄色いバンドの腕時計を指さしてみせる。

「それで、十時七分までずっと……？」

「ええ」

短い答えが、すべてを物語っていた。

この二人にも――

＊＊＊

「この二人にも、アリバイがあります。十時前から十時七分まで医務室で話をしていた。つまり、雨宮を突き落とすのは不可能です」

袴田は医務室内に書いた〈代田橋〉〈緑川〉の文字をバツで消した。力が入りすぎたため、少しいびつな形になった。

「……ここまで、大丈夫ですよね？」

「え、ええ。証言が取れているなら……」

「いたし方あるまい」

吾妻と仙堂の顔色は、いよいよ青くなってくる。

——代田橋・緑川、除外。

「これで十一人のうち、十人が除外されました。残るは一人だけ……学生アルバイトの、仁科穂波」

袴田は震える指先でページをめくる。

「えー、彼女は九時四十分ごろからバックヤード内の廊下の清掃を行っていました。二階の西側、女子更衣室の前から始めて——」

＊＊＊

「こ、更衣室の前から始めて、階段の前まで行って、それから階段を、下に……」

仁科穂波は背が低く、顔にはまだ幼さが残っていた。刑事たちを前にしてすっかり怯えきっており、仙堂はいつになく柔らかな物腰で話しかけねばならなかった。

「ずっと、廊下と階段の掃除を？」

「は、はい」

「誰かとすれ違ったりしましたか？」

「に、二階の廊下を拭いてるときに、水原さんと、滝野さんとすれ違いました。館長が新聞部の人たちと下へ行くのも見えて……。そ、それと、階段の掃除を始めて、一階まで着いたときに、芝浦さんが二階から……」

ぎこちなく発される証言を、袴田は逐一書き留めた。これから察するに、西廊下の掃除を終えて階段へ入ったのが九時五十五分ごろ、一階へ着いたのが十時過ぎといったところか。

実際に確認を取ると、彼女も「そう、だと思います」とやはり消え入りそうな声で言う。

「ではそれから先、芝浦さんとすれ違ったあとはどうです？」

「……一階の廊下を、展示側の通用口のほうへ、ずっと掃除して……でも少し行っただけで、展示スペースのほうが騒がしくなったし、か、館長が、叫びながら戻ってきたので」

「それは、事件が起きたからですね。その間に誰かと会いましたか？」

「……いえ、その間は誰とも……」

穂波はうつむいた。仙堂はその隙に、したり顔で袴田と目を合わせる。

事件の瞬間、彼女は一人きりだった。もし彼女が、そのときサメ水槽上部にいたとしたら？死体を落としてから館長が通用口に飛び込むまでの短い時間でも、二階から階段の前へ下りるだけなら急げば間に合う。ビンゴだ。

さらに攻め入ろうと、警部は穂波のほうへ身を乗り出した。が、

「ちょっとすみません」

ドアを開けて、吾妻が割って入ってきた。県警コンビに耳打ちされた報告は、タイミング的には最高であると同時に、最悪でもあった。

「警備室の捜査員から、今連絡が……。彼女、カメラに映ってます」

「なに？」

「一階の西側は出入口に挟まれてるので、廊下全体がカメラの視界に入ってるんです。彼女、掃除してる姿がずっと映ってます。十時三分から、七分まで……」

警部の行動は素早かった。穂波を一旦部屋へ戻らせると、すぐに新館の警備室へ行き、自らの目で録画映像を確認した。

報告どおり、外の通用口と展示スペース側の通用口、廊下を挟んでいる両者の映像を合わせると、階段から倉庫、機械室まで、一階の西廊下すべてを見ることができた。五十分に館長と新聞部が展示スペースへ出ていくところも、芝浦が十時三分に階段を下りてきて調餌室へ向かうところも、しっかりと記録されていた。そして――

＊＊＊

「カメラには、仁科穂波の姿も映っていました」

袴田は一階西側の廊下に〈仁科〉と書き込む。

「十時三分から十時七分までの四分間。下りてきた芝浦とほぼ同時に一階に着いて、廊下を掃除し、展示スペース側の通用口の前まで来たところで、戻ってきた館長たちと鉢合わせる。彼女の行動はすべて映像に記録されていました」

それから水性ペンの先に息を――ため息をつくようにして――吐きかけ、

「つまり、最後の彼女にも強固なアリバイが存在します。犯行は不可能です」

最後のバツ印を描いた。

仁科穂波、除外。

「………」

もう仙堂も吾妻も、何も言わなかった。何も言えなかった。ただじっと、見取図に書き込まれた容疑者たちの名前を凝視していた。

事務室に船見、津、綾瀬、和泉。

二階西側の廊下に水原と、滝野。

調餌室に芝浦と、大磯。

医務室には代田橋と、緑川が。

そして、廊下のカメラに映っていた仁科穂波。

袴田は手帳を閉じ、アリバイ調査の結果を総まとめする。

「というわけで、容疑者の中に犯行が可能だった人間は……一人もいません」

ありえないことが、起きていた。

仙堂と袴田は、巨大なアクリルガラスを見つめていた。

表示板には〈レモンザメ〉と書かれているが、今はもう、ガラスの向こうにその姿はない。

ただ黒ずんだ水だけが、どこまでも広がっていた。水槽と同じように刑事たちの内心も淀んでおり、そして空虚だった。

容疑者全員が事件の瞬間、誰かと一緒にいて、もしくはカメラに映っていて、アリバイ持ち。と、いうことは、

「やっぱり自殺なのかな」

「それはありえませんって。凶器の位置とか、現場を立ち去る足跡とか、あと血のついたモップとか。殺人の証拠が多すぎます」

袴田のつぶやきに応じたのは警部ではなく、背後の吾妻だった。

「ですよねえ……だとすると、アリバイを偽証し合ってる人間がいるってことになりますね。つまり、共犯関係」

「共犯なら、一番くさいのは獣医と代田橋のペアですね。あの二人は九時五十分前から十時七分まで、他の誰からも目撃されていません」

「そうですね。まさか事務室にいた四人が全員共犯ってこともないだろうし、バイトの仁科はカメラの証拠があるから、残りの三グループの中だと彼らが一番……」

「お前らあの現場を見て、この事件が複数犯だと本気で思ってるのか」

こちらを振り返ることなく、仙堂が声だけ投げてくる。

「そ、それを言われると……」

一人分しかなかった現場の足跡。サメ水槽に落とすなどという、個人の感情が見え隠れする

愉快犯的手口。常識的に判断するなら、袴田にもこれは単独犯のしわざに思える。

「しかし、一人の犯行だとすると、アリバイの問題はどうなります？　こんなのまるっきり不可能殺人ですよ」

「……館長たちが目撃したのは、雨宮が水槽に落ちてくる姿だけだ。突き落とされるところを直接見たわけじゃない。あのとき、犯人はとっくに現場を立ち去ってたのかもしれん」

「死体は勝手に水槽に落ちたりしませんよ」

「生きてたとしたらどうだ」

仙堂は数歩水槽に近づき、アクリルガラスの表面を撫でる。

「犯人が首を切って逃げたあとも、雨宮は生きていた。狭い通路の上でもがいて、たまたま下の水槽へ落下してしまった」

「なるほど……いや」

納得しかけたが、光景を想像してみて、袴田は首を振らざるをえなかった。

「どうですかね。通路も狭いですけど、あの開口部の幅もかなり狭かったですよ。被害者は倒れた状態だったでしょうし、いくらもがいても偶然あそこをすり抜けるとは……」

「それに、それほどもがく元気があったら、水に落ちたあとも手足を動かしたりするはずですしね……あ、いや、すみません」

反論してから失礼にあたると思い直したのか、吾妻はかしこまって警部に頭を下げる。

「ですが警部殿、犯人がすでに立ち去っていたという見方は正しいかもしれません。それなら十時七分のアリバイは無意味になります。その場合、十時三分に調餌室に戻るまで男子更衣室にいた芝浦が怪しくなりますね。あの部屋は、キーパースペースのドアのすぐ近くですから」

「でも、そうとは限らないんじゃ？　廊下のドアはどこも閉まってたんですよね。なら、目撃されずにあのドアへ入ることは、誰にでも可能だったはずです。一階からでも、東側の階段を使えば二階に行けますし」

「……じゃあ、とっかかりなしか」

　吾妻は頭のちぢれ毛をかきむしり、「いや、そもそも」と続ける。

「とっかかり以前に、もしすでに立ち去ってたとしたら、離れた場所から死体をどうやって落としたかという謎が残りますね」

「離れた場所から、ねえ……機械か何かの遠隔操作で……あっ！」

　自身の適当な一言で、思いつくものがあった。磯子署の刑事を振り返り、

「吾妻さん、キーパースペースの天井に、クレーンみたいな機械がありましたよね？」

「ああ、ホイストですね。魚を運搬するのに使うものです。……あ、言っときますけど、あれで死体を落とすなんてことはできませんよ」

　自説を披露する前に、否定されてしまった。

「完全にコンピュータ制御されてますから。サメをトラックに運ぶときついでに履歴を調べてみましたけど、事件の前後はまったく動かされていませんでした」

「だ、だめか……」

袴田は肩を落とした。それにしても吾妻刑事、こちらに対してはビシバシ反論をぶつけてくる。扱いの差がひどい。

何か方法はないのか。死体を落とす方法。水族館のバックヤードから死体を水槽に――

「そうか、氷だ!」

水という単語からひらめいた。落ち込む時間はわずかで、袴田はまた大声を上げた。

「キャットウォークは水浸しでしたよね? あれは氷が溶けたのをごまかすためだったんじゃないですか? つまり、死体を氷で固め……るのは無理か。そうだ、扉を氷漬けにしておいて、そこに死体を寄りかからせて、時間が経ったら自動的に落ちるように……」

途中で、語気が弱くなる。自分で言っていて馬鹿らしくなってきた。

「この真夏に、死体を支えられるほどの氷をどうやって作る? 仮にできたとして、雨宮がキーパースペースにいた時間は十七分だぞ? そんな量の氷が十分かそこらで溶けきるか?」

「おっしゃるとおりです、すみません」

袴田も、警部の背中へ向けて頭を下げた。

「じゃあ、やっぱり共犯かなあ」

「それとも他に何か方法が……」

吾妻と仲良く腕を組むが、答えは出ない。

頭を悩ませていると、横の通路から捜査員が出てきた。三人に軽く敬礼し、

「だめです。キーパースペースを、一階部分も二階部分も含めて隅まで調べましたが、怪しい

ものは何も。血液反応も、事前に押収したもの以外からは出ませんでした」

半ば予想はしていたが、重ねて失望させられる。袴田は気落ちしながらも、事務的に、手帳にそれを書きつけた。ページは、鑑識からの報告で埋まっていた。

【バケツ】内側半分ほどの深さまで、弱いルミノール反応あり。水に血が混じった痕跡と思われる。しかしそこと、実際に血が残っていた裏側を除けば、他の部分から血液は一切検出されず。底のヒビについては、実際に水を入れて歩いてみたところ、確かにほんのわずかずつ水がしたたり、足跡に沿っていたものとまったく同じ水滴が残った。

指紋はサメ担当の飼育員・深元のものが持ち手から検出されたが、彼は事件当時新館にいたため、犯行は不可能。持ち手からは他にも、ゴム手袋で握ったような跡が発見された。

【モップ】血が付着していた撚り糸の部分以外からは、血液検出されず。指紋もバケツと同じく深元のもののみで、柄にはゴム手袋で握った痕跡。

【ゴム手袋】その両方の指先からルミノール反応あり。特に左手の指先が顕著。水の中に捨てられていたため、内側の指紋については検出されず。

【ゴム長靴】血がついていた靴の裏以外の部位からは何も出てこず。共用の品であるため、最後に履いたのが誰かを判断するのは極めて困難。

【容疑者たちの持ち物】全員軽装のため、ポケットからは携帯、財布、メモ帳程度しか出てこず。代田橋がバケツを、バイトの仁科がモップを持っており、また、西側の階段の隅には仁科が使っていたモップ絞り器が放置されていたが、それらからも何も検出されず。各部屋も一通り調べるが、事件に関係のありそうなものはなし。

【カメラ】九時五十分から十時七分までの間、館長・新聞部以外でバックヤードを出入りした人間は確認されず。搬入口、外の様子にも異状なし。一階西側の廊下についても、機械室等の部屋に出入りする人間、地下の濾過水槽へ下りていく人間は確認されず。

【B棟の外】念のために捜索するが、何も見つからず。

そして、今の新たな報告。

【キーパースペース内の物品】モップなどの押収したもの以外、一階部分も二階部分も含めて、怪しいものなし。

要するに、

「完全に行き詰まりですね……」

新たにわかったことといえば、バケツと手袋からルミノール反応——つまり、血が付着していた痕跡——が出たことくらいだ。他は「なし」「不明」「確認されず」ばかりで、犯人を決定付けるような情報は皆無だった。

袴田は、焦りをぶつけるように勢いよく手帳を閉じる。簡単な事件だったはずなのに、キャビアもフカヒレもだいぶ遠のいてしまった。

「仙堂さん、どうします？　他の職員にも聞き込みかけてみますか？　それとも、いったん磯子署の捜査本部に……」

「袴田」

背を向けたまま、仙堂は静かに言った。

「俺が一番初めに教えた心得、覚えてるか」

「……ええ。『何よりも、事件解決を最優先に』。覚えてますよ」

部下に就くことになった袴田が、警部から最初に言われた言葉である。飯は五分で済ませろ。風呂は我慢しろ。家には帰るな、椅子で寝ろ。二十一世紀の教示とはとても思えぬ内容だったが、あくまで心構えとして、手帳の一ページ目に書き込んである。

「解決を最優先にするなら、こんなところで話し合ってても時間の無駄だ。共犯ならともかく、もし単独犯だとしたら、犯人がどんな小細工を仕掛けたのか見破らなきゃ始まらん」

仮に誰か一人を単独犯として挙げたところで、アリバイを引き合いに出されては逮捕しようもない。

「一刻も早く答えを出さなきゃならん。多少強引な手を使ってもだ。……そうだ、すでに関係者も交ざってるし、この際もう一人呼んだって同じかもしれん。あいつならあるいは……」

暗く重々しい水へ顔を向けたまま、自分に言い聞かせるように言う。

交ざっている関係者と、あいつという呼び方。袴田は、不吉な予感に駆られた。

「あの、仙堂さん、まさか……」

「ああ、そうだ」

そこで初めて、仙堂はこちらを振り向いた。

解決への希望が賭けられた言葉とは裏腹に、心の底からいやそうな顔をしていた。

「一人だけ、こういう問題に強そうな奴を知ってる」

＊

キュッ。カンッ。わあっ。

シューズが床を削る音と、激しいスマッシュの音、風ヶ丘からの歓声とが一緒になってこだました。佐川部長が、緋天の二年生をストレートで破ったのだ。

「佐川さんすごいです！　決勝ですよ決勝！」

興奮冷めやらぬ柚乃は、汗を拭きながら戻ってくる部長に走り寄った。トーナメントは時間を押しつつも首尾よく進み、今終わったのが準決勝の一試合目。これで部長の決勝進出が決まったわけだ。

「ありがと。とりあえず、これで緋天には一矢報いられたかな」

「準々の相手も緋天だったじゃないですか、一矢どころじゃないですよ！　このまま決勝も……あ、でも決勝って……」

「おめでとう、佐川」

緋色のユニフォームの腰に両手を据え、忍切蝶子がやって来た。これから準決勝の試合だというのに、気を張っている様子は微塵も感じられない。

「順当に決勝まで来たね。戦うのが楽しみだ」

「……まだ、わかんないでしょ。忍切さん、次で小峰さんに負けるかも」

「唐岸の部長に？　それはないな、彼女になら目をつぶってたって勝てる」

冗談に聞こえないところが恐ろしい。

それから忍切は、身をかがめて部長の顔を下から覗き、

「……あれ、何か怒ってる？」

「ちょっと、ね」

ふいに部長は柚乃の肩を抱いて、自分のほうへ引き寄せた。思わず「ふぁっ」と高い声が出る。頬に胸があたり、凛とした横顔が間近に迫った。

「忍切さん、袴田との試合で手え抜いたでしょ。私も別の台から見てたんだからね」

み、見られていた……。

「やだな、それはその子が『お手柔らかに』って言ってきたから」

「だからって真に受ける人がどこにいるの。確かに忍切さんなら余裕で勝てるだろうけど、緩い球ばっかり返したりこれ見よがしに時間計ったり、それって相手に対する侮辱だと思う」

忍切は何も言い返さず、ただ肩をすくめた。部長はさらに、

「私、あなたのことは尊敬してるけど、そういうところは嫌い」

ズバリ言ってのけた。

「……その言葉、そっくりそのまま返すよ」

忍切は華麗にターンし、唐岸の部長が待つ台へと歩いていった。ショックを受けた様子もなく、むしろ踵を返す寸前に見えた口元は、やたらと嬉しそうだった。

そのままぼんやりしていると、佐川部長が肩を握る力を強めてくる。

「袴田、任せて。敵は討つから」

「あ、いやそんな、私は別に……」

否定しようにも、真剣そのものといった顔で去っていく部長には言葉が届かなかった。入れ替わりに寄ってきた早苗が、心境のすべてを代弁してくれた。

「なんか、火に油を注いだね」

「うう、敵なんて別にいいのに……いや、勝ってはほしいけど」

嘆いた瞬間、あることが頭をよぎる。

――本当に舐めきっていたら、試合のあとで「上手いね」などと声をかけてくるだろうか。アドバイスなどしてくるだろうか。

あのとき。戦う直前、部長は柚乃にエールを送ってきた。忍切もそれを聞いていたはず。もしかすると忍切は、部長が試合を見ているのに気づいていて、彼女を怒らせようとしてわざと手を抜いたのでは？

忍切は言っていた。相性の悪い相手と戦えば、よいトレーニングになる。

では、怒らせて、憎ませて、最悪の相性の相手と、最悪の状態で戦えば、さらに――

「……いや、そんなまさかね」

「なんか言った？」

「あ、いや、なんでもない。それよりお昼食べよ、お昼」

疑念は頭の片隅に追いやり、柚乃は壁際に置いた自分の荷物へ向かった。実際、お腹はものすごく空いていた。時刻はすでに一時を回っている。

体育館内は食べ物禁止ということになっているので、バッグを持ってそのまま外へ。その間、背後で歓声が何度も聞こえた。忍切が唐岸の部長を圧倒しているのだろう。できればちゃんと見ておきたいが、一番大事なのは次の決勝戦だ。今のうちにエネルギーを蓄えておかねば満足に応援もできない。

体育館から出ると密閉空間の暑苦しさは幾分和らいだが、代わりに陽の光が痛いくらいだった。日陰になっている渡り廊下に早苗と腰を下ろし、コンビニで買ってきた昼食を取り出す。

「柚乃、セブンのサンド？　中身は？」

「チキンカツ」

「カツ？　もしかして試合だから験を担いだとか？　ロマンチストだなあ」

「いや別にそういうわけじゃ」

「カツなだけに、験をカツぐってね」

「『てね』じゃない。違う。他が売りきれてたから……」

とりとめもなく話していると、バッグの中からバイブレーションの音がした。携帯電話にメール着信の表示が出ている。

チキンカツサンドをかじりながら何気なく開き、受信ボックスを見た。〈袴田優作〉とある。

兄からだ。

「……こんな昼間に、なんだろ?」

タイトルはない。さらに本文を開くと、電報のような簡素な文章で、こう書いてあった。

『丸美水族館で殺人事件発生。

至急、裏染天馬に連絡乞う』

第三章　探偵の到着とアリバイの解明

1　僕は妹に乞いをする

六月末に起きた、旧体育館の事件。

密室状態のステージで放送部の部長が殺され、警察はそのとき館内にいた佐川部長に容疑をかけた。柚乃はその容疑を晴らそうと奔走した結果、一人の生徒のもとに辿り着いた。

それが裏染天馬だった。

今思えば、ずいぶん向こう見ずな真似をしたものだと思う。いくら成績が学年トップでも高校生が警察の鼻を明かせるはずがないし、実際に会った裏染はあの体たらくで、最初は恐ろしく頼りなげに見えた。いや最初というか、正直今だって信じがたいのだ。

彼が部長の容疑を軽々と晴らしたばかりでなく、そのまま二日ほどで犯人を指摘し、事件を解決したとは──

「だからって、どうして私に連絡よこすかな」

兄に不平を垂れながら、柚乃は文化部部室棟へと駆ける。ちょうど決勝が近づいているこのタイミング、本当は試合から抜けたくなどないのだが、〝丸美水族館〟という場所が気にかかった。確か今日、香織たち新聞部が取材に行っているはず。彼女たちが巻き込まれたのでは？

あのドタバタ以来、二日ぶりの百人一首研究会。やはりノックしても返事はない。柚乃は合鍵を使ってドアを開けた。

「裏染さん、ちょっといいですか……うわっ！」

とたんに襲ってきたのは、十六度に設定されたエアコンの冷気――ではなく、湿気と熱気だった。ついさっきまでいた体育館よりもさらに蒸し暑く、まるで熱帯雨林だ。

「な、何これ。ちょっと、裏染さん？」

室内に入る。部屋は片付いているどころではなく、むしろ二日前より散らかっている。積み上げられていたはずの漫画やＤＶＤはバラバラに崩れ落ち、床がまったく見えなくなっていた。

裏染は定位置のベッドの上に寝ていた。というより、倒れていた。

「う、裏染さん、大丈夫ですか……？」

柚乃はおそるおそる歩み寄る。Ｔシャツ一枚の裏染は腹からチラリと臍（へそ）を覗かせており、下に至ってはパンツ一丁という有様で、毛布はベッドの脇にずり落ちていた。顔は汗だく、口は死人のように半開きで、「ウ、ウウ」とときおりくぐもったうめきが漏れる。全体的に直視しづらいが、とにかく危険な状態らしい。

枕元には携帯電話が置いてあった。いつの間に買い換えたのか、最新式のスマートフォンである。着信ありの表示が出ていたので無礼を承知で確認すると、〈袴田優作〉からの電話が五件も入っていた。兄が自分に連絡してきたのはこういう理由か。本人に電話してもまったく反応がなかったからだ。

「み、みず……み、みず……」

裏染が「ウウ」以外の単語を発した。水をくれということだろう。

冷蔵庫を開けてみたが味噌とジャムしか入っていなかったので、しかたなく飲みかけのスポーツドリンクを差し出す。裏染は震える手でそれをひったくり、仰向けのまま器用に飲んでみせた。こちらにとっても貴重な水分なのに、飲み干されてしまった。

「し、死ぬかと思った……」

ペットボトルから口を離すとようやく人心地ついた様子で、彼の顔には生気が戻った。

「裏染さん、どうしちゃったんですか？　なんで部屋がこんなに暑いんですか」

「お前のせいだろうが、袴田妹」

裏染は横目で柚乃を睨む。

「お前がリモコンをぶん投げるから……」

「え、まだ見つけてないんですか？」

「いや、見つけたは見つけた。漫画をかき分けて」

できればかき分けるのではなく、片付けてほしかったのだが。

「ただ、壊れててボタンが利かなくなってた……」

「え?」

「なんで一回投げただけでリモコンが壊れるんだよ。ハカイダーかよ。色は何色だよ。黒か? 銀か? おかげでこの部屋灼熱地獄だよ……火の二日間だよ……」

よくわからないが、柚乃が投げたときにエアコンのリモコンを壊してしまったらしい。

「でも、どうして閉めきったままなんです? 窓を開ければ」

「長く窓開けてたら学校の奴らにばれるだろうが」

「あ……」

エアコンをつけていることには、一応理由があったのか。今になってようやく理解した。

「き、気づきませんでした。すみません。いや、でもそもそも、裏染さんがこんなとこに住んでることからしておかしいわけで……なんで住んでるんですか?」

「もういい、放っといてくれ。余計な体力使いたくない……」

裏染は体勢を変えて、そっぽを向いてしまう。

「あ、あの、外に出たほうが涼しいですよ。駅向こうの図書館とか行けばいいじゃないですか。冷房効いてますよ」

「やだ」

「どうして?」

「面倒くさい」

「…………」

とたんに申し訳なさが薄れた。生死の境などまったく彷徨(さまよ)っていなかったようだ。

「完全にいつもどおりじゃないですか……。あ、そうだ」

もともとの用を思い出し、柚乃は裏染に事情を話す。彼はやはり、兄からの着信には気づいていなかった。

「そういうわけですから、すぐ水族館に」

「やだ」

「どうして……まさか、それも面倒くさいからじゃないでしょうね」

「こんな暑さで動く気になるかよ」

ウウ、とまたうめき声まじりに言ってくる。二日前「面倒くささで秘密をばらすな」と怒られたが、その台詞(せりふ)を言い返してやりたかった。面倒くささで警察からの依頼を断るな。

「香織さんが事件に関わってるかもしれないんですよ？」

「まず間違いなく関わってるだろうな。こんなに早く連絡が来たのはそのせいだろ」

「だったらなおさら！」

「だが、容疑がかかってたら関係者に助けを求めるはずがない。俺が香織をかばう推理をするかもしれないからな。殺されるとか怪我するとか、あいつが何か被害にあったなら連絡の時点でメールに書いてくるはずだが、それもなかった。てことは、この前のお前と同じで被害者を目撃しただけとか、そんな感じってことだ。だからそう心配しなくていい」

「で、でも……」

柚乃の反論は、再び鳴ったバイブレーションの音に遮られた。表示は〈袴田優作〉。ただし今度はメールではなく、電話の着信だった。

「もしもし？」

『もしもし、柚乃か？　メール見たか？』

「見た。裏染さん、今目の前にいるけど」

『ああ、助かった！　代わってくれ』

兄は、連絡さえつけば裏染が来てくれるものと踏んでいるらしい。この人はそんなに甘いもんじゃないけど。柚乃は内心ぼやきながら、無理やり目の前のズボラ男に携帯を握らせた。彼は渋々受け取り、電話に出る。

「もしもし、お兄さん？　どうも裏染です。ええ、どうも。ええ。……え、病気？　そうですね、火の二日間を乗りきったばかりなので胞子の影響を受けたかもしれません」

声が今にも死にそうなので、体調は大丈夫かとでも聞かれたのだろう。

「ええ。ええ……それは聞きました。香織は？　ああ、やっぱりいるんですね。目撃者でしょう？　いえ、そのくらいはわかりますよ。え？　ええ。ええ。……いや行きたいのは山々ですが、人類は永いたそがれの時代を生きることとなったので……え？　いやだから、人類イコール僕ですよ。僕イコール人類。とにかく、今回はお断りさせて……ええ、そうです無理です。人類は衰弱しました。え？　いや、そうでしょうけどもね、こっちにも気分の問題がありまして。ええ。ええ……」

ああだこうだと、人の電話で長話を続ける裏染。あげくの果てに「ほんと、すみませんね」とやる気なく断って、柚乃に電話を返してくる。

『あ、おいちょっと待て裏染君！　裏染！　おい返事しろ！』

兄の声はやはり狼狽しまくっていた。

「私だけど」

『柚乃か！　どういうことだ、なんで彼は動かない！　報酬も払うって言ったのに』

「さあ。暑くて面倒くさいから、かな」

『面倒くさいからあ？　ふざけてんのか！』

「うん、その気持ちめちゃめちゃわかるよ」

同情して何度もうなずいてしまう。

『いいか、とにかく僕らも困ってるんだ。責任持って彼をこっちに連れてきてくれ。頼んだぞ』

「え、なんで私が？　私、今部活の最中で……」

『そこにお前しかいないだろが。頼んだぞ！　いや頼む、お願いだ！』

「えええぇ……」

先ほどの裏染よろしく、柚乃はうめいた。連絡の仲介だけで済むと思っていたのに、予想外のやっかいごとに巻き込まれてしまった。とりあえず電話から耳を離し、裏染に誘いかけてみる。

「裏染さん、依頼受けましょうよ。ほら、この前、高飛びの軍資金がどうとか言ってたじゃないですか」

「高飛びじゃない夏コミだ。犯罪者か俺は。……別に金はまだ残ってるし、余分にあったからってスタッフ本が買えるわけでもないしなあ」

「そんな……」

どうしよう。

兄の要請に応えてやりたいのは山々でも、この駄目人間を動かすのは一筋縄ではいかない。六月の事件でもその点は苦労した。結果的には生活費（というか趣味の費用）を肩代わりするという単純な条件で落ち着いたのだが、今回は金は余っているというし……。

柚乃は何か手ごろな取引はないかと部屋を見回し――わずか五秒でそれを発見した。

「この部屋、エアコンの取り換えはどうするんです？」

「あ？」

「リモコン、壊れたんですよね？　本体ももう古いし。でも、勝手に業者さんを呼ぶと学校側にばれちゃいますよね。だから、そう、誰かに裏で手を回してもらわないと……」

それまでだらけきっていた裏染の体が、ピタリと一瞬だけ固まった。

壊れたねじまき人形のようにゆっくりと、再び仰向けに体勢を戻し、こっちに腕を伸ばしてくる。柚乃はまだ通話中の携帯を手渡す。

「もしもし、お兄さん？……わかりました、行きましょう」

塗装の黄ばんだエアコンを見上げながら、彼は承諾した。

「か、簡単すぎる……」

柚乃は小さくあきれ声を漏らした。いや、この場合は助かったのだけど。

「ただし三つ条件があります。まず報酬として十万円ください。え？　ええ、前回から値上がりしました。創刊号は特別価格なんです、ＣＭでよくやってるでしょ。……ええ、もちろん結果を出したらでいいですとも。あとですね、僕の部屋のエアコンがハカイダーに破壊されたんです。ちょうどいいので買い替えることにします。学校側にばれないように取りつけ工事の手配をしてください。もちろん費用もそっち持ちで。……ああはいはい、ですから結果は出しますよ。そうですか、どうも」

ごろ寝したまま横柄な態度で交渉を進め、さらに裏染は、こう続けた。

「それと、そちらまで行くのが面倒です。車で迎えを寄こしてください。覆面パトカーで。……ええ、ええ。冷房のよく効いた車でお願いしますよ」

2　時速九〇キロの推理

三十分後、二人は首都高を走る覆面パトカーの後部座席に座っていた。裏染は脚を組みくつろぎきった姿勢で、柚乃は頭を抱えて。

「な、なんでこんなことに……」

承諾させたはいいものの、あれから裏染を外へ引っ張り出すのには一苦労も二苦労もかかった。

　そもそもベッドから出ようとしない。さらには寝たまま動こうとしない。とりあえず何か着てくださいと頼むと「その辺から適当に探してくれ」、適当にシャツとズボンを探し出すと「着させてくれ」と言ってくる始末。無理やり転げ落とし、時に背中を足蹴にし、時に胸ぐらをつかんで引きずりつつどうにかこうにか太陽の下へ運んできたころには、北門の前ですでに県警の車が待っていた。

　そこで回収業者に粗大ゴミを預けるみたいにして別れるのが、おそらく一番よかったのだろう。だが裏染はまだウーウー言うばかりで手を離せば崩れ落ちてしまいそうだったし、このまま水族館に連れていかれたところでまともに働かない可能性もあった。

　佐川部長の決勝戦は、自分がいなくても応援者はたくさんいる。対する裏染は今のところ一人きり。それに元をただせば彼の衰弱は、自分のリモコン投擲に責任がある——

　そんな考えが頭をよぎり、妙な責任感というか世話心が働いて、気づいたときには柚乃も一緒に乗車してしまっていた。

　そして発車一分で、激しく後悔することになった。

「…………」

　ふて腐れた目で裏染を見やる。彼は寒色系のチェック柄のシャツに七分丈のカーゴパンツ、サンダル履きといった涼しげな服装（柚乃が適当に選んだのだが）で、コーラ片手にスマホをいじっている。先ほどどうだっていたことなど、どこ吹く風といった顔をしていた。

結局のところ裏染が参っていたのは暑さだけで、車内の冷房を浴びたとたん元気を取り戻してしまったのだ。おおこれだ生き返る、と繰り返しながら大きく伸びをし、首の骨をゴキゴキ鳴らし、途中で車を停めさせてコンビニにまで寄っていた。

裏染は視線に気づくとチラとスマホから顔を上げ、

「お前、カツか何か食べたか？」

唐突に言ってきた。

「え、お昼にチキンカツ食べましたけど……匂います？」

「いや、口の横に衣みたいなのが……。あ、さてはアレか、試合だから験(げん)を担いだか。試合にカツって」

「ち、違いますよ」

「カツなだけに験をカツぐってか」

「ええい、どいつもこいつも……」

柚乃は前のほうへ身を乗り出し、バックミラーに映る口元の衣を落とした。鏡越しに、運転手と目が合う。スーツ店の広告に出てきそうな若い男で、県警捜査一課の羽取(はとり)と名乗っていた。兄がこの前「やっと僕より年下が配属されて、後輩ができたよ」というような話をしていたが、彼がそうなのかもしれない。

羽取氏は終始イラついた様子で、今も柚乃を見る目には不信感が溢れていた。そりゃそうだろう、どこの馬の骨かもわからぬ高校生を学校まで迎えに行かされ、片方は卓球のユニフォーム姿、もう片方は「飲み物買うんでコンビニ寄ってくださぃ」などと言ってくるのだから。現に彼は発車直前、「なんで俺がこんなことを」といかにもいやそうにつぶやいていた。

羽取さん、心中お察しします。でも、私も思ってますよ。なんでこんなことになっちゃったのかって。

「試合といえばお前、途中で抜けていいのかよ」

〝なんで〟の元凶が呑気な声で尋ねてくる。

「抜けちゃまずいに決まってるでしょ。いやまあ、午後は私の試合ないし、早苗に連絡も入れときましたけど」

「ふうん。別についてくることないのに、物好きだな」

「だ、だ、誰のせいだと……」

その整った横顔へこませてやろうかと拳を固めたとき、また携帯が震えた。

噂をすれば影、早苗である。

「もしもし、早苗？　ごめん、そっち戻れそうにないわ。うん、佐川さんにも言っといて……あ、そうだ試合は？　決勝戦、忍切さんとだったよね？　うん。……うん、どうなった？　え？　……ああそうか、やっぱり負けちゃったかあ」

柚乃は肩を落とした。さすがの部長も関東最強には敵わない。

しかし次の報告が、その落胆をひっくり返した。

「え、1ゲーム取ったの？　ラストも三点差？　すごい！」

大接戦だ。さすが佐川部長、もう一息で勝てていたかも。

「そっか、うん……うん、わかった、打ち上げは行けたら行く。じゃ、午後も応援がんばって。うん。……え、こっち？　こっちはまだなんとも」

「こっちは問題なし」

会話を聞いていたらしく、裏染が口を挟んでくる。

「……聞こえた？　だってさ。うん、それじゃまた……え？　……は？　いや、そういうんじゃないから。何言ってんの」

からかい文句が始まったので、顔を赤くして電話を切ってしまった。裏染のほうを見ると気に留めていない様子。一安心する。

それからしばらくは、時速九〇キロの走行音だけが車内を支配した。

またぼんやりと、やっぱり体育館に戻ってればよかったなあ、などと考えだしたころ、

「オシキリって言ったか、さっき」

裏染が口を開いた。

「……はい」

「卓球でオシキリっていうと、ひょっとして忍切蝶子か」

「そうですけど」

「あいつ風ヶ丘に来てやがったのか。じゃあ出てきて正解だったかもな」

「え、裏染さん、忍切さんのこと知ってるんですか？」

スポーツとは縁のない男だと思っていたが。裏染はタッチパネルに目を落としたまま、

「知ってはいるが仲良くはない。世界で三番目に会いたくない相手だ」

「三番目……？」

どこかに二番目と一番目もいるのだろうか。

「忍切さんとどういう間柄ですか？」

「中学んときちょっと……いや、お前には関係ないか。忘れろ袴田妹」

ぶっきらぼうにあしらわれる。柚乃は眉根を寄せて、

「あの、前から思ってたんですけど、その袴田妹って呼び方やめてもらえません？」

袴田ならともかく、袴田妹。他人に続柄で呼ばれるのはどうもしっくりこない。

「ただの袴田じゃあ兄貴のほうと区別がつかんだろ。だから袴田妹。他にどういう呼び方がある」

「いや、だから……やっぱり、いいです」

あきらめた。名前で呼んでくださいとは、自分からは言いにくい。急に柚乃と呼ばれたら呼ばれたで、なんとなく気恥ずかしいものもあるし。

どうしようもない心境にため息を漏らすと同時に、

テレテテンテン、テテンテーン。テレテテンテン、テテンテーン。

場違いな音色の着メロが鳴り響いた。子供っぽくどこか懐かしい、聞き覚えのあるリズム。マナーモードにしてある柚乃の携帯ではない。

裏染は片手でタッチパネルを操作し、電話に出た。

「もしもし？　ああお兄さん、三十分ぶりです。お迎えどうも。ええ、今向かってますよ」

兄からの電話だったようだ。

「ええ。ええ……ああそうですね、今のうちに教えていただけると助かります。僕も時間が惜しいんでね。え？　いや、これでもいろいろやることが。……はいはい。とにかく、早く教えてください。殺人だけじゃアバウトすぎますよ、本のタイトルじゃないんですから。起きたことをなるべく詳しく……」

「あ、それ私も聞きたい」

到着までの間に事件の内容を説明しておく、と兄が言いだしたのだろう。柚乃もなりゆきとはいえ、ここまで来たからには状況を知っておきたい。

裏染は億劫(おっくう)そうに、スピーカー機能のアイコンを押す。聞こえてくる兄の声。

『事件の発生は、今日の十時七分。向坂さんたち新聞部が、館長とレモンザメの水槽を見ていると、そこに……』

「……うっ」

柚乃はまたすぐに後悔した。血まみれの職員が水槽に落ちてきて、サメに食べられた？　聞くだけで気持ちの悪くなる話だ。憎きチキンカツサンドが戻ってきそうだった。

そんな妹の悪心(おしん)など知るはずもなく、兄の話は続く。

曰く、現場は水槽の上のキャットウォークで、血まみれの上、紙が散乱していた。曰く、紙の上やキャットウォークの外に足跡がついていた。いわく、モップなどの証拠品がいくつか押収された。エトセトラ、エトセトラ。

車が高速を降りて横須賀街道に入るころ、恐怖は大きなクエスチョンマークに取って代わった。殺人であることは明らかで、容疑者は完全に絞られているのに、事件の瞬間、全員犯行が不可能だった？　簡単そうでいてわけのわからない事件だ。兄たちの困惑も無理がないと思えてくる。

『と、いうわけなんだが。参考までに、僕の考えだとおそらく……』

「いえ、それはけっこうです。ところで現場の写真はありますか」

『写真？　ああ、向坂さんが撮ったのも含めて、たくさんあるけど』

「香織が……そうですか。じゃ、写真のデータを僕のアドレスへ送ってください」

ぶしつけな頼みに、当然兄はいい反応を示さなかった。

「いや、それはさすがに捜査機密だから……個人のアドレスへ送るわけには」

「今さらって感じですね。わかりました、では口頭でけっこうです、写真に写ってるものを逐一詳しく説明してください」

『え、僕がか？』

「別にお兄さん以外でもかまいませんが。あ、香織が撮ったならあいつに言わせるのが一番かもな。香織に代わってもらえます？」

『……わかった、送るよ。ちょっと待ってろ』

「天邪鬼（あまのじゃく）ですね。待ってます」

香織の名が出されたとたん、兄は簡単に折れた。新聞部が、すでにだいぶ迷惑をかけているらしいのが察せられる。

一度電話が切られ、一分ほどしてからまたさっきの着信音。

テレテンテン、テテンテーン。テレテンテン、テテンテーン。

「……それ、聞き覚えあるんですけど。なんの曲でしたっけ」

「ギャートルズ」

短く答えて、裏染は再び通話ボタンをタップする。「送ったぞ」と兄の声。

「確かに受け取りました。どうも」

スピーカー設定にしているので、通話したままでも画像が確認できる。裏染はファイルを開くと画面にさらに顔を近づけ、柚乃も怖々覗き込んだ。

データをまるまる送ったらしく、最初の数十枚はごく普通の、バックヤードのスナップだった。職員たちの様子や水槽の魚などのあと、ふいにサメの目の前に落下する死体が現れ、そこから血みどろの現場写真が始まった。次々と切り替わる狭い通路の画像には、どれも生々しい赤色が写り込んでいた。

裏染は開口部の扉を接写した写真で指を止めた。外れたままの、錆びついた小さな鍵。べっとりと血の付着した柵。そして何枚か画像を戻してから、

「ふうん……ねえお兄さん、ひょっとして開口部の扉の上って、古いパイプとか通ってま

す？」

『パイプ？　ああ、何本も通ってるけど、どうしてそれを』

「そうですか。では、被害者の身長と体重は？」

『身長？　ちょっと待ってくれ』

かすかに、手帳のページをたぐる音。

『一八〇センチ、六八キロ。痩せ型だな』

「なるほど、六八キロ。そうですか。なるほど……」

裏染はしばらく考え込む。道の向こうに〈横浜丸美水族館・五〇〇メートル先〉と書かれた、古びた案内板が現れた。日に焼けてすっかり色あせたクラゲのキャラクターが、車道に向けて手を――いや、触手を振っている。

「たぶんわかりました」

その案内板の横を通り過ぎたころ、彼はあっけなく言った。

「『「えっ？」』」

驚きの声が三人分車内に響く。柚乃と、電話越しの兄と、もう一人は運転席の羽取だった。

『わ、わかったって、まさか……』

「もちろんアリバイの問題についてです。お兄さんたちは共犯やら自殺やらを疑ってるみたいですが、ご安心ください。これは単独犯ですし歴（れっき）とした計画殺人ですよ」

まだ現場に到着していないのに。水族館が見えてすらいないのに。五〇〇メートル手前のその段階で、裏染はそう断言した。

バックミラーを見ると、羽取は安全運転などそっちのけの状態で、「そんな馬鹿な」とでも言いたげに目を見開いていた。

3　みなさんこんにちは裏染天馬です

小学生のとき以来、八年ぶりだろうか。懐かしの丸美水族館。

クラゲが微笑みかけるファンシーな看板は、記憶と同じまま変わっていない。ただ、辺りに来館者たちの気配がまったくないことと、二人の男が正面玄関で自分たちを待ち構えていたことは、記憶にない新たな経験となった。

前髪を撫でつけいかにも新社会人といった風貌の、これといって特徴のない青年と、切れ長の目と高身長で迫力を感じさせる、武骨な中年男性。

兄の袴田優作と、上司の仙堂警部である。

「ゆ、ゆゆ柚乃？　なんでお前まで来てるんだ？」

会うや否や、兄は声を荒らげた。

「なんでって、兄さんが言ったんじゃん。責任持って連れてこいって」

「いや言ったけども、あれはそういう意味じゃなくてだな……」

こっちだって来たくて来たわけじゃない。

その横では、因縁の二人が再会を果たしていた。

「一ヶ月ぶりですね刑事さん。わざわざ電話で呼び出すなんてそんなに僕に会いたかったんですか」

「できれば会いたくなかったし呼び出したくもなかった。二度と一生金輪際死ぬまで会いたくなかった」

「でも呼び出したんでしょ？　やだなツンデレですか。かわいいとこありますね」

「無駄口はけっこう」

仙堂は苦虫を噛み潰したような顔で言い、

「それより、アリバイの謎だが」

「とっくに解けてます」

「……車の中で、全部わかったってのか？」

「話と写真だけで充分すぎます。でもいくつか確認がしたいので、現場に連れてってもらえますかね」

一月間（ひとつき）を置いても、裏染の仙堂に対する高飛車な態度はブレていなかった。下に見られないように計算してのことか、それともただ単にからかって遊んでいるだけか、どちらとも判別しがたい。

とにかく、今回は仙堂のほうから持ちかけてきた手前、裏染をぞんざいに扱うわけにもいかない。警部は手招きし、二人を水族館の中へと案内した。

「言っとくが裏染、君の仕事はアリバイの解明だけだからな。余計なことはするなよ」

「僕だってそんなもん願い下げですよ。無理やり連れてこられたんですからね、早く帰らせてください」

正面から入ってすぐのエントランスホールでは、もう一人ワイシャツ姿の人物が待っていた。髪の毛先がちぢれた、色黒の男。この近くの署の刑事だろうか。

「おお、あれが県警の、非公式のアドバイザー……。おおー……」

いったいどんな説明をされて、どんなイメージを描いたのやら、少年のように輝く瞳でこちらを見つめてくる。私ただの付き添いなんですけど、とは、やはり口には出さないでおいた。

次々現れる水槽では、今も魚たちが元気よく泳ぎ回っていた。数日前から夢見ていた水族館であるが、兄たちの表情は険しいし歩調は速すぎるしで、まったく楽しむ余裕がない。

問題のバックヤードには、クラゲ水槽の先から入った。仙堂がロックを解除し、廊下奥の階段を上がり、両開きのドアを抜けて広い空間へ。

先ほど写真で見たのと同じ光景だ。正面の棚や横手のロッカーなどあちこちに証拠品を表すプレートが置かれており、床にはチョークで描かれた帯が、電車ごっこのルートみたいに伸びている。どうやら足跡らしいが、裏染はそれらには注意を払わず、奥の巨大な水槽を目指す。

一階部分に天井まで届く水槽があり、ここはその上部というわけだろう。水面は床よりもいくらか下にあり、中央に作業用のキャットウォーク。入口から中ほどにかけて広がるのは、血まみれの紙による気色の悪い赤絨毯。

さすがに恐怖がぶり返して、足が止まりかける。と同時に、兄に肩をつかまれた。

「お前はここで待ってろ」

「……ううん、行く。私も気になるし」

「やめとけよ、気持ちのいいもんじゃないぞ。そもそもお前、部外者だろ」

「むしろ保護者です。裏染さんに服着せるの大変だったんだから」

「え？」

固まってしまった兄を振りきり、仙堂たちに続いてキャットウォークへ踏み入った。ちぎれた紙の中を一列になって進みながら、裏染の解説はもう始まっている。

「結論から言うと、犯人は首を切ったあと、被害者を時間差で水槽に落とすための時限装置を仕掛けたのだと思われます。だから十時七分に余裕でアリバイが作れたんです」

「時限装置、ねえ。袴田もそんなこと言ってたが……まさか氷じゃないだろうな」

「氷はちょっと無理でしょうね。でも同じくらいアホらしい仕掛けです」

裏染は開口部の前まで来るとまず天井を見上げ、「ああやっぱり」と得心した様子で中腰になり、扉を開いたり閉じたりして「ふむふむ」とうなずき、最後に屈み込んで柵の根本付近を子細に観察し、「見つけた」と言った。確認作業は、それだけで終わった。

「はい刑事さん、ここです」

鍵の真下、柵の外側のほうを指さす。仙堂が近寄って、わずかなでっぱり部分からつまみ上げたのは、指先に載る程度の大きさの白くぐちょぐちょした塊だった。

「ただの紙だろう。水で濡れた書類の一部だ」

「そのとおり、濡れた紙です。でも成分を調べたら面白いことがわかると思いますよ」

「……書類じゃないのか？」

「書類だとしたらちょっと変じゃありませんか。柵の外側にこびりついてるというのは妙です。それに、外側は水に浸ってないのに、それにはまだ湿り気がたっぷりあります」

「……じゃ、いったいなんだ？」

裏染は今まで観察していた手すりに手を這わせ、答えを告げた。

「おそらくは――トイレットペーパーです」


「トイ」「レット」「ペーパー？」

仙堂、ちぢれ毛の刑事、そして柚乃の声が重なり合った。

「そう、トイレットペーパー。このキャットウォーク内の、すべての事実がそれを指し示しています。散乱した書類。水浸しの床。落ちていた画鋲(がびょう)。柵の形状。そして、この水漏れ」

裏染が天井を仰ぐと折よく水滴が落ちてきて、ピチョン、と鍵の差し込み口の上で音を奏でた。古くなったパイプから水が漏れているのだ。錆が激しかったのはこのせいか。

「鍵に何か、細工をしたのか？」

仙堂が聞くと裏染は首を振り、

「鍵には何もしてません。何かしたのは、柵の周りです」

開口部の扉と柵との接点、二本の縦棒を指でくるみ、握りしめた。ちょうど、鍵をかけるかのように。

「この扉は、柵が開閉型に変形したものです。ですから、鍵をかけたり釘で打ちつけたりしなくとも、何かでこうして柵同士をくっつければ、扉を固定することができます」

「その何かが、トイレットペーパーだってのか」

「そうです。犯人は被害者の首を切ったあと、この二本の柵にトイレットペーパーをグルグルと何重にも巻きつけ、画鋲で留めた。つまり、鍵をかけなくとも扉を固定できる状態にしたわけです。そして被害者を、固定済みの扉に寄りかからせた。これだけで時限装置の完成です。あとは逃げるだけ」

「それだけで？　それがどうして時限装置に……」

「あっ、そうか！」

柚乃の背後で、叫び声。いつの間にか兄が追いついていた。

「水漏れだ。水滴で、紙が溶けるんだ！」

「そうです、トイレットペーパーは水に溶けます。そして水漏れ箇所は、この鍵の真上——つまりは扉と柵の接点の真上です。パイプからしたたる水滴は少しずつ、かつ確実にトイレットペーパーを溶かしていき、やがてもろくなったペーパーの束は被害者の体重を支えきれなくなります。するとどうなるか？」

裏染は柵から手を離し、扉を外側へ押し出した。

「この扉は外開きですから、当然被害者の体はそのまま外へ投げ出されますね。外、すなわちサメの海。展示側から見ていれば、突き落とされたように見えるでしょう」

「た、確かにそれなら、時間差で被害者を落とせますね」

興奮した様子で、ちぢれ毛の刑事が唾を飛ばす。

「では、トイレットペーパーのほうはどうなるか。半分ほど溶けたペーパーはその部分からちぎれて、扉が開いた勢いで外に飛んでいくでしょう。そして被害者と同じように水槽に落ちる。そのとき水面近くでは、彼に食らいつくためにサメが動き回っているはずですから……」

落ちたトイレットペーパーの残骸はすぐ水に溶け、サメの起こした波に攪拌(かくはん)されて、跡形もなくなる――

「無論、溶け残ってしまったり、そもそもうまく外へ飛ばずにキャットウォークの内側へ落ちてしまう可能性もあります。が、そのために用意されたのがこの書類です」

裏染はサンダルの底で、煙草の火でも揉み消すかのように床の紙を踏みつける。濡れて軟らかくなっている紙は、ぼそぼそと簡単に形を崩した。

「これがあれば、詳しく成分を調べられない限り〝散乱した書類の一部〟として処理されます。水の中に溶け残ったものも、ほら、水面にも紙は破れた状態で数枚浮かんでいますからね。わざとあしておけば、注意を引くことはないわけです」

以上です、と、裏染は短い解答を締めくくった。そして蛇足のようにつけ足す。

「これによって、現場に人がいなくとも被害者を水槽に落とすことは可能だ、と証明されました。したがって、十時七分時点での容疑者たちのアリバイは無意味です。……といってもトイレットペーパーじゃそう長くは時間を稼げないでしょうから、まあ、実際に犯人が現場にいたのはせいぜい十分ほど前、九時五十七分ごろと見るべきでしょう」

柚乃は推理を頭の中で反芻しながら、キャットウォークを見回した。

「そっか……」

床の紙と水も、外開きの開口部も、パイプから垂れる水滴も、水面に散らばった紙も、そして、水槽の水とサメそのものも。あらゆるものが証拠隠滅のための道具として働いていた。時限装置を消し去るために何重にも仕掛けられた、証拠隠滅の。

衝撃は、自分たちよりも前から現場にいた刑事たちのほうが大きいようだった。兄が柚乃の横をすり抜け、困惑中の警部たちと顔を突き合わせる。

「うーん、確かにそれなら可能という気も……しかしトイレットペーパーとは……」

「いや仙堂さん、絶対そうですよ。水漏れだったんです、水漏れ。僕、さっき一度この水滴のせいで下に落ちかけたじゃないですか。ああ、あのときなんで気づかなかったんだろう」

「いや、さすが警部殿の助手さんですね。こんなに簡単に……感動しました!」

情けない話を聞いてしまった。兄の奴、キャットウォークから落ちかけたのか。あと、警部の助手ってなんだ。

しばらく話し合って決まったのは、「とにかく柵の外側に付着していた紙を検査する」ことだった。ちぢれ毛の刑事（吾妻君と呼ばれていた）が小さな塊をビニールに入れ、一目散にキーパースペースの外へ駆けていった。

仙堂はそれを見送ってから、手すりに寄りかかっていた裏染のほうを向く。

「もし、これであの紙の成分が、周りの書類と異なっているのがわかったら……認めてやる、お手柄だ」

「どうも。そのときは十万円とエアコン、ちゃんとお願いしますよ」

「まあ、約束は守るが……しかし、こんな単純なトリックとはなあ。思いつきでなんとかなるなら、君を呼ぶまでもなかった」

「思いつき？」

裏染は片方の眉を吊り上げた。

「心外ですね刑事さん。思いつきなんかじゃありませんよ。僕はきちんと段階を踏んだ推理で辿り着いたんです」

「そんな大げさなもんじゃないだろ。紙と水漏れと、ええと、あと画鋲か。これから連想するだけで……」

「違いますよ。そもそもの発端は、この扉の様子です」

彼は先ほど開け放した扉を、また自分で引き戻した。そういえば、と柚乃も気づく。現場の写真を見ていたとき裏染が最初に目を留めたのは、開口部を接写した画像だった。そこには仙堂曰く〝連想〟のきっかけとなるはずの紙が散乱した床は、まったく写っていなかったのだ。

「この扉、ここに血がついていますよね。ほら、柵の上のところ。縦棒のほうにも流れています。もし犯人が被害者を直接ここから落としたとするなら、ちょっとおかしくないですか」

「……どこが?」

「袴田妹。お前の家、最近家具か何か捨てたか?」

突然こちらに話が振られる。わけのわからぬまま「二月ごろにソファー買い換えて、それまで使ってたの捨てましたけど」と答えた。同じ家に住む兄にも確認すると、

「え、二月? あれってそんなに前だったか?」

「そうだよ、私まだ中学だったもん」

「そうかあ。どうりで新しいのが傷むのが早いと……」

「時期はどうでもいいんです」

裏染は家族間の話をぶった切る。今のは緊張感のない兄が悪い。

「とにかくソファーを捨てたんだな。家から出すとき、どうやった?」

「どうって……兄さんと父さんが持って、玄関から」

「ドアは外開きだよな。押し開けたのか?」

「押し開け……? いや、普通に開けてから運び出してたと思いますけど」

「ほら刑事さん、要するにそういうことですよ」

　彼はすぐ横に立つ仙堂へ顔を向け、

「何か大きなものを扉の外に出すとき、普通は扉を事前に開けておくものです。そしてこの開口部においても、犯人が被害者を落とすとき事前に扉を開けておいたとしたら、扉に血がつくはずないんです」

「……あ」

　警部は小さく息を漏らした。

「でも、扉の上部には血がべったりと付着していた。なぜでしょう。いろいろと考えられますが一番自然なのは、死体と扉とが長時間接していたという場合でしょう。とするとこの柵は高さ八〇センチほどしかありませんから、死体は床に座るような形で寄りかかっていた、ということになります。しかし写真で確認する限り扉は外開きですし、鍵も外れていました。これでは寄りかかった瞬間外に落ちてしまうので、扉を何かで固定しておく必要がありますね。

　このことと、容疑者全員にアリバイがあるという事実とを考え合わせると、一つの可能性が浮上してきます。開口部になんらかの時限装置が仕掛けられていた、という可能性です」

　裏染は再び濁った水面へ目を落とす。

「その場合、時間が経つと消えるような何かで扉を押さえ、犯人自身は逃亡した、ということになる。その〝何か〟が消え去ったとして、痕跡が残っていないのはなぜでしょうか？　現場には何か、痕跡を隠せるようなものがあったでしょうか？　ありました」

　柚乃はまた思い返す。開口部の接写画像で指を止めたあと、裏染はもう一度キャットウォーク内の写真を見返していた。生々しい赤色をした水の中に紙が散乱している、床が写り込んだ写真を。

「現場には不自然すぎるほどに水と書類が散乱していた。そして開口部の前に画鋲が落ちていたという。画鋲の用途といえば、普通は紙を留めることです。まあ嫌いな奴の靴に仕込むという用途も有名ですが、ここはバレエ教室でなく水族館ですし……」

冗談はいい、と仙堂が割って入る。

「それでわかったわけか。トイレットペーパーだと」

「ええ、そうです。柵に紙を巻いて固定し水で少しずつ溶かしたとすれば、立派に時限装置として働きますし、痕跡もごまかすことができますよね。お兄さんに聞くと開口部の真上に古いパイプが通っているというし、被害者は瘦せ型だったという。体重が軽ければ、たとえ紙でも重ねて強度を強めさえすれば充分支えられます。

もちろん普通の紙ではうまく溶けませんし、グルグルと重ねて巻くのにも適していません。しかしこの世には一つだけ、それらの条件を満たす偉大な発明があります。それすなわち魔法の紙、奇跡の道具、トイレットペーパーです」

トイレットペーパーの発明者も、一高校生にここまで持ち上げられるとは予想だにしていなかったろう。

「水族館に着くまでは単なる仮説でしたが、実際に現場を見ると古いパイプからは水が漏れていて、開口部の外側には溶けた紙の痕跡もひっついていた。それで決まりました」

説明を終えてから、裏染はペットボトルの蓋を開けてコーラを一口飲んだ。刑事二人は狭い通路に横並びになって、圧倒されたように黙り込んでいた。

「……今のを、車の中で写真を見ただけで、考えたのか」

「ついでに大サービスでそこから先も考えましたよ」

「先？」

「単独犯で計画殺人という点です」

確かに電話を切るとき、兄にそんなことを言っていたが。

「もし共犯ならわざわざそんなトリックでアリバイを作らなくとも、互いに嘘をつくだけで事足りますよね。したがってこれは単独犯、しかも水漏れの位置などを細かく調べ抜き、画鋲やトイレットペーパーを用意している点から、計画殺人である可能性が極めて強いと……」

「わかった、もういい」

顔には不本意がはっきりと表れていたが、とうとう仙堂はシャッポを脱いだ。裏染は意地悪く笑いかける。

「参考になりました？」

「生意気言うな。君の説が正しいかどうかは、あの紙を調べるまでまだわからん。それに計画殺人であることくらいは、俺たちだってとうにわかってる。凶器の問題があるからな」

「凶器？　ああはいはい、館内のものではなく、どこかから持ち込まれたものだったんでしたね。じゃあ犯人が事前に用意したとしか思えませんものね」

「そ、そういうことだ」

揚げ足を取ったつもりがすらすらと説明されてしまい、仙堂は言葉を濁した。

「確かにそれなら、その時点で計画殺じ……」

裏染はキャットウォークの開口部よりもさらに奥、凶器が見つかったとされる、今はプレートだけが置いてある場所を見やり――そこで、言葉を止めた。

「……どうした？」

仙堂が声をかけるが、答えない。先の饒舌(じょうぜつ)はどこへ行ったのやら、彼はしばらくの間、完全に沈黙していた。低く唸るような周りの機械の音と、鍵の上で跳ねるパイプからの水漏れの音だけが、ひときわ大きくなって通路を包んだ。

やがて裏染はポケットからスマホを取り出し、軽く操作してから、

「一筋だけだ」

小声でつぶやいた。

「あ？」

「濡れた紙の上に残っていた足跡です。一筋だけですね」

もう一度、現場写真のデータを確認していたらしい。

「あ、ああ……。犯人が通った跡だろ？」

「そうでしょうね……しかし、これは……」

口を手で覆い、裏染はまた沈黙する。

しばらく間が空き、やがて多忙な警部が痺れを切らした。

「ま、なんでもいい。とにかく、ご苦労——と言うほどの仕事でもないが、ご苦労だったな。もう帰ってよろしい。袴田、二人を外まで送ってやれ。俺は吾妻のとこに戻ってるから」

指示を出し、仙堂は一人キャットウォークを引き返す。横を通り過ぎるその姿は、最初よりも十歳ほど老けて見えた。裏染とのやりとりでストレスがかかったせいか。

警部がキーパースペースを出ていっても、裏染はまだ何か考え込んでいるようで、その場に留まっていた。見かねた兄が背中を押し、柚乃もろともキャットウォークの外へ追い立てる。彼はふらりふらりと動きだしながら、

「お兄さん、手帳を貸していただけますか」

「手帳？　僕の？」

「報酬の前払いだと思って、お願いします」

「……まあ、いいけど。すぐ返せよ」

どうせ情報はほとんど教えてしまってるんだし、とあきらめた様子で兄は手帳を渡した。裏染は受け取るや否や、食い入るように読み始める。

柚乃が尋ねると、

「何か、わかったんですか？」

「わかったわけじゃない……思いつき。そうだ、これこそ思いつきだ。根拠はないが、でも、もしかすると……いや、たぶん間違ってるな」

ページをめくる手を止めて、独り言のように彼は言った。

「こんなのは、これっぽっちも論理的じゃない」

4　トイレット博士の証言

柚乃たちを外まで送るという兄に課せられた任務は、すぐには達せられなかった。

キャットウォークを出ると裏染はすぐに、キーパースペース内を詳しく調べ始めた。水槽の周りを歩き回ってから吹き抜けのほうへ行き一階の様子を眺め、そうかと思えば入ったときは無視したはずの足跡を注意深く辿り、手帳を確認しながら壁際の水道に顔を近づけ、またスマホをいじる。一時間前ベッドの上でうめいていた醜態からはかけ離れた、きびきびした動作で。

「早く帰りたいって言ってたのに……」

どうしちゃったんだろ、と柚乃がその姿を眺めていると、

「なあ、さっきのこと、どういう意味だ」

兄が控えめな調子で話しかけてきた。

「なんのこと？」

「いやほら、その、お前が彼に服を着せたってやつ……ってことはなんだ、彼は裸だったのか？」

「はあ？」

裏染を連れ出す苦労をアピールしたつもりだったのだが、おかしな意味に取られたようだ。

「お前らはアレか、そういう状況にいたのか？　何度かけても電話に出なかったのはそういうわけか？　こっちに来いと言ったとき渋ったのはそういうわけか？」

「馬鹿じゃないの」

まったく、早苗といい兄といい……。

「そういうんじゃないから。裏染さんも言ってやってくださいよ、私何もしてませんよね？」

「エアコンぶっ壊した以外はな」

「それは今関係ないでしょ……」

柚乃への返事は上の空で、裏染は調査にかかりきりだった。蛇口をひねり水が出ないことを確かめると、「水滴。水。血。血痕。水道の横にも……」と何度も言いながらそこを離れ、鏡と睨めっこし、四角い血痕で足を止め、それからペースを速めて一気に掃除ロッカーのほうへ。棚に並んだものを舐めるように観察し、掃除ロッカーを開けてじっと固まる。

「おい、なんか夢遊病者みたいになってるが、大丈夫か」

兄が声をかけると彼はこちらを振り返り、

「お兄さん、モップとバケツが見つかったんでしたね。モップには血がついており、バケツにはヒビが入っていた」

「……ああ、手帳にも書いてあるだろ」

「モップとバケツ。なるほど、面白いですね。なるほど……」

兄妹は顔を見合わせた。何が〝なるほど〟なのか、さっぱりだ。

一通り夢中遊行を終えると、裏染は入ってきたドアから廊下へ出た。人気はなく、閉めきられたドアが物寂しいまま連なっていた。彼は奥のほうを見やり、

「関係者は、あそこの会議室に集められてるんですね？」

「……まさかとは思うが、会議室に寄っていきましょうとか言わないだろうな」

そんなことは言わなかったが、代わりに黙って廊下の奥へ歩きだすという行動で、裏染はその意を示した。

「おいこら、待て！　待てって。行ってどうする気だよ」

「館長と香織たちに、いくつか確認したいことがあるんです」

「じゃ、僕に言ってくれ。僕が聞いてくるから」

「いえいえ、お兄さんの手を煩わせるわけには」

「この状況が一番僕の手を煩わせてるだろ！　もういい、館長と新聞部だな。ここで待ってろ」

どうにか事務室の前で裏染を引きとめると、兄は単身で廊下の突き当たり、〈第二会議室〉の中へ乗り込んだ。そしてすぐに、証言者を引き連れて戻ってきた。

「あ、天馬だ！　それに柚乃ちゃんも！」

二日ぶりに聞く、新聞部部長の元気な声。香織は柚乃たちを見るなり、ハグせんばかりの勢いで駆け寄ってきた。裏染の予想どおり、怪我一つ負っていなかった。

「いやー、来てくれてよかったよ。これで事件解決間違いなしだね！」

「テンション高すぎだ、ちょっと落ち着け」

「ああごめんごめん、でも本当怖かったんだから。二人に会えたから元気百倍だけど！」

「これ以上元気にならないでくれ」

続いて、口髭を生やしたワイシャツ姿の男と、二人の新聞部員が出てくる。副部長の倉町に、柚乃と同じクラスの池宗也。倉町が裏染を、池が柚乃をそれぞれ目に留め、そろって「おおっ」と声を漏らした。

「本当に裏染君だ。向坂が来てくれるかもって言ってたけど、冗談じゃなかったんだ」

「俺だって来たかなかったよ。ていうか、あんた誰だっけ」

「倉町だよ、隣のクラスの。新聞部の副部長の。知らない？」

「忘れた」

「ひどいな……まあいいけど」

「袴田さんじゃん、こんなとこで何やってんの？　袴田さんも探偵？　あ、もしかして助手とか？」

「そうじゃないけど、なんとなくなりゆきで……」

「この子は部外者。あと、裏染君は別に探偵じゃないから」

兄が横から、細かく訂正を挟んだ。それからさらに、状況が飲み込めず呆然としている口髭の男に説明する。

「ええと、彼はその、捜査上のアドバイザーみたいなものでして。怪しい者ではありませんから、ご安心ください」

「はあ……」

そうは言っても、どうしたって怪しく見えてしまうだろう。男は眉をひそめ、警戒心を表しかけた。

しかし、香織が何気なく放った一言で、その態度は一変した。

「風ヶ丘高の殺人事件を解決したのも、この人なんですよ」

風ヶ丘での一件は彼もテレビで知っていたらしい。感嘆したように目をしばたたき、男は裏染を見つめた。その脇で兄は「余計なことを……」と表情を歪ませる。

当の裏染はといえば自分の扱いなどどうでもいいようで、さっそく男に向かって切り出した。

「どうも初めまして、裏染天馬と申します」

「あ、こりゃどうも、館長の西ノ洲です」

かしこまって、男は自己紹介を返す。

「つかぬことをお聞きしますが、ここの飼育員の方々は全員、黄色いポロシャツを着ているんですね？」

本当につかぬことだ。西ノ洲館長はまごつきつつも「ええ」と答えた。

「うちのユニフォームみたいなものですから。事務方以外は全員着ています」

「それは、水族館側から支給するんですね」

「そうです」

「ではこのバックヤードの中に、ポロシャツが置いてある部屋はいくつありますか？」

「……？　新品のポロシャツ、ですか？」

「新品でなくともかまいません」

「それなら……男女の更衣室に予備がいくつかと、あと、一階の倉庫に支給用の新品が」

「倉庫。なるほど」

裏染は兄のほうを向き、

「お兄さん、倉庫はカメラの視野に入っており、出入りする人間は映っていないんでしたね」

「ああ、そうだけど……」

だからなんなんだ、とは続けられなかった。裏染は間髪を容れずに、今度は香織たちへ質問を投げた。

「お前ら、事件直後にサメ水槽の前で、職員たちと顔合わせてるよな。どっかおかしなところのある奴はいなかったか？　たとえば、髪が乱れてたとか、服が濡れてたとか」

新聞部員たちは互いに、そんなことは気づかなかったと証言し合う。

「でも職員さんたちの様子も写真に撮ったから、それに何か写ってるかも」

「ああ、それはもう見た。何も妙なとこはなかった。あくまで確認だ」

裏染は一つうなずいてから、さらにまた館長へ妙な質問を重ねた。

「ところで、このバックヤード内にはトイレがありますよね？」

「トイレですか。ええ、そこの角を曲がったところに……」

「位置は見取図を見たのでわかっています。知りたいのは、トイレットペーパーの種類です」

「種類？」

「最近のトイレットペーパーは、綺麗にちぎりやすいよう切れ目が入ってるものも多いですよね。ここのペーパーはどうでしょうか？」

「き、切れ目ですか。ううん、どうだったかな……」

いくら館長でもそこまで詳しくは知らないのだろう、難しい顔で腕組みしてしまう。

「切れ目、ついてたよ」

答えは思わぬ場所から出た。新聞部の倉町だった。

「……どうして知ってる？」

「事件のちょっと前に、トイレ使ったから」

「おお、そうか。でかした！」

歓声を上げる裏染。奇行にもすっかり慣れた兄は冷静な口調で、

「どういうことか、ご説明いただけませんかね」

「犯人は現場でトイレットペーパーを使いました。芯から切り離した状態では皺などが寄って紙の強度が落ちてしまいますから、ロールごと持ち込んだのでしょう。しかし、事件後にそんなものを持っていては怪しまれますよね。隠す必要があります。そしてこの建物の中で、トイレットペーパーがあっても怪しまれない場所なんてのは、決まりきってるでしょうが」

それを聞いて、柚乃にもようやく納得がいった。トリックに使ったトイレットペーパーは、どこに隠すのが一番自然か？　当然、トイレに隠せばいいのである。

「そこまではわかるよ。でも、切れ目ってのはなんなんだ？」

「犯人がトリックに使用したのは、切れ目がついていないタイプのペーパーだと思われます。切れ目のついているタイプの紙では、その部分ですぐちぎれてしまう危険がありますからね。ここの紙には切れ目がついているので、トリックには使えない。すなわち、犯人は包丁と同じように、前もって個人的に、切れ目のついてないペーパーを用意していた可能性が高い。そして、それをここのトイレに隠したとしたら……」

「……他とは明らかに異なるから、見つけやすいってわけか。なるほど」

「すごい、本当に探偵みたいだ！」

二人が話すのを聞いて、池は目を輝かせた。香織もでしょでしょ、となぜか得意げ。

「でも、トイレットペーパーをトリックに使ったって……なんのトリックでしょうね」

柚乃は手短に、アリバイ作りに使われたということを教えてやる。池はまた「すごい！」とはしゃぎ回った。見た目どおり無邪気な男だ。

しかし問題の〝探偵〟のほうも、はしゃいでいるという点では同じだった。

「行きましょうお兄さん、証拠はトイレにあります！」

裏染は兄の袖を引き、ついでに館長にも手招きした。ついでのついでに、柚乃と新聞部もついてゆく。狭い廊下を行進する、七人の行列。

裏染が笛吹き男で、柚乃たちが鼠になったような気分だった。

香織たちが出てきた第二会議室の角を曲がると、〈資料室〉と表示のあるドアがあり、さらに柚乃たちが上ってきたのとは別の階段があった。その向かいはまた〈B5・レモンザメ〉とある両開きのドアで、ここからもキーパースペースへ入れるようだ。それらを過ぎて突き当りまで行くと、女子トイレと男子トイレが並んでいた。

先頭を行く男どもはまず奥のほう、男子トイレに入っていく。柚乃は一瞬躊躇(ちゅうちょ)したものの、どうせ使用中の者など誰もいないんだからと割りきり、青く塗られた曇りガラスつきのドアを開いた。

入口を通った瞬間、ラベンダー系の香りが鼻をついた。鏡のついた洗面台が一つあり、その脇にゴミ箱。壁に小便器が二つ、奥に個室が一つ。職員用なだけあって小規模なトイレである。ただし掃除は行き届いており、青いタイルの目地は真っ白なままで、目立つ汚れはどこにもなかった。

裏染の目当てはもちろん個室だった。木製のドアを開けると、床には和式の便器。右手の壁のホルダーに使いかけのトイレットペーパーが一つはめ込まれ、左側の奥の角、天井近くに作られた三角形の棚の上には、予備らしき新品のロールと紫色の芳香剤が置いてあった。

ホルダーからトイレットペーパーを外すと、裏染はくるくる回して観察する。それから棚のほうの予備も手に取り、両方を比較してから、結論を下した。

「これだ。お兄さん見つけました。犯人が使ったの、これです」

「え、もう見つけたのか?」

差し出されたのは、ホルダーに入っていたほうのペーパーである。十秒と経たないうちに目標物が見つかってしまい、兄は拍子抜けしたようだった。

「間違いありませんよ。それに決定的なのは、切れ目はどこにもないですし、こっちの棚のほうと比べるとわずかに幅が小さい。それに決定的なのは、ほらここ、血痕らしきものがついています」

顔を寄せ合った六人分の視線が、使いかけのトイレットペーパーに注がれた。

芯の周りに残っている紙の厚さは、三センチほど。確かに切れ目はついていないし、裏染がもう片方の手に持った新品と比べると、明らかに幅が小さい。そしてロールの側面には、一部にかすれた黒い跡が見て取れた。

「ほ、本当だ。しかし、こんな堂々とホルダーについてるとは……」

「予備のロールが置いてあるはずの場所に、量が少なくなった使いかけがあったらおかしいでしょ? 堂々とホルダーにつけるのが一番いいんですよ」

自分たちはトリックを前提としてここまで来たからすぐにわかったものの、何も知らずにこのトイレを使ったとしたら——おそらく、トイレットペーパーの細かな違いなどまったく気づかないだろう。側面の黒ずみもホルダーに遮られて見えないのだ。

「事件のあとに誰かがこのトイレを使って、紙を流して……そうやって、自動的に証拠隠滅ができるわけだね」

「そう。それが、もともと犯人が狙ってたことだろうな」

事情を知ったばかりなのに倉町が鋭く機知を働かせ、裏染はうなずく。

「トリックに使ったせいで、こんなに紙が減っちゃったんですかね？」

柚乃も何気なく口にすると、新品のロールで頭を叩かれてしまった。

「いくらなんでもこんなに使うか。さっき言っただろ、事前に用意してたって。もともと紙の量を減らしてたんだよ」

「え、でも多いに越したことはないんじゃ……」

「ロールが厚すぎると、巻くときに柵の幅を通らんだろ。一〇センチちょっとだったからな」

ああ、納得。彼は先ほど、柵の間隔まで調べていたのか。

「いや、だが厚みってのはいいとこ突いてるかも」

裏染は問題のロールを自分のポケットにねじ込んだ。大きく膨れたが、どうにか収まった。

「何を試したんだ？」と、兄。

「ロールのサイズです。ポケットにギリギリ入りますが、目立ちます。これは地味に重要ですよお兄さん。おそらく犯人はバケツに……待てよ。そっちはいいとしてもう一方は……」

何やらつぶやきながら裏染は思考にふける。それから捜査を見守っていた館長に、

「西ノ洲さん、この水族館では、キーパースペースの清掃は飼育員がやっているんですか？」

また、意図不明な問いかけをした。

「はい。基本的には、その水槽の担当の者がやってます」

「基本的にはということは、例外も？」

「職員が少ないものですから、手の空いている者が代わりに、ということもよくありますね」

「事務員が清掃を代行することもありますか？」

「ええ、清掃だけなら事務方に任せることもありますよ。私だって、ときどきヘルパーとしてこき使われてますから」

「飼育員のお仕事は、掃除の他にもたくさんありますよね。それらを事務員が請け負うことはありますか？」

「……いや、それはないんじゃないかな。餌やりや水槽の整備は、飼育員同士で代行することはあっても、事務方に頼むことはないと思います。専門知識が要りますからね」

「なるほど。もう一つ、キーパースペースで作業する人は、ゴム手袋等をつけるのが普通ですか？」

「ええ、大抵つけると思いますけど」

「ありがとうございます。ものすごく参考になりました」

裏染は深く頭を下げた。そして兄にロールを手渡す。

「とにかくお兄さん、これはお預けします。鑑識で詳しく調べてください。さて、そうなると問題は……」

彼はもう一度個室のほうを見やり、質問の矛先を、今度は倉町に移した。

「あんたが事件の前に使ったのって、この個室か？」

「うん。九時四十分くらいにここに入って、四十五分ごろに出た」

「四十五分か、本当に直前だな。ホルダーのトイレットペーパー以外で、変わってるところとかないか？」

裏染が一歩引くと、倉町が個室の中に入り、狭い空間をぐるりと見回した。それから彼は首を横に振った。

「ないと思う」

「予備のペーパーなんかも同じか？」

「うん。僕が入ったとき、ホルダーの紙がなくなりかけてて、そのとき予備が棚にあるのを確認したんだ。芳香剤が後ろを向いてて、メーカー名がわからなかったのも覚えてる。どこも変わってない」

「変わってない、か……。ふうん。ホルダーの紙がなくなりかけてたって言ったな。結局足りたのか？」

「足りたよ。あと五、六巻くらい残ってた」

「その紙には、切れ目がついてた？」

「間違いなく。それで、貸してもらってる身だから綺麗に切らなきゃ、って思ったんだ」

常人離れした記憶力である。これには当の質問者も舌を巻いた。

「すげえな、さすが新聞部副部長。アレな部長を支えてるだけある」

「いろいろ苦労してるからね」

「ちょいとちょいと、アレってどれさ。あと別に苦労はかけてないでしょ」

すかさず香織が割り込んでくる。

「でも、倉っち本当にすごいね。大活躍だよ！」

「そうだな、有益な証言だった。トイレの神様、いや、トイレット博士の称号をやろう」

「いや、遠慮しとくよ……」

「七年殺しが使えるね！」

「……何それ？」

香織が謎の技について解説し始めたのをよそに、裏染は洗面台の脇に置かれたゴミ箱へ向かった。覗き込んで、「空か」と一言つぶやく。

確認を終えるとすぐに、彼はトイレをあとにした。柚乃と兄が追うと、隣のピンクのドアの中へ入っていくところだった。

「う、裏染さん、ちょっと待った！」

「なんだ？」

「そこ、女子トイレですよ」

「見りゃわかる。どうせ誰もいないしお前だって男子のほう入ってんだから文句言うな」

「うっ……」

そこを突かれると言い返せない。とりあえず悪さをしないよう見張る目的も含めて、さらに追った。池や西ノ洲館長もついてきたが、彼らはドアの手前で足を止めた。エチケットを心得ている二人である。

　女子のほうも男子と同じく、小規模ながら綺麗に掃除してあった。洗面台とゴミ箱、その奥に個室が三つ。裏染はまずゴミ箱を調べた。こちらも空だったが、傍から見たら完全に変態である。

「な、何を探してるんだ……？」

　若干引き気味で兄が尋ねた。

「倉町がトイレに入ったとき、ホルダーには切れ目のついた、なくなりかけのロールがはめてありました。ところが事件後の今は、犯人が用意したものにすり替わっている。そのすり替えられた、もともとあったほうを探してるんです。男子トイレの予備のロールには芯がありました。すなわち、ここのペーパーはちゃんと芯がついているタイプということです。紙だけなら水に流すこともできるでしょうが、ロールの芯はそう簡単にいきません」

　そう答える間も、裏染は女子トイレを歩き回って調査を続ける。三つの個室の造りはやはり男子と同じだったが、ホルダーのトイレットペーパーはどれも新品同様できちんと切れ目つき、予備のほうにも異状はなかった。

「犯人がすり替えたとしたら、芯をどこかにやらなきゃならないんです。しかし……しかし、ここにはそれがない」

　三番目の個室のドアを閉めると、彼はトイレの中央で立ち尽くした。――やっぱり、ちょっと危ない光景だ。

「ま、まあ、まずはここから出よう。もともとあったほうのペーパーなら警察が探すから」

外に連れ出そうと、兄が背中を押す。

「犯行に使われたものなら見つかったんだ、それでいいじゃないか」

「よくはありませんよ、芯がないと辻褄が合わない。ここにもないとなると、どこに……」

「あの、ちょっといいですか」

だしぬけに柚乃が手を上げ、裏染の言葉はそこで止まった。

「……なんだよ」

「もしかして犯人って、男ですかね？」

すり替えられたという話を聞き、そして今、ドアの曇りガラスに透ける赤い女性マークを見て、思いついたのだ。

犯人がすり替えたのは、男子トイレにあったトイレットペーパーだった。ということは、犯人は男子トイレに堂々と入れる人物、すなわち男なのでは？

そう思ったのだが、

「男？　言いきれはしないだろ。お前、まさか男子トイレの紙がすり替えられてたから犯人は男だって言うんじゃないだろうな」

「うっ……！」

思いきり図星を指されてしまった。

「入口から少し覗けば、中に人が入ってるかどうかはわかる。紙をすり替えるのなんて数秒で済むし、誰もいないときにすり替えを行えば女でも男子トイレに入れるだろ」

「でも、女子のほうもあるのにどうしてわざわざ……」

それならわかるぞ、と兄が口を挟む。

「男子トイレの入口は、ちょうど廊下から死角になってる。女子のほうは廊下の正面だ。万が一に備えて、出入りするところを見られないようにしたんだ。だろ、裏染君？」

「そのとおりです」

「う、ううっ……」

柚乃はたじろいで、壁際へ後ずさった。

「兄さんに論破されてしまった……」

「なんだそりゃ、僕が論破しちゃいけないのか？　これでも一応刑事だぞ！」

「一応じゃだめでしょうよ」

ぼそりと言って、裏染はドアを開き出ていく。廊下では紳士の二人が直立不動のまま待機していた。そのさらに後ろで、香織は倉町相手にまだ〝七年殺し〟の講義中。

「何かわかったの？」

講義を振りきり、倉町が尋ねてきた。裏染は肩をすくめ、

「さっぱりだ。……西ノ洲さん、ここのトイレも職員が清掃してるんですか？」

「ええ、最近はバイトの仁科さんがやってくれてます」

「掃除ロッカーや備品の保管場所はトイレの中にありませんでしたね。それはどこに？」

「それも、一階の倉庫にまとめてありますが。支給品とか備品は、全部そこで」

先ほどのポロシャツと同じ答え。裏染は「じゃあだめだ」と独り天を仰いだ。

「これで、トイレ関係は全滅か。だとしたらどうなる？　だとしたら……そうか」

しばらくそのままの体勢で固まり、やがて啓示が降ってきたかのように、彼はいきなり首を元に戻した。柚乃たちのことは捨て置き、廊下を会議室のほうへ走っていく。

まっさきに兄が「待て待て待て！」と連呼しながらあとを追った。

「勝手に動くな、頼むから！　どこ行く気だ」

「今度こそ、容疑者のところへ。ちょっと聞きたいことが」

「だからよせって。僕が聞いてくるから、質問を教えてくれ」

「いえ、デリケートな話なのでできれば直接……ん？」

会議室に近づいたところで、二人は動きを止めた。ドアはわずかに開いており、そこから中のやりとりが漏れ聞こえていた。

「——では、皆さんの証言は正しいんですね？　間違いないですね？」

「正しいって言ってるだろ。ったく、アリバイは証明されたのに、なんでまた確認されなきゃなんないんだよ！」

なだめるようなハスキーな声は、仙堂のものだ。柚乃たちがトイレに行っている間に会議室を訪ねたらしい。突っかかっているのは男のだみ声だった。「代田橋さんだ」と香織がつぶやく。

「実は、そのアリバイが意味をなさなくなりましてね」

「意味をなさないって、なんだよ。ちゃんと証言したろうが！」

「ひょっとして、犯人のアリバイトリックが破られたとか？」

おどけたような別の声が重なる。「津さんですね」と池。

「だいたいお前らは信用できないんだよ。さっきだって、妙なガキが廊下を歩いてたし」

「……妙なガキ？」

「ドアのガラス窓から見えたんだよ。刑事と館長と新聞部の奴ら引きつれて、初めて見るガキが二人歩いてったぞ。誰だよあいつらは、ここは封鎖中じゃないのかよ！」

「部長さんがテンマとかなんとか、廊下で叫んでましたね」

当の廊下の面々は、顔を見合わせた。兄の努力虚しく、裏染の存在はばれてしまったようだ。

「えーと……ちょっと待ってください、テンマという人間がそこを歩いていたんですか？　館長さんたちはそいつに連れられて？」

「ああそうだよ。誰なんだよあいつは」

「あー……ええとですね……」

「それは僕です」

唐突に、裏染はドアを全開にした。部屋の中と外はちょっとしたパニックになった。だみ声の主が「あっお前……お前だお前！」と指をさし、兄は頭を抱えた。

しかたないので、柚乃たちも続いて中に入る。長机は細長い部屋の後ろに片され、並べられた椅子に十人ほどの人間が座していた。太めの中年女性、皺の多い禿げ頭の老人、ワイシャツで無精髭の男など、香織の現場写真で見覚えのある顔ぶれである。

　彼らの前には、仙堂と吾妻、見張りの捜査官数人が立っていた。仙堂は裏染を見てももはや怒る気力などないようで、ただ「勘弁してくれ……」と首を振るばかりだった。

「どうもこんにちは、裏染天馬と申します」

「こんにちはじゃない！　なんだお前らは！」

　呑気に挨拶した裏染に対し、筋肉質な体つきの男——代田橋というらしい——は極めて真っ当な突っ込みを入れた。

「何やら彼は、捜査のアドバイザーだそうですよ」

と、西ノ洲もこれまた呑気に紹介。館長の発言なら信用に足りたのか、職員の中からへええ、と声が上がった。髪の長い男が身を乗り出す。

「じゃ、探偵さんみたいなもんですか。はは、面白いな。そっちの女の子は助手ですか？」

「探偵でも助手でもありませんが、まあなんとでも言ってください。あなたは覚えやすい名前の津さんですね？　資料室でサボっていた」

「………」

　裏染に名指しされ、意表を突かれたように男は固まった。

「他の皆さんのことも知っていますよ。パーマにTシャツのあなたは展示レイアウトの水原さん。お年を召しているのはメモ帳を探していた芝浦さん。あなたは代田橋さんですね？　それに、太ったあなたはチーフの和泉さんだ」

「し、失礼ね」

「すみません、失言でした。で、紺色シャツのあなたが緑川先生。短髪の若い人が大磯さん。おっと、サメ担当の深元さんもいますね……」

すらすらと職員の名前を言い当てていく。車内の通話では、それぞれの見た目まで細かくは教えてもらわなかった。先ほど兄の手帳を読んで、短時間で覚えたのだろう。

しかしそれを知らない職員たちにとって、いきなり現れた少年に名前や役職、アリバイの内容まで言い当てられるのは、不気味以外の何物でもなかったに違いない。一人ずつ名前が呼ばれるにつれ、騒がしかった職員たちは静まり返ってしまった。

「さて、どうしてここに来たかといいますと、一つだけ皆さんに聞きたいことがあるからです」

一通り部屋を見回すと、裏染はさっそく用件にかかった。

「この中で今日、九時四十五分以降に男子トイレを使った方はいらっしゃいますか?」

質問はそれだけだった。しかし、手は上がらない。

少ししてから、綾瀬と呼ばれた眼鏡の女性が、

「……トイレが何か、重要なんですか?」

「重要なんです、実に。でも……いらっしゃらないようですね。まあいいでしょう、わかりました。ありがとうございました」

あっけないほど簡単に頭を下げ、彼は会議室をあとにした。柚乃や香織たち、袴田も出る。

そして、仙堂と吾妻もついてきた。

「せ、仙堂さんすみません、違うんです。これには理由があって、裏染君が犯人が使ったトイレットペーパーを探すというので……」

兄が慌てて弁明したが、仙堂はもう気にしていない様子だった。どうやら、裏染の存在以上にいやな事態が起きたらしい。彼どころか、吾妻のほうも十歳ほど年を食ったように見える。ドアを閉めてから警部は息を吐き、疲れきった声が喉から絞り出された。

「面倒なことになった」

裏染天馬による推理を参考にし、十時七分のアリバイはひとまず考慮に入れぬこととする。となると問題は、それより以前である。九時五十分までは、雨宮の生存はしっかりと確認されている。したがって、犯人が犯行可能だった時間帯は、九時五十分から十時七分までの、十七分間である。特に怪しい時間帯を、「犯人が立ち去ったのは九時五十七分ごろ」という裏染の仮説を参考——あくまで参考——にし、九時五十分から十時までの十分間と仮定する。
これと、容疑者の各証言とを照らし合わせると、
和泉崇子：五十分に雨宮・滝野が飼育員室を離れてから十時過ぎまで、一人で書類の整理を行っていた。
船見隆弘：五十分に水原が事務室を離れてから十時過ぎに津が戻ってくるまで、一人で会計

記録の確認を行っていた。

津藤次郎：五十分少し前に資料室へ行き、十五分ほど休憩。和泉や綾瀬より先に事務室へ戻ったが、休憩中はずっと一人。

綾瀬唯子：新聞部員と館長を引き合わせ、その後館長室で、五十分から十時過ぎまで一人で仕事。十時二分ごろ、コーヒーを淹れるため事務室へ。

滝野智香：五十分に犬笛を探すため女子更衣室へ。十時直前に展示作業室の前で水原に呼びかけられるが、その間ずっと一人。

水原暦：五十分に展示作業室へ行き、一人で作業。十時直前に滝野を呼び止める。

代田橋幹夫：九時四十分過ぎ、キーパースペース一階部分へ行き水槽の餌やりを一人で行う。五十五分ごろそれを終え、医務室に移動。

緑川光彦：九時四十分少し前に一階の医務室へ。十時前に代田橋がやって来るまで一人でいる。

大磯快：九時四十分ごろ、一階の調餌室へ。バディの芝浦がすぐ二階へ戻ったため、十時三分まで一人で作業。

芝浦徳郎：大磯と調餌室へ行くが、メモ帳を忘れて二階の男子更衣室へ。十時三分に戻るまで、更衣室内に一人でいる。

仁科穂波：九時四十分ごろから一人で廊下の掃除を始める。目撃証言が多々あるが、九時五十分からカメラに映り込む十時三分までの行動は、明らかでない。

したがって――

「少なくとも九時五十分から十時前後まで、アリバイがはっきりしている容疑者は一人もいないということがわかった」

仙堂は報告を終えた。立っているのも疲れてしまったらしく、途中から壁に寄りかかっていた。

「じゃあ、容疑者は十一人のままですか？」

「そうだ。ゼロから十一人に舞い戻った」

「ううん……」

兄も眉間の皺を深くする。電話のときよりも、よりいっそう困惑した様子だった。

誰も犯人でありえないはずの事件が、一転して誰もが犯人でありえる事件へと裏返ってしまったのだ。裏染のアリバイ解明によって導き出された答えは捜査の幅を狭めはせず、むしろ限界ギリギリまで広げていた。

限られた空間の中でバラバラに行動していた、十一人の職員たち。ある者はその多忙さゆえ、ある者はサボリ癖に駆られて、またある者は、温かい親心を発揮したせいで。

「結局、ふりだしのままかあ」

すべての捜査員の気持ちを代弁するように兄がぼやいたその横で、

「ですが、わかったこともあります」

ただ一人、立ち位置不明な部外者だけは上機嫌だった。

「……うらぞめ」

「なんでしょう、刑事さん」

「お前はどうしてまだ……いや、もういい、やめとこう。何がわかった？」

「単独犯であるということの裏付けが取れました。根拠はさっきと同じです。複数犯なら、互いにアリバイを作っておくはずだから。仲間が偽証してくれるにもかかわらず、万一に備えて時限式のアリバイトリックを用いるという用心深すぎる犯人も、いることにはいるでしょう。しかし肝心の犯行時刻、トリックを仕掛ける時刻に仲間が偽証するアリバイを用意していないというのは、常識的に考えられません。仲間が無意味です。

したがって、犯行時刻と思われる時間帯にアリバイを持つ人間が一人もいなかったのなら、これは単独犯であると断定できます」

「なんだ、そんなことか……」

「そんなことかとはひどいですね。単独犯なら、確率は単純に十一分の一です。そうと決まればいろいろとアプローチのしかたが……」

警部はまた「もういい」と言って言葉を断ちきった。

「わかった、充分だ、ご苦労。君たちは帰ってくれ。向坂さんたちも帰ってよろしい。これ以上俺たちを引っかき回すな」

「ですが……」

「帰れと言ったら、帰れ」

有無を言わせぬ口調で言い放ってから、仙堂は廊下のど真ん中であることを思い出したかのように第二会議室のほうを見やり、顔をしかめた。それから少しボリュームを落として、

「お前の仕事はもう終わったろうが」

契約内容は、アリバイの解明をすることのみ。すでに裏染はサービス残業に入っている。重々承知していたのだろう、彼はそうですね、と一つうなずいた。

「わかりました。ちょうどナディアの再放送の時間ですし、帰るとしましょう」

「……ああ、もうなんでもいい。帰ってくれればなんでもいい」

「でも最後に、アドバイザーから一つだけアドバイスをしておきます」

「帰ってくれって言ってるだろ……」

「僕なら、更衣室を調べますね。では、さようなら」

ひらひらと手を振り、西側の階段へ向かう。柚乃と新聞部の面々も続き、最後に「今度こそ送っていけよ」とのきつい命を受けて、兄がついてきた。

それを見送る仙堂は、敵の背中に塩でも撒きかねない形相だった。

展示スペース側に出てから、香織は兄に不満をぶつけた。

「向こうから呼んだのに、なんか扱い悪くないですか？」

「そうだな。悪かった」

「……それ、謝罪ですか？　同意ですか？」

「両方だ」

クラゲ水槽のホールを抜け、Ａ棟の通路へ。兄の歩調はやはり速かった。

「謝る必要はありませんよお兄さん。ナディアはちゃんと録画してありますからね」

「いや、そういうことじゃなくて……仙堂さんは、職員たちに君のことがばれたのが、気に食わなかったんだよ。なるべく秘密にしときたかったはずだからね」

「じゃ、やっぱり裏染さんが勝手に動いたせいじゃないですか」

「あの場合は関係ないだろ、もうばれてたんだから」

裏染に反省の色はない。

「だからってあんないきなり入らなくても……」

「トイレについて聞きたかったんだよ」

トイレの使用に関しての質問。答えた者は誰もおらず、彼自身もすぐ「わかりました」と切り上げていたが――

「それよりお兄さん、更衣室のこと頼みましたよ。隅々まで調べてください。特に知りたいのは、血液反応が出るかどうかです」

「……はいはい。やっとくよ。でも、結局何がわかったんだ？」

「わかったかどうかもわからないぐらいの微妙なレベルですが、そうですね、まあ、いろいろわかりました」

後ろから倉町が、「どっちなの」と突っ込む。

「少なくとも、何を手がかりにするべきかはわかった」

「手がかり？　トイレットペーパーかい？」

迫るように兄が尋ねた。裏染はイイダコの張りつく岩礁（がんしょう）水槽を横目で見ながら、短く答えた。

「モップです。黄色い柄のついた、あのモップですよ」

第四章　日曜のデートと水際の実験

1　モップはなんでも知っている

　翌日は、朝から普通じゃ考えられないようなことが、三つ立て続けに起こった。

　一つ目は、せっかくの日曜で練習もなし、自由に使える休日だというのに、その暇が災いしてなんとなく裏染の部屋を訪ねてしまったこと。

　二つ目は、間違いなくまだ寝ているだろうと思った部屋の主がすでに起床済みで、しかもきちんと服を着て、ベッドどころか部屋からも出て、爽(さわ)やかに部室棟の前をモップがけしていたこと。

「よお袴田妹。おはよう」

　おまけに、向こうから挨拶までしてきた。

「えーと、う、裏染さん……ですよね？　本物ですよね？」

「偽物が出回るほど人気者じゃない」

「どうしてこんな早くに……あ、そうか徹夜明けか、これから寝るんですね？」

「起きたばっかで眠れるわけないだろ、今九時半だぞ」

「うわあ、常識的な答え」

そして三つ目は、

「何しに来たか知らんけど、俺これから出かけるから」

「……え、ごめんなさい、耳がおかしくなったのかな。出かけるって言いました？」

「言ったよ。大丈夫かお前」

「ど、ど、どこに？　アキバですか？」

「水族館。事件の調査」

「じ、じけ……」

あまりの衝撃に足がもつれ、柚乃は百人一首研究会のドアにもたれかかった。裏染が自発的に事件解決へ乗り出すとは。昨日の奇行はやはり気まぐれではなかったのか。

あのあと、水族館を追い出されてからも彼の行動は止まらなかった。新聞部を近くの喫茶店に連れ込んで事件前の出来事を詳細に聞き出し、律儀に待っていた羽取の車で帰る間も、スマホをいじることもなく、ただ黙って考えにふけっていた。

ちなみに柚乃のほうは、結局一から十までつきあってしまったものの、どうにか試合の最後には間に合うことができた。風ヶ丘の戦績は個人戦で部長が準優勝、団体戦でも緋天には負けたものの唐岸を破って二位、という大満足の結果で、駅前のお好み焼き屋で行われた打ち上げは大いに盛り上がった。佐川部長は締めの挨拶に「夏の前半、ずっとみんながんばってくれたから、明日から二日間お休みにしようか」と発言し、疲労困憊(こんぱい)していた部員たちは拍手喝采でそれを迎えたのだった。……まあ、自分はその貴重な連休の一日目を、早くもこんな場所で無駄にしようとしているのだが。

「どうしちゃったんですか、昨日は面倒くさい~とか早く帰らせて~とか言ってたのに。もう報酬も決まってるんでしょ？」

「ちょっと興味が出たんだよ。俺は興味のあることには全力で取り組む」

「ああ、それは知ってます」

部屋の惨状で一目瞭然(いちもくりょうぜん)だ。

それにしたって、あの事件のどこに彼は興味をそそられたのだろう。やはりサメが被害者を、という異常性だろうか。そこはわからないが、

「とにかく、寝てるよりはいいことですね。早起きもしたし。見直しましたよ」

「日曜に早起きするなんて当たり前のことだろうが」

「おお、裏染さんの口からそんな言葉が！」

「テレ朝でスマプリを見なきゃいかんからな」

「……」

一瞬で感動が冷めていった。いや、この際理由にはこだわるまい。

「んー、やっぱり押しつけないとだめか」

裏染はモップを持ち上げた。今まで水拭き清掃中とばかり思っていたが、よく見ると少しおかしい。モップの下、コンクリートの地面には、濡れて破けた紙が散らばっている。

「掃除してたんじゃないんですか？」

「誰がそんな未亡人みたいな真似するか。現場のモップには紙の繊維がついてたろ。それが本当にくっつくかどうか、っていう実験」

彼はモップを壁に立てかけ、地面の紙へ目を落とした。

「ちょっと押しつければくっつくけど、逆に言えば押しつけないとくっつかない。ついでに押しつけると、下の紙はボロボロになる。それだけわかった」

真剣な口調で結果をまとめる。そういえば昨日の去り際に、モップが手がかりだと言っていたが……。

「それで、何かが解けるんですか？」

「とりあえず、モップがキャットウォーク内に持ち込まれたことははっきりした。だが問題は、犯人がモップを押しつけたってことだ。押しつけた……読みどおりっちゃ読みどおりだが……」

よくわからないことをブツブツと唱えてから、彼は腕時計に目をやって「もう来るころか」とつぶやいた。

「じゃあな、袴田妹」

手を振って北門のほうへ歩きだす。モップは壁に立てかけられたまま、紙は地面の上にへばりついた状態で放置。このあたりの傍若無人さはいつもの裏染だ。

「あ、待ってください、私も行きます」

柚乃は駆け足で裏染を追った。昨日の発言も、今日の積極性も、たった今の実験も、何一つわからないままでは寝覚めが悪い。そもそも朝から訪ねたのも、昨日の行動の真意について知れればと思ったからである。横に並んでも、いやな顔はされなかった。

「別に来たっていいけど、邪魔すんなよ」

「私、裏染さんの邪魔なんてしたことないでしょ」

「エアコン壊したろうが」

「まだそれを蒸し返しますか……。あれはそもそも裏染さんが悪いじゃないですか」

「俺は部屋で平穏に暮らしてただけだ」

「暮らし方が問題なんですよ、それに暮らしてる場所も……」

「やあどうも、ご苦労様です」

唐突な言葉は、柚乃ではなく北門で待っていた男へ向けて発せられた。

体にピタリと合ったスーツと、歯痒そうにしかめた表情。昨日送り迎えをしてくれた捜査一課の新入り、羽取だった。その横には見覚えのある車も停まっている。

「すみませんね、日曜の朝っぱらから呼び出しちゃって。今日もよろしくお願いします」

「なんで俺がこんなことを……」

「安全運転で頼みますよ。あ、エアコンちゃんと効いてるでしょうね?」

「なんで、俺が、こんなことを……」

この人、昨日からそれしか言っていない気がする。

ふて腐れたように後部座席のほうへ親指をやり、羽取は運転席へ。昨日と同じく助手席の後ろの席へ乗り込みながら、柚乃は小声で裏染に聞いた。

「わざわざ呼んだんですか？」

「お前の兄貴に連絡したら、意外と簡単に呼んでもらえた」

「別に今日は急いでないんですから、電車とかでも……」

「快適に行けたほうがいいだろ」

車内は、制服のプリーツスカートから伸びる脚が肌寒いくらいだった。エアコンの冷気に裏染は今日も満足げである。やっぱりいつもどおりだ。

くつろぐ裏染。捨てばちの羽取。あきれるべきかほっとするべきかで悩む柚乃。三者三様の心境のまま、車は二日目のドライブに繰り出した。


まさかとは思ったが、彼はまたもやコンビニで車を停めさせた。ウーロン茶と赤飯のおにぎりを購入し、米粒が落ちるのもかまわず車内で頬張る。

「朝ごはんですか」

「そう」

「お赤飯……何か、おめでたいことでも？」

「好きなんだよ」

「じじくさい嗜好ですね」

「カツで試合に勝つ奴に言われたかないな」

減らず口を叩きながら裏染は袋にゴミを入れ、ポケットからスマホを取り出した。

「だからあれは、たまたまなんですってば」

「そうか？　弱気な私でも三回戦突破っていう験担ぎが込められてるのかと思ったが」

「……どういうことですか」

「チキンは臆病者って意味だろ。だからチキンカツサンドで、臆病者が三度勝つ」

「チキン、カツ、サンド……あ、なるほど」

「……駄洒落じゃないか」

「あんたは黙って運転してなさい」

羽取が口を出したが、裏染にあしらわれてまた顔を歪めた。「なんで俺が」以外の言葉をやっと喋ったと思ったのに、不憫な男だ。

裏染はお茶を一口飲んでからタッチパネルを操作する。何やら電子音が聞こえてくる。

「何するんですか？」

「ボイスチャット」

「ネット通話ですか。誰と？」

彼は画面をこちらへ向けた。受話器のアイコンと点滅する〈通信中〉の表示。

しばらくしてからそこに映ったのは、昨夜とうとう帰宅しなかった袴田家の長男、どアップになった兄の顔だった。

『もしもし、裏染君？　もしもし……聞こえてるのかこれ……あれ、柚乃？』

「兄さん、何やってんの？」

『こっちの台詞（せりふ）だよ、裏染君はどこに……』

「はいどうも、お兄さん」

画面の角度を少し自分側へ戻し、裏染がカメラに向かって手を振った。

「そちらはパソコンですか。いいですね、画質も鮮明です」

『ああそうかい。しかし、ずいぶん面倒な連絡方法を取ったな』

「顔が見たかったんですよ。こっちの音拾えてます？」

『ちょっと雑音があるけど、どうにか』

「走行中ですからね、多少は我慢してください。あ、お迎え寄こしてくれてありがとうございました」

ごく普通に会話を進める二人。置いてけぼりを食らった柚乃だけ、まったく状況が飲み込めない。

「あの、どうして兄さんと通話を？」

「友達だからな」

「真面目に答えてください」

「車回してくれっつったらこうなったんだよ。まあこっちも情報は知りたいから好都合だ」

真面目に答えられても意味がわからなかった。

『なんで柚乃までいるんだか……いや、まあいい。それで裏染君、気づいたことってのを教えてくれ』

「先にそちらの報告を。更衣室はどうでした？　それと、現場の紙とか血は？」

『ついさっき結果が出た。現場で検出された血液は、どれも雨宮のものだった。モップや靴の裏についてた繊維も、キャットウォーク上の書類と同じで間違いない。ただし、柵の外にこびりついてた紙だけは、男子トイレのホルダーにあったトイレットペーパーと成分が一致した。君のお手柄だ。……更衣室のほうは、ルミノール反応が数ヶ所から出たんだが……』

「おっ、出ましたか」

『いや、そっちは詳しく調べたら魚の血だった』

「サカナ？　ああそうか、水族館ですからね」

『隅々引っかき回したが、全部シロ。更衣室からは、雨宮の血液は検出されなかった』

「男子からも、女子からもですか。そうですか……」

裏染は口をつぐみ、流れゆく景色を見やった。少しずつ、柚乃にも事情が読めてきた。

朝、裏染が兄へ「水族館へ行くから車を回してくれ」と連絡する。当然兄だって渋るだろうが、そこで彼は押しの一手として「気づいたことがあるんです」と解決に迫るようなことを仄(ほの)

めかす。兄はそれなら、と承諾し、同時に「じゃあ車を手配してやるから、気づいたことを教えてくれ」と条件を出す。裏染のほうも兄から情報を得たいので、「車が来てからまた連絡します」とＯＫサイン。そして、今に至る。大方こんなところだろう。なぜ普通の電話でないのかはわからないが。

『で？　そっちの話を聞かせてくれよ』

ヘッドセットをつけた兄の顔が、さらに画面に近づき大きくなった。

「そんなに急ぐことないでしょうお兄さん。日曜なんですからのんびりいきましょうよ」

『いけるか！　こっちは仕事ちゅ……仕事中なんだよ』

高まりかけた声が、言葉の途中ですぐ小さなボリュームに戻る。目はキョロキョロと絶えず辺りをうかがっており、何かから隠れているように見えた。

『今、磯子署の捜査本部なんだ。君とこんなことしてるって仙堂さんにバレたら殺される。急いでくれ』

「そりゃ切実ですね」

「兄さん大変だね」

『お前ら完全に他人事だと思ってるだろ』

棒読みで同情を伝えても、刑事の耳は騙せなかった。

『で、気づいたことってのは？　昨日、モップがどうとか言ってたが』

「ああ、そうそうモップね。それとバケツです。血や紙の繊維が付着していた以上、あのモップとバケツが殺害現場に持ち込まれたことは間違いありませんよね？」

『もちろん』

「そこで僕は、なぜあの二つが持ち込まれねばならなかったかを考えてみたんです」

ドア側に体重をかけて頬杖をつき、スマホに映る兄の顔をときおり柚乃のほうへ向けながら、裏染は推理を語り始めた。

「被害者・雨宮茂は事件当日、通常とは明らかに異なる行動を取っています。計画殺人であることは昨日お話ししましたが、それをふまえると、犯人が嘘の約束をするなりなんなりして、彼をサメ水槽に呼び出したと見るのが妥当です。となると、犯人は雨宮をキャットウォークで待ち受けていたか、もしくは逆で、雨宮がキャットウォークで待っていたところに犯人がやって来たか。なんにしろ、とにかく二人がキャットウォークで顔を合わせたのは確かでしょう。そして、そこが殺害現場になった。よろしいですか？」

『……ああ』

「さて、犯行のためには必要不可欠な道具が三つあります。なんだかわかります？」

『包丁と、トイレットペーパーと……バケツかな』

「そうです。包丁は言わずもがな、殺人のため。トイレットペーパーはアリバイトリックのため。バケツは床に水を撒いてトリックをカモフラージュするために、絶対必要です。犯人はこの三つをキャットウォーク内に持ち込んだ。だからこそ犯行ができた」

『うん』

「ちなみにバケツに関しては、もう一つ別の用途も考えられます。包丁とトイレットペーパーの隠し場所です。サメ水槽周辺に遮蔽物はありませんでしたよね。包丁とトイレットペーパーなんて妙なものを堂々と持って被害者に近づいたら、警戒されるに決まっています。包丁をズボンの後ろに挟んだり、トイレットペーパーをポケットにねじこんだりすることもできるでしょうが、バケツの中に隠したほうがバレにくい」

横で聞いていた柚乃は「あ、そっか」と声を漏らした。考えてみれば当たり前のことだが、バケツに入るのは水だけじゃないのだ。

『確かに、凶器を持ち込むのに一番いい方法はそれかもな』

「そんなわけで、包丁、トイレットペーパー、バケツの三つが犯行に必要不可欠でした。さらに細かく言えば、トイレットペーパーを留めるための画鋲や、指紋等を残さないようにするためのゴム手袋やゴム長靴も必要だったでしょう」

『うんうん』

「では、モップは？」

『……ん？』

「モップは殺人ともトリックとも関係ないじゃないですか。でも現場には持ち込まれた。なぜだと思います？」

的を射た指摘と挑戦的な言葉で、兄の目にもようやく刑事の鋭さが灯った。しばらくうつむき、考え込んでから、

『そうだな……たぶん、それも被害者から怪しまれないようにするためじゃないかな』

「どういうこと？」

たまたま画面がこちらを向いていたので、柚乃が尋ねた。

「想像してみろよ。犯人と被害者がキャットウォークで顔を合わせたとき、犯人は片手にバケツを持って、ゴム手袋やゴム長靴も着けてたはずだ。何も知らない被害者からはどんな恰好に見えたと思う？」

被害者になりきり、頭の中にイメージを描く。近づいてくる犯人。ゴム手袋、ゴム長、そして〈床掃除用〉と書いてあるバケツ。掃除用の――

「……掃除係」

これでもかというほど素直な答えだったが、兄は深くうなずいた。

『だろ？　犯人はたぶん、被害者から怪しまれないように掃除係のフリをしたはずだ。でも、一般的な掃除係を演じるには一つだけ足りないものがある。バケツだけじゃ掃除はできない。モップがないと』

「なるほど……」

被害者に怪しまれないために、モップもまた必要不可欠だったわけだ。

車の速度が緩やかになった。日曜の国道は混み合っており、なかなかスムーズに進めない。

裏染は窓の外に並ぶ商店を眺めながら、「そのとおり」と会話に復帰する。

「手袋長靴、バケツにモップ。ここまでそろえば、見た目には掃除係で通ります。イルカショー係で忙しく、サメ水槽の業務にまったく携わっていなかった雨宮が相手なら、騙すのは簡単だったでしょう。人手不足の丸美では、キーパースペースの掃除係の代行なんて日常茶飯事だそうですからね」

昨日、裏染は館長に掃除の代行について確認していた。あの時点でここまで推理を働かせていたのか。

いや、待てよ。そのときもう一つ、さらに突っ込んだ何かを尋ねていたような……。

『どうだ裏染君、僕もやるときはやるだろう』

「ええ、さすが県警捜査一課です。そのついでにお兄さん、もう一つお聞きしていいですか」

画面の向こうで得意がる兄に、裏染は黒い瞳を向けた。

「犯人がモップを持っていたのは、掃除係に扮するため。これはいいでしょう。しかし、そもそも掃除係に化ける必要がどこにあります？」

『……え？　いや、だから、犯人は掃除用のバケツを持ってたから』

「なぜ掃除用のバケツだったんです？」

『……？』

「キーパースペースの棚には、同サイズの予備のバケツもたくさんありました。それに対してロッカーに入っていた掃除用のものは、古びていて底にヒビまである。なぜ他のバケツではなく、そんな壊れかけを使ったのでしょうか」

『それは……』

「想像してみてください。仮に犯人が、掃除用じゃないバケツを使ったとします。ゴム手袋とゴム長靴を身に着け、片手には普通のバケツ。この状態で被害者と会うと、どう見えますかね。袴田妹、どう見える？」

また想像を委ねられた。柚乃は眉根を寄せ、考える。

今度は〈掃除用〉とは書いていないバケツ。それでも普通の場所なら掃除中のように見えるだろう。しかし、あの場所なら――水族館のキーパースペースなら、その恰好は――

「飼育員さん、ですかね。昨日、館長さんがそんな話をしてたような気が」

「ご名答」

拍手の代わりに、裏染はスマホを柚乃のほうへ近づけた。

「飼育員は棚にあったものと同色の、水色のバケツを日常的に使っています。現に代田橋などもバケツを持ったままでした。餌やりや水槽の整備で手袋と長靴をつけるのも、ごく普通のことです。そして、餌やり・水槽整備の代行も、丸美では日常的に行われています。もっともそちらは、専門知識のある飼育員だけに限った話ですけどね」

だんだんと、裏染の辿り着いた結論が見えてきた。柚乃も兄も、黙って次の言葉を待つ。

「それらをふまえて、犯人が飼育員の中にいると仮定してみましょう。その人物はすべてをきちんと計画済みである。包丁やトイレットペーパーを事前に用意し、犯行にバケツが必要だということもちゃんと考えている。犯人はキーパースペース内に入ると、キャットウォークから死角になっている棚の前で、手袋と長靴をつける。そしてバケツ」

バケツは二種類ある。自分の持っているのと同じ色合いの、棚に置いてあるものと、ロッカーの中の、色が濃い古びた掃除用――

「掃除用を選んだ場合、モップも一緒に持っていかないと違和感のもととなってしまう。でも棚のほうのバケツなら、そんな必要はない。自分たち飼育員が常に持ち歩いているものと同じなんですからね。サメ水槽の整備を頼まれちゃって。下のコバルトスズメに餌やれって言われて。言い訳はどうとでもできます。……しかし、事実として犯人は掃除用を選び、わざわざモップを一緒に持っていきました。なぜでしょうか」

『……犯人が、普段バケツを持ち歩いていない人間だったから』

放心したように兄が言った。

「そうです。犯人は自分がバケツを持っていることの言い訳を、床掃除以外で考えつかなかった。そこで、その人物は掃除以外の用事でキーパースペースに入るはずのない人間であると仮説が立ちます。つまり犯人は飼育員以外。事務方か、もしくはバイトの職員です」

簡潔な結論を最後に、言葉は切られた。

「すげえ……」

「前見て運転しなさい」

「あ、はい」

羽取が運転席から驚嘆し、裏染はまた冷たくあしらう。

『いや、でも、本当にすごいよ。一気に容疑者が絞れたじゃないか』

若手刑事の気持ちは柚乃と兄にもよくわかった。モップと、バケツ。たったそれだけの手がかりから、完全に霧の中だったはずの犯人像を特定してしまったのだ。

曲芸のような推理だった。

「まあ、これはあくまで蓋然性が高いというだけで、イレギュラーはいくつも考えられます。たとえばそう、真犯人は飼育員の中の誰かで、事務員の犯行に見せかけるため、わざとモップと掃除用バケツを使ったのかもしれない」

『あ、そうか。確実じゃないのか……ってじゃあ、なんで教えるんだよ！』

兄はパソコンの前につっぷした。裏染と話していると誰でも尋常じゃなく疲れるらしい。

「確実ではありませんが一つの指針にはなったんです。僕はそれまで、別のある理由のために飼育員が怪しいと思っていたのですが、これによって飼育員以外に注意が切り替わりました。そこでお兄さんに更衣室の調査をお願いした。結果がクロなら、やはりモップとバケツの推理ははずれ。シロならば当たりで、さらには容疑者を完全に絞り込めます」

『言ってる意味がわからん。もっと詳しく……いや、その前に裏染君、カメラを君のほうへ戻してくれないか』

「え、どうして？」

そんなに妹と顔を合わせているのがいやか。そう思って聞くと兄は気まずそうに目を逸らし、

『あー、いや、その、角度的にさっきからお前の脚が……』

最後までは言わせなかった。柚乃は卓球部仕込みのスマッシュ（ラケットなし）を裏染の右

手に食らわせ、弾かれたスマホはシートの下に落ちていった。

『あれ？　なんか急に暗くなったぞ、大丈夫か？　おい、おーい』

「か、買ったばっかりのスマホが……。お前、どんだけ俺の持ち物壊したら気が済むんだ」

「うるさい！　勝手に変なとこ映さないでください」

「たまたま映っただけだろうが。ああもう、スマホスマホ……」

「ええい、脚を触るな！」

足元に屈まれたので、今度は頭にスマッシュを叩き込む。いやスマッシュというか、ただのチョップだったが。

「触ってないだろ、ていうか落としたのはお前のせいだろ！」

「じゃ、私が拾うからおとなしくしててください」

「なんなんだよ、もう」

「……ふふっ」

「笑うな！」

「すみません」

運転席の羽取を一喝して黙らせ、どうせ学校を離れるなら制服なんか着てくるんじゃなかったと後悔しながら、柚乃は足元に落ちたスマートフォンを拾い上げた。幸い壊れてはいないようだ。通信はまだ生きており、画面にもしっかりと馬鹿兄の姿が――

「……あ」

「どした、壊れてたか？　修理代払えよ」

　黙ったまま、ぎこちない動きで裏染にも見えるよう画面を傾けた。彼もまた、「あ」とだけ言って固まってしまう。代わりに端末の向こうから、男の声。

『袴田を叱るべきか、お前を怒鳴るべきか……』

　兄の隣に映っていたのは、先だって彼が「殺される」と恐れていた上司の仏頂面だった。徹夜明けなのか髪が乱れ疲れきった様子でも、切れ長の目だけは炎を絶やすことなく、画面越しの相手を捉えていた。

「どうも、刑事さん」

『どうもじゃない、いったい何をやってるんだ』

「ボイスチャットです」

『なぜお前と、袴田が！　こんなところで、呑気に！　仲良くチャットで話してるんだ！』

　ヘッドセットは警部に取り外されており、ノイズまじりの怒声はやや音が割れていた。

『せ、仙堂さん、違うんです。裏染君から推理を聞いていたところで……』

『推理ぃ？　こいつの仕事は昨日のトイレットペーパーでもう終わってるだろうが。何が推理だ』

「トイレットペーパーといえば刑事さん、すり替えられた芯の捜索はどうなりました？」

　ひるむことなく裏染が尋ねる。仙堂は鼻で笑い、

『そんなこと、お前に教える義務はない』

「そうですか。まあ、あれはもう関係ないからいいんですけどね。大方、事務室のゴミ箱から見つかったんでしょう」

『なぜ知ってるんだ！』

ヒステリックな叫びが轟いた。

「推理ですよ、推理。さて、どこまで話しましたっけ。いろいろあって忘れてしまいましたが」

『おい、勝手に話を進めるな。もうこんな通話はやめに……』

「あ、そうそう、容疑者が一人に絞れたってとこでしたね」

パソコンのキーボードに伸びかけた警部の手は、裏染のこの一言で完全に停止した。兄も横で目を丸くした。

『……容疑者が、一人に絞れた？』

「ええ、犯人がわかったと言い換えてもいいですが」

『ちょっと待て裏染君、僕もそんなこと初耳だぞ』

「さっき言ったでしょう、更衣室がシロなら完全に絞り込めるって」

『べ、別に、驚きはしないさ』

明らかな動揺を口元のひくつきで表しつつも、仙堂は斜に構えてみせる。

『犯人と思しき人間なら、こっちも当てがあるからな』

「見つかった芯を根拠にしてるのなら、たぶん間違ってると思いますよ。重要なのはモップとバケツです。それだけで犯人はわかります」

淡々とした意見は、ますます警部の神経を逆なでしたようだった。拳を握り、歯軋(はぎし)りし、最後に諦めたように息を吐いてから、彼はさらに画面に詰め寄った。

『……わかった、とりあえず話を聞こう。なぜ容疑者が絞れたのか、君のほうの根拠を聞かせてくれ』

「聞いてくださいますか。そうですね、それじゃあ……」

裏染は、そこで少々妙な行動を取った。窓の外を見やって一言だけ、電話越しの相手に聞こえないくらいの声で「ちょうどいい時間か」とつぶやいたのだ。柚乃の手からスマホを受け取り、そしてまた仙堂に、

「わかりました、さっそくお話ししましょう」

柚乃にとっては意外な素直さだった。てっきり優位に立った裏染が「ものの頼み方ってのがあるでしょう」とかなんとか言いだして、もう一悶着(ひともんちゃく)あるかと思ったのだが。

理由は、すぐにわかった。

「犯人は事務員の中にいる可能性が高い、というのが今お話ししていた推理の結論でして、詳しくはあとからお兄さんに聞けばわかると思いますが、簡単に言いますと……」

最初は講義のように、スムーズに話が続いた。しかし、ようやく核心に迫ったあたりで、異状が生じた。講義内容ではなく、通信手段のほうに。

「というわけで、この推理が一つの指針となったわけですがここで重要なのはもう一つの別の理由のほうでして」

『おぃ、うラゾめ……ウら……おい、もしもブッ、もしブッ、ブッ』

画像が乱れ、音声も目に見えて――いや、耳に聞こえてノイズが増えてくる。二人の刑事の顔はカクカクしたモザイクに変わり、言葉も途切れ途切れに、かろうじて聞き取れるだけになってしまった。

不具合が始まったのはちょうど、車が高速道路に入って速度が上がるのと同時だった。

「あれ、すみません、電波が悪いですね。まあ僕らも今向かってるんで、現地でお会いしましょうか。それでは」

動じないまま勝手に別れを告げると、裏染は通信を切ってしまった。それから軽く操作し、スマホをシートの上に放る。〈ログアウトしました〉という表示が出ていた。

――わざとだな。柚乃は直感する。

「最初から、首都高に入った時点で切れるのがわかってたんですか」

「ここのサービスは、高速だとトラブルが多いってんで有名なんだ」

裏染は猫みたいに大きく欠伸（あくび）をした。その説明だけで、すべてがわかった。

電話ではなく、高速道路に弱いネット通話を使い、うまく時間を調整し――最初の「のんびり行きましょうよ」という台詞と、さっきの「ちょうどいい時間か」――、核心に触れる前で通話が自然に途切れるよう仕込んでおく。もちろん自分が知りたい警察の情報は、いの一番に相手から引き出して。

交換条件で連絡を、と決まった瞬間から、ずっとこうするつもりだったのだろう。

「……性格悪いですね」

「よく言われる」

小憎らしく返す裏染。

「でも、どうして途中で切れるようにしたんですか？　最後まで教えたってよかったんじゃ」

「犯人の名前を教えたら、お前の兄貴たちに先を越される危険があるからな。俺が確保の現場にいないと、犯人と話す機会がなくなる」

「話す機会が大事なんですか？」

「一番大事だ。興味あるのはそこだから」

犯人を捕らえるのが大事ではなく、犯人と話すのが大事。似ているようでだいぶ違う。何を話すつもりなのか。

「それに、容疑者が絞れたって言っても確実なわけじゃない。向こうでいくつか確認することがある」

「……さっきは、絶対確実～みたいな言い方してましたけど」

「してただけだ」

あっさり嘘だと告白されてしまった。柚乃は先ほどの兄よろしく、助手席の背中に顔をうずめたくなる。

「ったく、本当にどこまで本気なんだか……待てよ」

ふと気づく。通話は、高速に入ったところでタイミングよく切れた。それなら通話中に起こったトラブルも計算ずくだったのでは？　仙堂が現れたのは偶然だろうが、その前にも――

「……裏染さん、もしかして私の脚映したのも、わざとですか？　時間調整のために？」

「なんのことかなあ」

子どもっぽくとぼけられた。今度は脇腹にドライブサーブを叩き込んでやった。

「お、お前、暴力はいかんだろ暴力は……」

「セクハラに対する正当防衛です。そんなことに頭使ってる暇があったら、もっと真面目に推理してくださいよ」

「いや、推理も真面目にしてるから……一人に絞れたってのは本当だし」

「……結局、誰なんですか？」

裏染は何度か咳き込んで呼吸を整えてから、シートに座り直して言った。

「さっきも言ったとおり、飼育員かそうでないかって推理はただの指針だ。核心になるから兄貴たちには黙っといたが、モップに関してはもう一つ推理がある。その二つと更衣室の検査がシロだったって結果を合わせると、現時点での容疑者は一人だけになる」

「それは……？」

柚乃は詰め寄る。羽取も運転席から聞き耳を立てた。裏染は黒い瞳をこちらへ向けて、その名を答えた。

「獣医の、緑川光彦」

2　クールボイス

水族館はまだ封鎖中で、広場は閑散としており、噴水が虚しく水を吐き出していた。エントランスの近くには報道陣のワゴン車が数台停まっており、リポーターやカメラマンが中継の準備を行っている。

裏染は彼らに気づかれぬようその裏手に回り込むと、通用口のロックを開けて中に入った。このルートも兄から教えてもらったらしい。

そのまま裏方を抜け、展示スペース側へ。エントランスをスルーしたので、いきなり大水槽が視界に飛び込んでくる。照明は開館時よりも薄暗かったが、数百匹の魚が群れを成すパノラマが広がっていた。

柚乃は思わず水槽に近づき、海の世界に見入った。見学者のいない中でゆったり泳ぐ生き物たちは、心なしかいつもよりリラックスしているように見えた。そしてふと気づく。これはひょっとして、自分たちの貸切状態なのでは？

「置いてくぞ」

「あ、待って待って。せっかくだから少し見ていきましょうよ」

「魚を見に来たわけじゃないんだ」

「でもほら、いろいろ珍しいのもいますよ。エイとか、あと……エイとか」

「他に見分けがつかんのか」

説明文の名前と実物とを照らし合わせている間に、裏染は通路を進んでいく。柚乃は魚たちに名残を惜しみつつ、「待ってくださいってば」と彼を追う。

「裏染さん、小学校の遠足とかも一人だけ先に行くタイプだったでしょ。班の仲間置いて」

「遠足は休むタイプだった」

「なおさらひどい！」

「だいたい昨日も来ただろ。二日連続で見るほどの場所じゃない」

「でも昨日は急すぎたし……あ、そういえば今日、香織さんは」

「家で寝てるんじゃないか？　昨日、さすがに疲れたって言ってたからな」

目の前で人がサメに食べられたのだから、寝込んでしまうのも当たり前だろう。

「だ、大丈夫ですかね？　お見舞いとか行ったほうが」

「まあ、あいつは根が頑丈だから心配ないだろ。……本当に置いてくぞ」

サクラダイの円柱水槽で立ち止まってしまった柚乃に、薄情者が一声かける。

「ちょっとぐらいいいじゃないですか。裏染さん、好きな魚とかいないんですか？」

「いない。しいて言えばタコとイカだな。あとイソギンチャク」

「なぜ触手系ばかり……」

なんやかやと話しつつA棟の中を行く。誰もいない水族館を、柚乃はそれなりに楽しんだ。

岩礁水槽ではアカマツカサの群れに一人感動の声を上げ、特別展示のコーナーでは、自分の名前が入っているユノハナガニに興味を引かれ観察。そのたび裏染に「さっさと行くぞ」と注意を受けた。昔、兄と来たときもこんな風に急かされた覚えがある。

黄色と黒の縞模様に突き出た頭が特徴的な魚、ツノダシの水槽へ差しかかったとき、

「あれ？　お前ら昨日の……何やってんだ？」

意外な方向からだみ声がかかった。水槽はガラスが天井まで届いていない開放型で、上部はスタッフが裏から顔を出せるようになっている。そこに、黄色いポロシャツを着た筋肉質な二人組が立っていた。

昨日会議室に集められていた飼育員、代田橋と大磯だ。

「今日も来たのか？　ったく、アドバイザーだかなんだか知らんが、封鎖中なのに何やってんだか……」

「こっちの台詞ですよ代田橋さん。封鎖中でも働いているとは、恐れ入りますね」

「当たり前だ、全員いつもどおり働いてる。殺人が起きようが封鎖されようが、魚には人間の事情なんて関係ないからな」

代田橋はバケツを水槽側に持ち上げ、仏頂面で餌を撒き始めた。すり身のような混合餌で、数十匹のツノダシがサンゴの陰から飛び出し、口をパクパクと元気に動かしそれを食べた。大磯も同じようにして撒き始める。

「しかし、よかったです。ちょうど代田橋さんにお聞きしたいことがあったので。ついでに大

磯さんにも」

二人を見上げるようにして裏染が言うと、彼らは給餌の手を止めた。

「聞きたいこと？　ガキのくせに探偵気取りか」

「探偵じゃないですってば。あなたは昨日、サメ水槽の隣の水槽に餌をやったそうですね。九時四十分過ぎから十時前まで。それは毎日やってるんですか？」

「まあ、あの時間帯には必ずやってるな」

「いつもどおりだったら、餌をやったあとはどこへ行きます？　飼育員室へ戻るんですか？」

「いや、そのまま新館のほうの水槽にも餌をやりに行くが」

「なるほど、B棟を出るわけですね。……でも、昨日はそのあと、あなたは緑川先生のところへ行った。なぜです？」

「なぜって……昨日は伝染病にかかったクマノミのことで、ちょうど医務室に来てくれって言われて」

「緑川先生に言われたんですか？」

裏染は念を押す。餌を撒きながら、代田橋は岩のような顎を縦に振った。

「まあ、直接じゃなく綾瀬さんから言われたんだが。こっちも、言われなくても会いに行こうとは思ってたし……」

「そのへんはどうでもいいです。とにかくあなたは、緑川先生から『医務室へ来てくれ』と伝えられた。そして、普段とは別の行動を取った。結果、医務室でアリバイを作るに至った。そうですね？」

「おいなんだその言い方は、俺を疑ってるのか？」

代田橋は声を荒らげ、低い位置にいる裏染を睨みつけた。

「いいえ、あなたは疑ってませんよ。あなたはね……さて、大磯さん」

冷静に微笑んでから、裏染は大磯のほうを向く。寡黙に餌をやり続けていた青年は「はい」とごく短く返す。

「殺された雨宮さんのことについて聞かせてください。あなたは彼と年が近いですよね。彼はどんな男でしたか？」

少々、裏染らしからぬ質問だった。前の事件のときには、被害者の性格について自分から尋ねることなどなかったのに。

大磯は「どんなと言われても……」と言い淀んだが、横から代田橋が口を挟む。

「ふざけた野郎だったよ、チャラチャラしてて。なあ大磯？」

「いえ、そんなことは……仕事はちゃんとやっていましたし」

「確かにトレーナーとしての腕はよかったが、情熱はあったのかどうか……いつも人を食ったみたいに笑ってて、ときどきぶん殴りたくなるときがあった」

代田橋は不愉快そうだった。香織の話によると雨宮はなかなかの甘いマスクだったらしく、それに対する嫌味のようにも聞こえた。

「人を食った笑顔がサメに食われたってわけですね」

不謹慎極まりない冗談を繰り出してから、裏染はもう一度大磯に、

「あなたはどう思います？　雨宮さんはふざけた野郎でしたか？」

「……まあ、そんなところもあった気もしますけど、よく知りません。僕は半年前に来たばかりなんで」

「そういえば研修生でしたね」

「よ、よくご存じですね。……それに、僕は生真面目で、雨宮さんとは性格が合わなかったから。だから、なんとも言えません」

「ほら、わかったら行った行った。デートはよそでやってくれ」

代田橋はそう言って、餌の最後の一握りを水槽に投げる。

デートじゃないです、と柚乃が否定しようとしたときには、二人はバックヤードの奥に引っ込んでしまっていた。


裏染と柚乃は、さらに水族館の奥へと進んだ。凶悪そうなフォルムのタカアシガニ、そして癒しのクラゲ水槽と、（主に柚乃によって）ところどころで足が止まりつつも、B棟の通用口のところまでやって来る。通路に入る前にサメ水槽のガラスを見やると、照明も消され真っ暗な背景に、大きく〈調整中〉と看板がかけてあった。

バックヤードに入ると、備品倉庫から芝浦が出てくるところだった。なぜここにいるのかわからぬ二人組を見て、驚いたように額の皺（しわ）を深める。裏染は挨拶もせずに通り過ぎ、角を左に

曲がる。〈調餌室(ちょうじ)〉と書かれたドアがあったが、それも無視。

彼が急ぎ足で目指しているのは、その先の〈医務室〉のドアだった。

——獣医師・緑川光彦。

十一人の中から一人だけに絞られた、最重要の容疑者。

彼が犯人なのだろうか。これからこのドアの向こうで、裏染は事件の謎を解くのだろうか。

その背中を追いながら、昨日の試合前のように、柚乃の中で緊張が高まった。

幸いドアの鍵は開いており、ノックしてから開けると、中には緑川が一人でいた。彼は柚乃たちを見て、あまり意外そうでもなしに「おや」とだけ言った。

「確か昨日の……。何か用かな」

「ええ、ちょっとお話ししたいことがありまして。事件に関する、とても重要、な……」

「だ、だめだこりゃ……」

裏染は部屋に踏み入り、六畳ほどの空間を見回し、そして、

——すぐにへなへなと、壁にもたれかかってしまった。

拍子抜けしたのは柚乃である。

「え、え？　裏染さん、どうしたんですか？」

「だめだこりゃ」

「何がです？　自分の生活と趣味がですか？」

「だめだこりゃ……そっちじゃないが、だめだこりゃ……」

「一句詠んでる場合じゃないですよ、どうしちゃったんですか裏染さん！　裏染さん！」

「ひょっとして、どこか怪我でもしたのかな？」

裏染の肩を揺する柚乃の背後で、医師が椅子から立ち上がる。

「だとしたら、悪いね。僕は基本的に動物専門だし……」

彼も室内を見渡して、

「そもそもこの部屋には、医療道具がないんだ」

医務室は、入ってすぐのところに小さなデスクがあり、その奥はすべて、ファイルがきちんと収納された棚で埋まっていた。他にものはまったくなく、デスクの上にもそのファイルの一つと、バインダーとペン立てがある程度で、整理の必要もないくらい簡素な部屋だった。棚に目をやると、ファイルの背には〈九八年・オキゴンドウ〉など、一つずつ時期と生き物の名前が記されている。

これでは医務室というより、

「カルテの保管室として使ってるんだよ、こっちの部屋は。今も以前の熱帯魚の記録を見てたとこだ。なんなら、新館のほうの医務室に案内するけど」

それを聞いて、裏染はまたふらりと体勢を戻す。

「新館……新館のほうにも、医務室が？」

「ああ。そっちになら医療道具もあるよ。まあ人間用の設備じゃないけど、傷の手当てくらいなら」

「ああそうか、そうですね。水棲生物を相手にするならそれなりの設備もいる。新館があるのに、こんな古い建物に医務室を作るはずない。カルテの保管室……そうだ、事件のときあなたは『古いカルテを見返し』てたんでしたね。そして代田橋さんに、『下の医務室に来るよう』伝えた。すべて納得いきました」

ひどくつらそうに、彼はうなずいた。

「よくわからないけど、この部屋が何か期待はずれだったのかい？」

「ええ、期待はずれでした。……僕はここが、あなたが普段から使っている医務室で、医療器具に交じって私物もいろいろ置いてあって、その中に紺色のポロシャツもあるかもしれないと思っていたんですが」

「私物？　ポロシャツ？　ずいぶん限定的な条件だね。シャツなんて、僕の着てるもの以外ここにはないよ」

緑川は自分の服を引っ張る。今日のシャツは彼の名前とそろいの、淡い緑色である。

「論理的に考えるとそうなるはずだったんですが……この部屋は、ずっと前から保管庫として使われてるんですか？　昨日急に模様替えしたとかではなく？」

「もちろん。新館が出来てからずっと保管庫だよ。誰にでも聞いてみるといい」

「そうですか。となると、いったい……いったい……」

裏染は柚乃と緑川が見守る中で沈黙し、やがて「あっ！」と叫んだ。そしてすぐ医師に、

「すみません、ご迷惑おかけしました」

軽く頭を下げ、真剣な形相で踵を返した。何がなんだかわからず、柚乃はそれについていくので精一杯だった。

緑川はそんな裏染に対し、やはり気にする様子もなく「どういたしまして」と返した。すでに彼から興味を失ったのか、端整な顔は広げたファイルに向いており、声は冷淡そのものだった。

廊下に出ると、裏染は搬入口のほうへ向かっていた。

「あの、緑川さんが犯人だったんじゃ……」

「違った。間違いだ。俺が迂闊だった」

角を曲がるとそこにも階段があった。こちらは地下へは続かず、二階のみに続いている。

「手袋のことを考えてなかった。くそ、こんなことなら昨日のうちに確認しとくべきだった。こうなると最悪だ、今までのが全部無駄になる。またふりだしだ……」

階段を上がりながら、裏染はうわごとのように悔いた。どうやら医務室を一目見て、何か大きな間違いに気づいたらしい。

「ふりだしって、容疑者は十一人のままってことですか?」

「そうだ」

「手がかりも?」

「ない。お手上げだ」

二階に辿り着いたところで、裏染は実際に両手を上げてみせた。行動はおどけていても、顔のほうは陰鬱だった。昨日は同じこの廊下で、あんなにも自信ありげだったというのに。

「今まではただ運がよかっただけだった。指針もはずれだ。ああだめだ、もうだめだ。ここ最近いやなことばかりだ。推理ははずれるわエアコンは壊れるわ……」

「この状況でもそれを蒸し返しますか……。とにかく、しっかりしてくださいよ」

また壁と同化しようとする裏染の腕を、柚乃は必死で支えた。

「全部間違ってたわけじゃないんでしょ？　トイレットペーパーのトリックは合ってたみたいですし」

「そっちは合ってるが、だからって犯人が絞れるわけじゃ……いや、だが、こうなったらそっちに頼るしかないか……」

「そうですよ、がんばりましょうよ。裏染さんファイト！」

昨日、部長から浴びたエールをそのままかけてやる。裏染は「ファイトと言われても……」と柚乃とまったく同じ反応。

そのとき、

「おやおや、腕を組んでお熱いですね」

背後で声がした。資料室に、髪の長い猫背の男――津が入ろうとしているところだった。

3　病弱イルカ娘

資料室は、書類の入った棚とダンボールがいくつか置いてあるのみの殺風景な部屋で、下の医務室とよく似ていた——いや、むしろ下の医務室が資料室に近かっただけか。窓もなく、部屋の奥に設置された換気扇の隙間だけから、強い陽が差していた。

津はその壁際に立ち、いかにも面白そうに裏染と柚乃を見つめた。

「デートならこんなとこじゃなくて、水槽のほうを見ればいいのに」

「だからデートじゃないです」

柚乃が断じると、津は「はいはい」と笑って、裏染に、

「僕に何か用ですか？」

「ちょっと確認したいことが」

「事件のことについて？　かまいませんけど、手短（てみじか）にお願いしますよ。今、休憩中なんで」

休憩とは名ばかりだろう。香織の話だと、彼にはサボり癖があるらしい。

「煙草ですか」

裏染がぼそりと言うと、津は細い目を見開いた。

「……へえ、さすが探偵さんだ。どうしてわかりました？」

「新聞部の部員たちが、あなたから飴をもらったと言っていたので。口寂しいのではと思ったんです。で、ちょくちょく仕事を抜ける習慣があって、休憩場所のこの部屋には換気扇があった。それなら、隠れて煙草を吸ってるんじゃないかと」

「時世の流れで全館禁煙になっちゃいましてね、苦労してますよ」

彼はポケットから、煙草の箱と飴を数個取り出す。飴のほうは二人に差し出された。小袋の裏になぞなぞが書いてある、子供っぽいグレープ味のキャンディーだった。

「で、確認ってのは？」

「もう済みました。じゃ、失礼します」

「ちょちょ、ちょっと待ってくださいよ！」

手短にしろと言ったのは自分のほうなのに、津は慌てて裏染を引きとめる。

「こう短すぎちゃ張り合いがないなあ、もう少し話しませんか。実は僕も事件に興味がありましてね、解決してやろうと思ってるんです」

「あんたも容疑者でしょうが」

「だからこそですよ。昨日館長から、こっそりあなたの解いたアリバイトリックについて聞いたんですが、いや、トイレットペーパーとは実に面白かったですねえ。まあ、現場をもっとゆっくり見れてれば、僕にも解けた自信はありますけど」

「……犯人を、どんな人物だと考えていますか？」

津は煙草を一本くわえ、ライターで火を点けた。

「そうですねえ……かなりぶっ飛んでることは明らかですね。僕なら、こんな場所じゃあ絶対殺人なんてしませんから」

白い煙を吐きながら、B棟全体を示すように腕を広げる。

「出入口にはカメラがありますし、外では職員たちが動き回っています。当番表を把握してれば、水槽のほうに誰も入ってこない時間帯というのはわかるでしょうが、だからって百パーセント安全なわけでもない。なのに犯人は、雨宮さんを殺した。つまり——」

「つまり？」

「それほど雨宮さんに対する殺意が強かったということでしょう。首をかき切ってサメに食わせて、辱めないと気が済まないほどにね。緻密さと大胆さ、激しい殺意と狂気を併せ持つ犯人です。トイレットペーパーが面白いと言ったのはそういうわけです。上手く仕掛けられていましたが、方法としては実に子供っぽい」

「雨宮さんは、そんな殺意を抱かれるような人物だったんですか？　職員の間で何かトラブルでも？　痴情のもつれとか」

「さあ、どうでしょうねえ。女の人にはよくアプローチしてたようですが。でも、彼は女を引っかけて手籠めにするというよりは、からかって遊ぶという感じだったから。そっち方面で深く恨まれることはないかな。どっちかというと、仕事のほうかも」

「仕事はきちんとやっていたと聞きましたが」

「二、三ヶ月前に、イルカをもう一頭飼おうって話が飼育員のほうで出ましてね。事務方の船見さんとか館長がそんな余裕ないと突っぱねて、そのとき雨宮さんと言い合いになったそうなんです。ま、僕は我が城に避難してたのであまり知らないのですが」

「資料室が城ですか。ずいぶんちゃちな城主ですね」

部室の城主も人のことは言えないと思うが。

「大いに参考になりました。ありがとうございます」

裏染は、美味（うま）そうに煙を吐いているサボり魔へ一礼した。

部屋から出ようとしたとき、津は思い出したように、

「……船見さんといえば、昨日少し挙動がおかしかったなあ。あなたがいなくなったあとのことですけど」

「ええ、でしょうね」

訳知り顔でうなずき、裏染は愛煙家の根城をあとにした。


事務室には四人の人間がいた。

今日もラフすぎるTシャツ姿でデスクにつき、パソコンに向かう水原と、書類棚の前でファイルをめくっている船見。コピー機の前では柚乃と同い年くらいに見える女の子、バイト学生の仁科穂波が作業しており、その横では副館長の綾瀬が、湯気の立つ紙コップ片手に休憩中だった。

「あら、昨日の探偵君と助手ちゃんじゃない。デート?」

二度あることは三度ある。ドアを開けたとたん、水原が代田橋や津と同じ文句を投げてきた。柚乃は「違いますってば」とこれまでにも増して強く言うが、果たして聞き届けられたのかどうか。

裏染はというと、黙ったまま部屋の中を観察していた。黒い瞳を右から左へと動かし、顎を一撫ですると、おもむろに話を切り出す。

「ちょっと皆さんに、お聞きしたいことがありまして」

「何かしら」

「雨宮さんについてです。彼はどんな人物だったか、教えてもらえませんか」

「どんな人物？……そうね、変わり者だったわね」

せっかちな性格ゆえか、それとも常日頃からそう思っていたからか。水原は大磯のように言い淀むことなく、即答した。

「といっても奇行が目立ったとかじゃなくて、飼育員の中では独特のタイプだったって意味ね。生き物に対して、かなりドライだったから」

「ドライといいますと？」

「ビジネスライクがどうとか言って、あんまり深く関わろうとしてなかったわね。トモちゃんがよく嘆いてたわ、あの人はよくわからないところがあるって」

「やめましょうよ、亡くなった人にそんな悪口みたいな……。雨宮さんは、飼育もトレーニングもちゃんとこなしてたじゃないですか」

綾瀬が咎めるように言ってくる。ここでの雨宮の評価も、代田橋とほぼ同じだった。仕事はできるが、どこか人を食ったようなスタンスの男。

「女好きというような話も小耳に挟んだんですが、女性陣から見るとどうでした？」

「ああ、そうそう。綾瀬さんなんて年が近いから、よく口説かれてた」

「口説かれてませんよ。食事行かない？　とか、冗談みたいに言われてただけです」

「あ、私も前に一回、そんなこと言われました……お断りしましたけど」

穂波が控えめに手を上げ、水原は大げさに身をのけぞらせる。

「穂波ちゃんまで？　ったく、あの人本当に見境ないわね！」

「水原さん、だからそういう言い方は」

「ああ、ごめんごめん。……でも、そうね、雨宮さんの本命はやっぱりトモちゃんだったんじゃないかな」

「トモちゃん……滝野智香さん？」

「そうそう。やっぱり同じイルカ担当だし、けっこうそんな話してるとこも見かけたし。ねえ、船見さんもそう思うでしょ？」

「へ？」

水原が書類棚の船見へ目を向けると、彼はその背中をびくりと震わせた。

「な、何？　雨宮さんの話？　そ、そうだね、滝野さんとは仲良さそうだったねえ。すごく。うん」

早口でまくしたてる姿は、確かに津の言ったとおり挙動不審だった。裏染は「わかりやすいな」と、柚乃にだけ聞こえるくらいの音量でつぶやく。

しかし、奇妙なことはもう一つ起こった。

「でも雨宮さんのことだから、それも本気かどうかわかんないよねえ。綾瀬さんのお誘いだって、冗談っぽかったんでしょ？」

そう言って船見が、まるで自分への注意を一刻も早く逸らさせたいかのように、また綾瀬のほうへ話題を振ったとき。

「えっ？……あ、そ、そうですね」

彼女も、船見と同じように声を上ずらせたのだ。今までは普通に受け答えしていたのに。しかも話の内容はさっきのぶり返しなのに、である。

どうしたのだろうと柚乃は首をかしげた。裏染も変に思ったらしく、二重まぶたの目を細めて綾瀬をじっと見つめる。彼女はそれを察知し、気まずそうに紙コップへ目を落とす——

そのとき、柚乃たちの背後でドアが開けられた。

「ただいま……やれやれ、やっと警察から許可が出たよ」

くたびれたように言いながら入ってきたのは、角刈りが印象的な中年の男。サメの飼育員・深元だった。綾瀬は顔を上げ、すぐそちらの話に飛びついた。

「本当ですか？　よかった、これで水槽の整備ができますね」

「ああ、一休みしたらすぐに始めるよ。水を抜いて、地下のストレーナーも掃除して、あとキヤットウォークの床も……ああ、掃除ロッカーの中身は押収されてるんだっけ。困るなあ。バケツはともかく、モップは下ろしたての新品だったのに」

深元はコーヒーメーカーを操作しながら愚痴を独りごつ。それからようやく部外者二人に気づき、

「あれ、昨日の……何してんだい？　水族館デート？」

「だから違います」

「お気遣いなく、もう出ていきます」

もはや慣れてきた柚乃の否定に、裏染も言葉を重ねる。それから彼は、

「船見さん。それから綾瀬さん。ちょっとよろしいですか？」

と、壁際の二人に声をかけた。経理事務と副館長は顔を見合わせ、戸惑いつつも柚乃たちと一緒に廊下へ出た。

ドアを閉めると裏染は腕を組み、呼び出した二人と正面から向き合った。船見の額には薄く汗が浮かんでおり、綾瀬は顔を横へ向けたまま、決してこちらを見ようとしなかった。

柚乃の目から見ても、両方明らかに怪しい。

「えーと……何か用かしら？」

「綾瀬さん。あなた昨日、館長室にいるとき、ドアのガラス窓から何か見ましたか？　廊下を人が通るところとか」

「え、ええ。昨日刑事さんにも話したわよ。津さんが資料室から戻ってくるところを……」

「その前にも、何か見たでしょう？」

単刀直入な一言で、彼女は絶句した。

「ど、どうしてそれを……」

「見たんですね？　ああ、やはりそうですか。船見さん、逃げないでください」

少しずつ後ずさっていた船見も、その一言で硬直する。同時に柚乃の背中が軽く押された。

捕まえとけという意味だろう。横から回り込んで、船見のワイシャツの袖をがっちりとつかむ。

「さて、綾瀬さん。警察にはそのことを言ってないようですね？」

「ち、違うの。一瞬チラッと見ただけで、本当に見たか自信がなくて、それで」

「別に責めるつもりはありません。僕は探偵じゃありませんが、警察でもありませんからね。

だから、何を見たのか教えてください」

綾瀬の様子には、もはや若き副館長の威厳は感じられなかった。狼狽(ろうばい)によってずれてしまっ
た眼鏡を直してから、囁(ささや)くように彼女は答えた。

「……津さんを見るちょっと前に、ふ、船見さんが前を横切って、それからまたすぐ、事務室
のほうに戻っていくところを……」

つかんだ袖が、控えめな力でわずかに引かれる。逃がすものかと柚乃はすぐに引き戻した。
二、三歩つんのめりながら、問題の人物は問答無用で裏染の前に立たされた。
「船見さん、綾瀬さんはこうおっしゃっていますよ？　おかしいですね、あなたはずっと事務
室にいたはずなのに」

「ち、ち、違う。違うんだよお、これにはわけが」

「一応お聞きしましょうか」

「……こ、コーヒーこぼしちゃったんだよ。和泉さんからもらった書類に」

消え入りそうな声で、彼は告白した。

「それで慌てて拭こうと思ったんだけど、タオルも雑巾も部屋になくて、ティッシュもちょうど切れてて。だから、急いでトイレまで走ってって、トイレットペーパーを持ってきたんだ。拭き終わって後片付けした直後くらいに津さんたちが入ってきて。……そ、それだけ。それだけなんだ。だから俺は、事件には何も……本当だよ！」

船見は語気を強めるが、相手は変わらぬ冷淡さで、

「では船見さん、あなたはトイレに行ったんですね？　男子トイレですか？」

「あ、ああ」

「なぜ警察に言わなかったんです？　昨日僕が質問したときも名乗りを上げませんでしたね」

「い、言うほどのことじゃないと思って、警察には黙ってたんだ……君のときは、直前にアリバイが無意味ですなんて話をされてたし、トイレが重要なんですとか言ってるしで、今さら言ったら絶対怪しまれちゃうと思って」

「それで、言いだせなかったわけですか。ふうん」

「し、信じてくれよ。コーヒーの染みがついた書類も持ってるし、ゴミ箱にはロールの芯も残ってるはずだ！」

船見は眉を懇願の形に歪めて、裏染の両肩をつかんできた。ゴミ箱と芯という単語を聞いて、柚乃は行きの車でのボイスチャット、裏染と仙堂のやりとりを思い出す。

芯が見つかった場所について、彼は「大方、事務室のゴミ箱でしょう」と言い当てていた。あの時点で場所がわかっていたのだ。

事件の間、事務室にずっといた人間は船見ただ一人。そしてたった今、本人がトイレットペーパーを持ち出したと認めた――

「ということは、あなたは持ってきたトイレットペーパーを使いきって、戻すことなく芯を捨てた、と」

「え？　そ、そうだよ。もう残り少なかったから、全部拭くのに使っちゃって……」

「男子トイレからトイレットペーパーを持ってきて、こぼしたコーヒーを拭いて、芯は事務室のゴミ箱に捨てたんですね？」

念が押されると、彼はこくこくと何度もうなずいた。裏染はさらに、

「それは、男子トイレのどこのペーパーでしたか？」

「どこって……普通に、個室のホルダーについてるやつを取ったけど」

「トイレに行った時間を覚えていますか？」

「た、たぶん十時ちょうどだったんじゃないかなあ。コーヒーがこぼれたとき、腕時計にもちょっとかかっちゃってさ、大丈夫かと思ってよく見たんだけど、そのときの時間が十時一分前だったから」

「腕時計の時間は正確なんですね？」

「もちろん。職員全員に支給されてる電波時計だからね、正確だよ。ほら、綾瀬さんもつけてるだろ？」

確かに船見の腕にも綾瀬の腕にも、黄色いバンドの時計がついていた。他の職員も同じものをつけていたと、昨日香織も話していた。

「結局、壊れてなかったけどね。防水加工されてればコーヒーなんて敵じゃないのにさあ、館長も変なとこでけちなんだから、まったくいやんなっちゃうよ。はははは……は……」

おどけたように笑っても、夏にしては冷たすぎる廊下の空気は戻らなかった。

「船見さん、では最後の質問です。あなたがトイレに行ったとき、何か周りにおかしなところはありませんでしたか？」

「え……？　いや、なんにも気づかなかったけど。すぐ入ってすぐ出たし」

「そうですか。ありがとうございました」

一方的に質問を終えると、裏染は船見と綾瀬をその場に放置し、飼育員室のほうへ歩きだした。船見は疑惑がかけられたままだと思ったのか、また「違うんだよお！」と声を張り上げる。

「俺は本当にやってないんだ。警察にもすぐ証言するよ。だから信じてくれないかなあ」

「信じたいのは山々ですがね」

最後に彼へかけられたのは、吐き捨てるような台詞だった。

「僕は、あなたが犯人でないという証拠を、何一つ握っていないんですよ」

「芯が事務室のゴミ箱に捨ててあるって、最初から知ってたんですよね？」

「見当はついてた」

「どうしてわかったんですか」

「もともとホルダーに入ってたはずのトイレットペーパーは、トイレの中になかった。なかったとしたら、誰かが外に持っていったってことになる」

一階に戻ってくると、裏染は調餌室の壁に寄りかかった。「人と話すのは一日三人が限度」といつだか豪語していたとおり、だいぶ疲れたらしく、首を回したり肩を揉んだりしながらの解説だった。

「犯人がやったにしろ誰がやったにしろ、トイレットペーパーを持ち出すならそれ相応の理由がいる。一番ありそうなのは、飲み物をこぼすとかして何かを拭かなきゃならなかったって理由だ」

「確かに、もともと拭くために作られた紙ですからね……飲み物とかも拭けるって意味ですけど」

自分で言っていて恥ずかしくなる。

「とすると、この建物の中で飲み物をこぼすような可能性があって、かつ、それを拭くためにわざわざトイレットペーパーを持ってこなきゃならない人物は誰か？　まず飼育員とバイトの仁科は除外だ。タオルがすぐ近くにあったはずだからな。したがって残るのはクールボイスの

「緑川さんはクールボイスじゃなくて獣医ですけどね……あれ、綾瀬さんと水原さんは？　二人も事務方なのに」

「女が男子トイレにトイレットペーパーを取りに行くわけねえだろ」

「あ、そっか……」

だが、昨日は「男子トイレに入ったからといって、犯人が男とは限らない」と――

いや、それも違う。今回の場合は、トイレットペーパーを持ち出したことについて〝それ相応の理由〟が必要とされる。仮に綾瀬が犯人で、すり替えたトイレットペーパーを自分の部屋へ持ち帰ったとして、それが発見されたときどう言い訳するか？　「こぼれた飲み物を拭きたかった」と言ったところで、女性が男子トイレに入る理由にはならない。

「で、まず津だが、あいつがサボってた資料室の中に水気があるとは考えにくい。緑川にしても、医務室ならタオルやティッシュの一つくらいあるはずだから除外される。残るは船見だけで、芯は奴のいた事務室に捨ててあるはず――と、思ってたんだが」

「医務室、タオルもティッシュもありませんでしたね」

「だから、刑事に対して言い当てられたのは運がよかっただけだ」

さっきぶつぶつ言っていた「運がよかった」というのはこれか。

「医務室事変で推理は崩れたが、仙堂の単純なリアクションのおかげで事務室のゴミ箱ってのは確定してた。だから、一応資料室も覗いて、水気がないと確認したあとで、事務室に乗り込んだ」

綺麗に整頓された事務室の中には、確かにタオルなどは見当たらなかった。そして、そこにいた船見は、明らかに何かを隠している様子だった。

「で、問い詰めたんですか」

「そう。綾瀬まで釣れるとは思わなかったけど」

綾瀬は船見に話しかけられたときのみ、ひどく動揺していた。船見がトイレに行くのを一瞬だけ目撃し、彼がその事実を隠していることに対して、警戒していたのだろう。

「うーん、なるほど……」

柚乃は噛みしめるようにうなずいてから、

「で、船見さんがトイレットペーパーを持ってたとすると、どうなるんですか？」

「どうにもならん」

裏染はまた〝お手上げ〟のポーズを取った。

「もともとホルダーにあったトイレットペーパーが、どこに消えたかって謎は解けた。事件には関係なく、船見がコーヒーを拭くために持っていっただけだった。……が、あいつが犯人でないという証拠がない以上、その証言はまったく信用できない」

船見も立派に、十一人の容疑者の一人である。

「船見が十時ちょうどにトイレへ行ったのは本当だろう。綾瀬も目撃してる。だが実は船見が犯人で、すり替えたロールを始末するため、わざとそんな行動を取ったとも考えられる」

「で、でも裏染さん、昨日言ってたじゃないですか。トイレットペーパーを始末するなら、トイレが一番怪しまれないって……」

「だからわざとなんだよ。その場に置いときゃいいものを、わざわざ自分の部屋に持っていくなんて普通の犯人はしない。普通はしないから、逆に怪しまれない。と、裏をかいて計算したのかもしれない」

「そんなの考え始めたら、キリがないじゃないですか！」

「まったくだ」

裏染は深く同意し、脱力したように壁へ後頭部をくっつける。

「とにかくあいつの証言は、現時点じゃなんの役にも立たない。やっぱり医務室の当てがはずれたのが痛手すぎて……」

「誰かいるの？」

ふいに、すぐ横のドアが開けられた。片手に脱いだエプロン、もう片方に水色のバケツを持って、飼育員チーフの和泉がふくよかな体を覗かせてきた。

「あら、昨日のお二人さんじゃない。こんなところでデート？」

「違います。……これ、あと何回言えばいいんだろ」

柚乃はうんざりしてため息をつきかけ——すぐにそれを飲み込んだ。

和泉が持っているエプロンに、何か赤黒いものが付着している。

「う、裏染さん……アレ、裏染さん……」

「あ？　なんだよ……あ、血だ。和泉さん、エプロンに血がついてますよ。雨宮さんのものですか？」

「ストレートすぎますよ！」

「ああ、これ？　やあねえ、そんなわけないでしょ。臭い嗅いでみて」

和泉は気にした様子もなく腕を突き出す。柚乃がエプロンに顔を近づけると、スーパーの鮮魚コーナーのような臭いがした。

「……魚の血？」

「そうよ。昨日警察の人も同じ間違いしてたみたいだけど、生き物飼ってる場所なんだからその血に決まってるじゃないねえ？」

は、は、は、と笑い飛ばす和泉。香織が〝肝っ玉母さん〟と呼んでいたが、確かにこの世に怖いものなしと言わんばかりの大声だ。ドアの隙間から調餌室を見てみると、厨房のように水道が並んだ部屋の中には、たたんだエプロンやまな板、魚の入った発泡スチロール、バケツにタオルなどがあちこちに置いてあった。そちらからも、ほのかに魚くささが漂っていた。

和泉は一度その室内へ戻り、エプロンとバケツを置いてきてから、

「せっかく日曜だし他に人もいないんだから、展示側で楽しめばいいのに……あたしこれから、うってつけの場所に行くけど」

「だから別にデートじゃ……なんですか、うってつけの場所って」

「新館にイルカのプールがあって……」

「デートです！　よく考えたらデートでした！」

数日前から憧れていた単語を耳にして、柚乃は恥もへったくれもなく飛びついた。横では裏染が「いつからそうなったんだ」という顔で、思いきり顔をしかめていた。

新館の通路は、ゆるくカーブを描く巨大なホールになっていた。順路も決められておらず、並んだ水槽を自由に行き来して見学できる開放的な造りである。中央には熱帯魚の広い水槽があり、カラフルな魚たちとサンゴ礁が南の海を再現していた。端のほうにもう一つ、サメ水槽にも迫りそうな大きなアクリルがはめられていたが、〈調整中〉の表示だけが出ており生き物の影はなかった。

ホールの円を内側へ回り込むと、階段状に作られた客席と、さらに中心のショープール。プールの後ろは外へ向かって開いており、視界いっぱいに横浜の海を望むことができた。近くにヨットハーバーでもあるのか、いくつかのヨットがゆるやかな速度で波を切っている。

和泉が向かったのはそのショープールの裏方、客席からは見えないように壁で仕切られた、ホールディングプールだった。犬笛の高く鋭い音色とともに、二頭のイルカが泳ぎ回っていた。

奥のほうで元気いっぱいに跳ねているのは、黒く大きなバンドウイルカ。端まで行って戻ってくるたび、滝野がバケツから魚を投げてやっている。水を打つヒレの動きが力強く、目元も少し白っぽいので、遠目にはシャチのようにも見えた。

手前のほうのもう一頭も同じバンドウイルカだったが、黒いほうに比べるとややおとなしい泳ぎ方をしており、大きさも一回り小さい。体の色は白く、滑らかな肌が陽射しを浴び美しく光っていた。こちらのバディはベテラン飼育員の芝浦で、イルカはときおり水面から顔を出し、甘えるように体を撫でてもらっていた。

　黒いのと白いの、力強いのとおとなしいの。どちらも自由奔放に水と戯れる様は見ていてとても楽しげで、くちばし状に突き出た口がひどく愛らしく、そして何より、

「か、か、かわいい……」

　夏前半の部活と試合の疲れが、一気に雲散霧消する。丸美のアイドルたちを前に、柚乃の心はこれまでにも増して躍り上がった。裏染は手を頭の上にかざし「暑い……」と憂鬱そうにつぶやいていたが、知ったことか。

「元気そうですね」

　和泉が、芝浦のほうへ近づく。

「いつもより調子がいいみたいだ。水槽に戻れるって知って、ほっとしてるのかも……そっちの二人は？　さっきもB棟で見かけたけど」

「デート中だそうです」

「へえ。探偵って言ってたから、てっきり捜査中か何かかと思った」

芝浦が大正解なのだが、イルカに夢中の今の柚乃はそれどころじゃない。

「ひょっとして、この子がルフィンですか？」

「そうだよ。ほらルフィン、お嬢さんに挨拶して」

ピピ、と短いリズムで笛が吹かれる。しかし白いイルカは反応することなく、ゆっくりと遊泳を続けるだけだった。

「あちゃあ……やっぱり滝野さんが相手じゃないとだめだなあ」

芝浦は禿げた頭を爪でかき、和泉も苦笑い。

「こりゃどっちにしろ、ショーはまだ早かったかもね」

「え……ショー、出ないんですか？　確か練習中だったんじゃ？」

「だったんだけどねえ。展示側のアイドルが一匹、警察に連れてかれちゃったから。彼女に穴を埋めてもらわないと」

展示側のアイドル。レモンザメのことだろう。

「残念だけど、まあ、ルフィンにとってはそっちのほうがいいよ。おとなしい性格だから、ショーはちょっと負担がかかりすぎる」

芝浦は泳ぐルフィンを見守りながら、その速度と同じようなスローペースで、ぽつりぽつりと語る。

「この子は六歳のメスなんだけど、生まれつき体力がなくてね。皮膚も弱くて、小さいころなんて血管が透けて、肌の色がピンクに見えてた」

「ああ、それで名前がルフィンですか」

いつの間にか水際までやって来た裏染が、口を挟んだ。老人は顔を輝かせる。

「おお、わかるかい？」

「そりゃもちろん、国民的作品ですから。皮膚が弱いならイルカニのほうがしっくりきた気もしますが」

「よく覚えてるねえ。じゃ、向こうのイルカの名前もわかるかな？」

「ルカーですか」

「そこまで古くないよ。シャチによく似た目元が特徴なんだけど」

「ああ、ティコですね」

「さすが探偵さんだ！」

どうでもいいところで洞察力を発揮しないでほしい。

「ティコもルフィンも、芝浦さんが名付けたのよ」

と、和泉。さらに芝浦から話を聞くと、ティコは北海出身の元野生のイルカで、ルフィンはこの水族館で生まれたのだという。

「この子の母親はもう死んじゃったけど、もともと千葉の水族館から来たイルカでね。祖父の代から飼育下で育ってて、だからこの子は、飼育下四世なんだ。江ノ島のほうじゃ五世が生まれたってこの前話題になってたけど、四世もかなり珍しいよ」

「ここで生まれて名付け親ってことは、出産に立ち会ったんですか。昔はイルカのトレーナーを？」

「トレーナーというか、飼育専門のブリーダーかな。三年前に滝野さんが来るまでは雨宮君一人で大変だったから、手伝ってたんだ。……まあ、今は滝野さんだけになっちゃって、また急遽（きょ）こっちに回されたんだが……」

「昔のお話ですか？」

場が気まずくなりかけたとき、滝野がティコと一緒にこちらへやって来た。芝浦は「いや、ちょっとルフィンのことをね」とはぐらかそうとしたが、

「雨宮さんのことで聞きたいことがあるんです」

裏染がさらに切り込んだ。いつもどおり働いているとはいうものの、生き物に人間の事情など関係ないとはいうものの、飼育員たちは一様に顔を曇らせた。

「滝野さん、彼はどんな人間でしたか？　仕事ぶりはドライだったと聞きましたが」

「確かにそんなところもあったわねえ」

滝野ではなく、和泉がうなずいた。

「ビジネスライクに接したほうがイルカたちも気が楽でしょ、とか言って。なんていうか、いつも一歩引いた目線で飼育してたっけ」

「そこが雨宮君のいいところだったよ。ああいう視点は常に必要だ」

そう言ってから、芝浦はもう一人のトレーナーに笑いかける。

「特に、滝野さんは情熱的すぎるところもあるしね」

「……すみません」

滝野はかすれ声で謝った。裏染がさらに、

「滝野さん、雨宮さんに言い寄られてたというのは本当ですか？」

「言い寄るなんて、そんな……あの人は後輩をからかってただけです。よく、いたずらとかされてましたから」

「セクハラを?」

「いや、そういうわけじゃないですけど。もっとこう、突然驚かされたり、他愛ない感じのいたずらで……昨日も、犬笛がなくなったまま見つからなくて。たぶん、雨宮さんが持ってたんです。あれが見つかったら私、変な疑いかけられるかもしれないのに……」

苦々しく言ってから、滝野ははっとしたように口をつぐむ。背後でティコが呼吸し、頭の噴気孔から白いしぶきが上がった。

「それじゃ、恋愛関係にはなかった?」

「もちろんです」

力強い言葉。察するに、恋人というよりもいたずら好きの兄と妹のような関係だったらしい。しかし、その顔が赤くなっているのも柚乃は見逃さなかった。――本当は、好きだったのかも。

そんな疑惑に気づいてか気づかずか、彼女は柚乃へ笑顔を向け、

「さっき、ルフィンと挨拶しようとしてたよね。ちょっとここで、しゃがんでもらえる?」

「?……はい」

指定された場所は水際ギリギリだった。落ちないように気をつけながら、言われるままに腰を落とす。

「ルフィン!」

滝野が叫び、犬笛を吹いた。

白いバンドウイルカは潜水し、相変わらずのマイペースでプールをぐるりと回ってきた。柚乃のすぐ近くで水から顔を出す。目と目が合う。丸っこい、優しい目。

キイ、と高い声で鳴き、ルフィンは柚乃の頰にそっと口づけした。

「わっ」

そしてトレーナーから餌をもらうと、任務完了とばかりにまた遊泳に戻る。皮膚に残ったひんやりした感触を味わいながら、柚乃は一人、放心状態だった。

か、か、

「かわいすぎる……！」

「何がそんなにいいんだか」

しゃがんだまま感動に打ち震えているその横で、裏染が対照的にぼやく。

「探偵君、イルカは嫌いかい？」

「アレよ、彼氏君はファーストキスを奪われたから怒ってるのよ」

「探偵君でも彼氏君でもないですが、イルカは好きじゃないですね。昔、東京のある街で絵を売りつけられそうになったことがあるので」

「絵……？　よくわからんが、私は好きだけどなあ、イルカ」

と、芝浦はプールの二頭を見つめる。

「頭はいいし、嘘はつかんし。こんなに素敵な相棒は、他にいないよ」

「ですよね！」

滝野も激しく同意する。確かに少し情熱的な飼育員だ。どうですかね、と裏染はまだ冷めた物言い。

「僕はあまり、信用できませんけど……」

「信用できないのはお前のほうだ」

突如、彼の頭を逞しい手がつかんだ。そのまま締めつけたらしく、生意気な口ぶりは「いでででで」といううめき声に変わった。

一日ぶり――いや、ネット通話を含むなら二時間ぶりか。仙堂と兄がプールサイドに立っていた。その後ろには、何やらパネルのようなものを持った水原もいる。

「何するんですか刑事さん、馬鹿になったらどうすんですか！」

「お前はもう充分馬鹿だろうが。途中で通話切りやがって」

「あれは事故ですよ、事故。……でも結果的にはよかったです。あの推理、完全にはずれてましたからね」

「なに？　お前はまたそうやって……ちょっと、こっち来い」

周りの職員の目を気にしたのか、仙堂は裏染をプールの端まで連れてゆく。柚乃もようやくイルカショックから立ち直り、そのあとを追った。兄が呑気に「さっきのキス、見てたぞ」などと言ってきたので、通話の分の怨みも込めて脇腹を打ち抜いてやる。

「どういうことだ、犯人がわかってたんじゃないのか？」

「こっちに来てから最終確認を行ったら、見事にはずしました。すみません。今朝の話は忘れてください」

裏染は今日三度目の〝お手上げ〟ポーズを取る。仙堂は不機嫌そうに腕を組み、

「くそ、まったく今日は、何がなんやら」

「そちらも何かあったんですか？」

「B棟に行ったら、職員が二人泣きついてきて……」

「ああ、船見さんと綾瀬さん、正直に話したんですね。僕がさっき、ちょっと追及しておいたので」

「……俺も生き物はそんなに好きじゃないが、お前と話してるとイルカで癒されたくなってくるよ」

イルカと裏染。対極の存在だ。

「ま、いいじゃないですか。証言は信用できませんが、トイレットペーパーの謎は解けました……トイレットペーパーといえば、お兄さん、犯人が使ったほうのロールから何かわかりましたか？」

「え……ああ。商品名はジョイス製紙の『ユリシーズ』だそうだ。関東圏内の量販店ならだいたいどこでも売ってる」

「包丁は？」

「凶器の包丁？　それも、出所は不明。たいした手がかりにはならないね」

「おい袴田、ペラペラ情報を喋るな……お前、なんで脇腹押さえてるんだ?」

「え? あ、いや、お気になさらず」

夏の陽射しと爽やかな水音の中、冴えない会話を続ける三人組。柚乃はもう一度、プールのほうを見やった。ティコとルフィンがときおり波やしぶきを立てる手前で、和泉たちは水原の持ってきたパネルを囲んでいた。

ショーに出演している、雨宮の写真だった。

ティコの広い背に乗り、水の上を滑走している一場面。黒いマリンスーツはイルカの肌と溶け合うような色合いで、細身ながら引き締まった体のラインが美しい。昨日香織が「芝浦並みの細さに大磯並みの筋肉」と言っていたが、まさにそのとおりだ。黄色い腕時計をつけた左腕を高く伸ばし、彼は観客席に向けて笑顔を振りまいていた。その笑みは代田橋の言っていた「人を食った」ふうではなく、無邪気な、子供のような笑みに見えた。

「急いで作ったんですけど、こんなのでいいのかしら」

「うん、すごくいいじゃない! どこに飾る?」

「ショープールの、なるべく目立つところに……あ、でもお客さんから見えすぎるとまずいかなあ」

「この際、目立ってもいいですよ。雨宮さんが喜ぶなら……ティコとルフィンにも、ちゃんと見せてあげなきゃいけないし」

しみじみと、四人は話し合う。

ふざけた野郎。性格が合わない。ドライ。女好き、冗談好き、いたずら好き。腕はよく、独特の視点を持ち、そして、あの写真の笑顔。柚乃の中で、ようやく雨宮がどう思われていたのか、その人物像が出来上がった気がした。

——憎めない男。

しかし、彼はこの水族館の中の誰かに憎まれ、殺された。津が〝狂気〟と断じるほどの圧倒的な殺意を持って、サメ水槽に突き落とされた。今日も生き物たち相手に仕事をしている、彼らの中の誰かに。

それはいったい誰なのか。まだ容疑者の範囲は、狭められていない。

「……では、開口部の水漏れは、五秒に一滴の間隔で間違いないんですね?」

「うん、平均を取ったらそうなった」

「ほらほら、約束どおりあと一つだけ教えてやったぞ。さっさと帰れ」

気がつくと、裏染はまた警部に追いやられていた。肩をすくめ、和泉たちに手を振って、プールを出ていく。柚乃がイルカとの別れを惜しみつつも横に並ぶと、彼は「昼飯どきだな」とだけ言った。

「確かに、お腹空きましたね。どっかで何か食べます?」

「俺はいい、部室に帰る。お前も電車で自分ち帰れ。で、昼飯食ってからもう一回学校に来い」

「もう一回? 別にいいですけど、どうして」

「ちょっとやることができた。あ、そうだ、そんとき水着持ってこいよ。学校指定のやつ」

「み、みずぎ……？」

どういうことかと問う暇もなく、裏染は青い通路を早足で歩いてゆく。

いやな予感がした。

4　おどける大捜査線

昼過ぎ。言いつけどおり再び部室へ出向くと、中にはすでに三人の人影があった。裏染と、香織と、なぜか早苗。全員、ちゃぶ台を囲み仲良くアイスキャンディーを頰張っているところだった。

「オッス柚乃ちゃん。元気？」

まっさきに、香織が手を上げる。

「あ、はい……。香織さんこそ大丈夫ですか。昨日、だいぶ疲れてたみたいですけど」

「昨日は四時起きだったからね。よく寝たからもう大丈夫」

「だから言ったろ、こいつは心配ないって」

裏染はアイスを食べ終えると、大儀そうに立ち上がる。棒はゴミ箱に放られた。はずれだったらしい。

「水着持ってきたか」

「一応」

柚乃は片手にぶら下げた水泳バッグを掲げた。

「じゃ、俺たち外出てるから。ここで着替えろ」

「はい。……いやちょっと待ってください、意味がわからなすぎます」

「意味なら向こうに行ってから説明するよ、とりあえずさっさと着替えろ」

説明を求めたのに、新たに疑問符が増えてしまった。向こうに行ってから？　向こうとはどこのことなのか。それに、

「なんで、早苗までいるの？」

「いやあ、裏染さんから連絡が来て、暇だったからつい」

「連絡ぅ……？」

ついこの間まで、部屋に来るなと怒鳴り散らしていた相手に連絡を？　だめだ、ますますわけがわからない。

悩む柚乃をよそに、三人はさっさと部屋を出ていこうとする。せめてこれだけはと思い、ドアを閉めかける裏染に最後の質問を投じた。

「この部屋、カメラとか仕掛けられてないでしょうね？」

「……お前は俺をなんだと思ってるんだ」

「女子トイレに入ったり女の子の脚を撮影したりするオタク野郎だと思ってます」

「悪いとこだけ切り取るんじゃない！」

悪いという自覚はあるのか。

「いいからさっさと着替えろ、時間がないんだ。着替えたら部室棟の裏に来い。以上」

無情にも、ドアは閉ざされた。残された柚乃は独りため息をつくと、しかたなくこそこそと着替えを始めた。

部屋の蒸し風呂状態は相変わらずだが、昨日よりはだいぶ和らいでいる。扇風機が二台用意され、部屋の二方向から風を送り続けているのだった。見ると、どちらも〈新聞部〉とマジックで表記してあった。香織が部室の備品を持ち込んでやったようだ。

手早く学校指定の水着を着け、その上にまた制服を着た。何をするやら知れたものではないが、水泳タオルやゴーグルも念のため持っていくことにする。外に出ると、言われたとおり建物の裏へ回り込んだ。

部室棟の北側、木々が開けて小さな空地のようになったその場所で、裏染たちは待っていた。もう一人新たなメンバーが加わっており、三人の中心に膝をついて、何やら日曜大工に取り組んでいるのが見受けられた。金槌（かなづち）の乾いた音が断続的に響いている。

天然パーマに見覚えがあった。演劇部の部長、梶原（かじわら）だ。

「あのー、着てきましたけど……」

「来たか。おい、そっちはまだか」

「ちょっと待てって。あと一息……おお、袴田さん。久しぶり」

顔を上げて柚乃の姿を目に留めると、梶原は気さくに声をかけてきた。演劇部と卓球部はどちらも旧体育館を使う関係で、よく顔を合わせている。

「どうも。何してるんですか、それ」

「いやー、俺もよくわかんないんだけど、裏染に頼まれて」

「手が止まってるぞ手が」

「あ、悪い悪い」

裏染にせっつかれ、また作業に戻る。蝶番（ちょうつがい）の滑りや全体の強度など細かく最終チェックを済ませてから、彼はそれを差し出した。

「できた」

完成とはいうものの、その品に装飾性はまったくなく、明らかに簡易的な作りだった。七〇センチほどの細長い木材の両端に、金属製の棒が立ててある。棒の長さは八〇センチほど。さらに片方の棒には蝶番が取りつけてあり、そこに、扉がくっついていた。六〇センチほどの、一回り小さいサイズの木材を上下に配置し、それをやはり少し短いサイズの、数本の棒で支えた扉。扉の一番端の棒は、閉めた状態では、長いサイズの棒とちょうど接するような近さにあった。

——まるで柵が変形したようなこの形は、どこかで見た覚えがある。

「さすがだな、依頼から二時間でできるとは」

「この程度なら公演のたびに作りまくってるから、朝飯前よ」

劇場装置リアリズム派の演劇部長は、鼻高々だった。香織も「梶ちゃんありがとう!」と礼を言うと、彼は照れたようにモジャモジャの頭をかきむしった。

「いいのいいの、裏染には世話になったんだから」

世話になったというのは、例の体育館の事件でのことだろう。梶原も事件に大きく関わっており、捜査や犯人指摘の現場にまで居合わせたのである。

「……でも、注文どおりには作ったけど、こんなもん何に使うんだ?」

「たいしたことじゃない。ちょっとした実験を」

「実験……」

柚乃は裏染の言葉を鸚鵡返しにする。実験。この柵。そして、水着——

「実験? へえ、面白そうだな、俺も見ていい?」

「だめですやめてください。絶対にやめてください……」

三つのキーワードから、あまり考えたくない結論が導き出された。ようやく状況を察知した柚乃は、すがるようにして必死で頼み込む。

そんなやりとりは気にせぬまま、「よし、行くか」と裏染が号令をかけ、一行は動きだした。香織はホームセンターの大きな紙袋を持っており、受け取ったばかりの日曜大工品は早苗が担当した。裏染は手ぶらである。

「……それで、どこ行く気ですか」

お気楽に手を振るナイスガイ・梶原に力なく笑いかけ、別れを告げてから、柚乃は裏染におそるおそる尋ねた。

「プール」

「学校のプールですか」

「そう」

「実験っていうと、ひょっとして……」

「トイレットペーパーのアリバイトリックを、実際に試すとどうなるかっていう実験。まあ、気休めにしかならんだろうが」

「ああ、やっぱり……」

いやな予感が当たった。

「お前には死体の代役をやってもらう。よろしく頼む」

「わざわざ水着に着替えて、死体の代役って……最悪すぎますよ」

「そんなに最悪でもないぞ。今は夏だからな、水着でも大丈夫だろ。冬だったら寒すぎてそれこそ最悪だ」

「最悪の基準が最悪すぎます……」

歩きながら、柚乃はうなだれた。

厄日だ。

校舎を通り過ぎ、前庭を抜けて、正門の横手に作られたプールへ向かう。

格子状の扉で閉ざされた入口には、制服を着た一人の少女が立っていた。艶(つや)やかな長い髪と、その黒によく映える色白の美肌。そして、思わず見入ってしまいそうな潤んだ瞳。

その少女――八橋千鶴(やつはしちづる)は裏染たちに気づくと、黙って薄いクリアファイルを差し出した。中には、紙が一枚だけ入っていた。

「プールの使用許可証。三時までね。それが過ぎたら、水泳部に明け渡すこと」

「おう、助かるよ。元副会長」

裏染は「元」の部分を強調して言った。とたんに千鶴は、大和撫子(やまとなでしこ)風の美貌を歪める。

「……だったらその元副会長に、プールを使わせろなんて突然頼んでくるのは、やめていただけないかしら。私はもう生徒会じゃないんだから」

六月の体育館の事件は、風ヶ丘の生徒間に多くの衝撃を残した。品行方正、学年内成績三位の実力者たる彼女が、殺人を未然に防げなかった責任を取るという形で、自ら副会長の座を降りたこともその一つだった。

「それっぽい理由を作って、会長と一緒に職員室で許可取って、水泳部に話をつけて……こっちの迷惑も考えてほしいわ」

「む、無理に取ってくださったんですか。すみません」

「無理になんかじゃないさ、快く協力してくれたんだよな。なあ？」

明らかに不機嫌な元副会長に柚乃は平謝りしたが、裏染のほうは自省の色などまったくなかった。彼が言い寄ると、千鶴は苦々しげに目を逸らす。

「……ま、まあ、協力は惜しまないけれど。でもかなり急だったし、今後はご遠慮願いたいわね。そもそも学校の施設を個人の都合で勝手に使わせるなんて絶対許されないことでそういうのも私の信条的には……」

「ボイスレコーダー」

「さあ、入って！　好きなだけ使って！　許可は取ってあるから！」

謎の一言で、どういうわけか彼女は態度を一変させた。その後咳き払いをし、勢いよくプールの扉を開け放ち、一足飛びで脇に退いて柚乃たちを招き入れた。

「そ、それじゃ、私もう行くから。汚したらちゃんと掃除して、三時には撤収してね」

「いや、お前もこっちで手伝ってくれ。人手が要るんだ」

「はあ？　なんで私が？　いやよ、そこまでする義理は」

「ボイスレ」

「わかったわよやるわよ！　やればいいんでしょ！」

「……なんか八橋さん、雰囲気変わったよね」

半泣き状態で一行についてくる千鶴を横目に、早苗がつぶやいた。柚乃は大いに同意する。

「……裏染さん、八橋さんに何かしたんですか」

「別に何も？」

わざとらしくはぐらかされてしまった。頭の中にまた疑問符が増えた。

短い階段を上がり、プールサイドへ出る。水泳の授業以外でこうして学校のプールを使うのは初めてだ。コースロープは壁際にまとめて片してあり、何も浮かんでいない水面は、実際の二五メートルよりもずっと広く見えた。ゆるやかな波の上できらめく太陽の反射が眩しく、思わず目を細めた。

水と陽の光と、塩素の匂いと、さらには近くのグラウンドから聞こえてくる運動部のかけ声に、蟬の鳴き声。

全身が、夏を実感している。八月の休日の過ごし方としては最高である。——水着を着ているのが自分だけで、これから死体の代役として殺人事件におけるアリバイトリックの実証につきあわされる、という状況を考慮に入れなければ、だが。

「心臓マヒに気をつけろよ」という裏染の不吉な忠告を受け、柚乃は服を脱ぎ再び水着姿になってから、念入りに準備運動をし、冷たいシャワーを頭から浴びた。その間プールサイドでは、〝実験〟の準備が着々と進められた。

香織はホームセンターの袋から小型のバケツと、スポイト、メジャー、画鋲のケース、一二ロール入りのトイレットペーパーなどを取り出す。種類はもちろん兄が言っていた、ジョイス製紙の「ユリシーズ」である。裏染が連絡して買ってこさせたのだろう。梶原作の簡易開口部は水際ギリギリの位置に置かれた。そのままだと安定感が悪く倒れてしまうので、早苗と千鶴が両側から押さえた。

裏染は一人、日陰になっている屋根の下へ避難し、ストップウォッチをいじっていた。柚乃はタオルで前を隠してから、そちらへ近づく。

「シャワー浴びてきましたけど」

「よし、じゃあ始めるか」

「……会話的にも見た目的にもすごく怪しいシチュエーションに思えるのだけど、何をするつもりなのかしら」

白い目を向けて千鶴が言う。

「別に怪しいことはしない。袴田妹が扉に寄りかかってそこにトイレットペーパーを巻きつけて水で溶かす。それだけだ」

「ずいぶんマニアックなプレイね」

「プレイじゃない実験だ。こいつをこれから死体に見立てる」

「ネクロフィリアとは救いようがないわね」

どんどん不審を深める千鶴にはかまうことなく、裏染は手を一つ打ち鳴らした。

「さ、行くぞ。犯人はキャットウォークで雨宮を殺した。そして紙をばら撒き、開口部から水を汲んで撒き散らし、そのあとトイレットペーパーで時限装置を仕掛けた。巻きつけられた紙は、どの程度の長さに対し、どの程度の時間で溶けるのか。それを解明します。死体役は袴田柚乃さんです。はい、よろしくお願いします」

「ど、どうも……」

教師のような口調に対し、流れで頭を下げてしまう。香織と早苗のまばらな拍手が飛んだ。

「じゃあとりあえず、三〇センチから試してみるか。香織、頼む」

「合点だ」

香織は新品のペーパーをメジャーで測りながら切り取ると、扉と柵の接点に巻きつけた。最後に画鋲で留め、柚乃に手招きする。

「えーと、どうすればいいんですか」

「扉に寄りかかっておとなしくさえしてりゃ、それでいい」

タオルをプラスチックの椅子にかけ、柚乃は日なたへと足を踏み出した。おおっ、と、香織と早苗の声が上がった。

「柚乃ちゃんかわいい。スレンダーだね！」

「ですよねえ。写真撮りたい」

「ほっといてください。あと、裏染さんはあんまりこっち見ないでください」

「見たくて見てるわけじゃない」

それはそれで失礼な気もする。

もう一度ため息をついてから、おそらく死体がそうであったように、地面に腰を下ろし扉に寄りかかった。背を預けても、扉は動かなかった。

香織はバケツにプールの水を汲み、そこからさらにスポイトで少量を吸い取った。これを少しずつ垂らして水漏れの代わりにするのだろう。「準備オッケイ」と裏染に親指を立てる。彼はストップウォッチを構え、映画監督のようなかけ声で実験開始を告げた。

「じゃ、一回目。三〇センチ。よーい、アクション！」

同時に、香織が腕時計とにらめっこしながら、水滴を垂らし始めた。キャットウォークの水漏れと同じ、「五秒に一滴」の間隔で。

「……今さらですけど、死体役って私がやる必要あるんですか。裏染さんがやればいいのに」

寄りかかっている以外はやることもないので、柚乃はそうぼやいてみせる。

「それは無理だ。自慢じゃないが俺は泳げないからな」

「本当に自慢にならないわね」と、千鶴。

「でも、私と被害者の人――雨宮さんとじゃ、けっこう体重違いますよ。ちゃんとした結果出ないんじゃ」

「死体を支えるのに一キロあたり紙が何センチ必要で、それが何秒で溶けるかってのがわかれば、あとは計算できるから問題ない」

「さいですか」

いや、待てよ。

「……一キロあたりが割り出せるってことは、裏染さん、私の体重知ってるんですか？」

まさかと思い尋ねると、裏染はごく自然に「知ってるよ」と答えた。顔から血の気が一気に引いていった。

「ど、どどどこからそんな情報を……」

「お前の親友に聞いた」

「早苗えええ！　お前かあああ！」

これですべてがつながった。裏染が早苗に連絡を入れたのはこのためだったのだ。横で開口部を支えている親友を睨みつけると、彼女は困ったような笑顔で、

「ごめんごめん、どうしてもっていうから……。でも、別にいいじゃん。恥ずかしがるような体重じゃないでしょ。むしろ誇っていいよ！」

「うるさい黙れ！　許さん！」

「あ、ちょっと柚乃ちゃん動いちゃだめだよ。そのままの姿勢でいなきゃ……」

ブチン。

ふいに、体を支えていたトイレットペーパーがちぎれた。扉が外側へ勢いよく開き、柚乃も一緒に倒れ込む。

「ひゃうあっ」

いつか実の兄が上げていたような悲鳴とともに、彼女は背中からプールへ落下した。

冷たさが全身を包み、耳元でゴボゴボと音が鳴った。久々に覚える上下不覚の浮遊感と、手足に絡みつく大きな抵抗。丸美で触れ合ったイルカたちに仲間入りしたかのようだ。刹那（せつな）、視界に入った太陽の丸い輪郭（りんかく）が、水中でもがく間もずっとまぶたの裏に映っていた。

「柚乃ちゃん、大丈夫？」

底に足をつけ水面に顔を出すと、すぐに香織が声をかけてくる。息を切らしつつも、大丈夫です、と返す。日陰の裏染はストップウォッチ片手に、ぶつぶつと冷静な分析を行っていた。

「うん、うまいこと紙も死体もプールに落ちたな。だが四十秒は短すぎる。紙は溶けるより先

に重さで破れてたな、量が少ないのかなあ。次はもう一〇センチ増やしていくか」

「……まだやるんですか」

「当たり前だ、平均値が取れるまで何回でもやる」

柚乃はそのまま水の中に沈んでしまいたくなった。もう、何について嘆けばいいのやら。

一部始終を見た千鶴の一言が、その場のすべてを物語っていた。

「なんなの、これ」


実験は、その後も繰り返された。巻きつける紙の量は少しずつ増やされ、ようやくそれらしい長さの当たりがつくと、次はそれが何分で溶けるかという正確な値を求めるため、さらに何回も続けられた。

都合十五回ほど、柚乃は水中へ背面飛び込みを決めるはめになった。プールサイドには毎回バリエーションの異なる悲鳴が、定期的に響いた。

ひあっ。わひい。あうっ。んぎゅっ。きゅう。ひゃんっ。ぬあああ。をうっ。どひゃ。あんっ。ふっへへ。ほおお。くぉうおわ。はっはははは。

「よし、こんなもんだろ」

ようやく監督が納得したころには、時計は三時ギリギリを指し示していた。

「ご苦労だった袴田妹。あとでガリガリ君といちごオレをおごってやる」

「や、やす、すぎ、ます……」

水面に漂いながら、柚乃は力なく不平を垂れる。夏中部活で鍛えられた持久力も、心労のせいで翳りを見せつつあった。

「それで、何か、わかっ、たん、ですか」

「ちょっと待て。雨宮の体重が六八だから……最低ラインで紙が一メートル、それが溶けきるまで八分、ってとこか」

記録に使った香織のメモ帳を見返し、裏染は暗算で結果を弾き出した。

「一メートルで八分？　えーと、死体をしっかり支えるのに最低一メートル分のトイレットペーパーが必要で、それが溶けて扉が開くまで八分かかるってこと？」

「そう。ほぼ予想どおり」

「じゃあ、トリックが仕掛けられたのは、死体が落ちてくるより八分前になるのかな？　十時……じゃないか、落下が十時七分だから、九時五十九分ごろ？」

「普通に考えた場合は、そうなる」

裏染は香織に、何やら含みのある言い方をした。脇では事情を知らない千鶴と早苗が、「どういうこと？」「さあ？」と肩をすくめ合う。

柚乃はプールサイドに流れ着くと濡れた体を水から持ち上げ、「普通じゃない場合もあるんですか？」と投げやりに尋ねた。

「もちろん、いくらでも考えられる。一番ありえるのは、犯人が念を入れて、最低ライン以上の紙を巻きつけた場合。そうなると、トリック発動から死体の落下まではもっと時間がかかる。

それこそ十分かもしれないし、十五分かもしれない」

判明したのはあくまでも最低ライン。それより前にアリバイがあるから犯人ではないとは、決して言いきれないわけだ。

「まあ、あんまり紙の量を増やしすぎると、今度は証拠が残りやすくなるが」

「……でも、逆に言うと、時間が八分より短くなるってことはないんですよね？」

「じゃ、九時五十九分までアリバイがあった人は犯人じゃない？　やった、幅が狭まったじゃん！　えーと……あ、だめだ」

香織は瞳を輝かせてなんでも書き留めてあるメモ帳をめくったが、すぐ残念そうに嘆息した。

裏染はうなずき、

「そう、五十九分よりあとにアリバイが出来た奴なら何人かいるが、五十九分までずっとアリバイがあったって容疑者は一人もいない。それに、時間を八分より短くすることだって、やろうと思えばできる」

「え、どうやって？」

「たとえば、巻きつけた紙を事前に少し濡らしておく。これだけで落下までの時間は数分短くなる。犯人が計画犯で、諸々準備してた以上、時間の調整は自由自在だったはずだ」

――八分という最低ラインも、あてにはならない。

柚乃は香織と視線を交差させ、

「……じゃ、意味ないじゃないですか」

消え入りそうにつぶやいた。髪からしたたる塩素混じりの水の冷たさが、急に虚しく思えた。十五回もプールに落下した苦労は、いったいなんだったのか。

「意味はあったさ」

と、どこまでも天邪鬼(あまのじゃく)な裏染。

「トリックは成立すると証明されたし、紙が溶ける時間も予想どおりだった。最低ラインの八分は絶対じゃないが可能性は一番高いし、一つの指針になる」

「また指針ですか。今朝もそれで間違ってたのに」

「そりゃ、指針ってのはそういうもんだ。……前進はしてるよ、一応」

柚乃を安心させるというよりも、自分で自分を納得させているようだった。柚乃がタオルで体を拭く間、彼は日陰で壁にもたれたまま、小声でつぶやき続けた。

「なんだかんだ言っても、落下までの時間を延ばすならともかく、短くするってのは犯人にとってデメリットにしかならんからな。考えにくい。うん。大丈夫だ、八分のラインは信用できる。まあ容疑者は十一人のままだが……」

そう。結局、容疑者の幅は狭められていない。

気休めにしかならない、と裏染は言っていた。実験が始まる前から、確認程度の成果しか得られないとわかっていたのだろう。

「事件、解けそうなの？」

「わからん。もう少し手がかりが出てくりゃいいんだが」

香織が心配そうに言い、裏染が腕を組んだそのとき。

「シリアスな話の最中、悪いんだけど」

千鶴が、言葉のとおり水を差してきた。用具入れから水を汲んだバケツを運んできて、柚乃たちの目の前に置いたのである。横には、デッキブラシを持たされた早苗の姿もあった。

「プールサイドにも水の中にも、トイレットペーパーの溶け残りが散らばってるわ。早いとこ掃除してもらえる？」

「それは、俺たちの仕事か？」

「当たり前でしょ。あなたたちが汚したんだから」

「でも許可証にはお前の名前がある。すなわち借りたのはお前で、責任者もお前だ」

「あなたが、借りろって、言ったんでしょ！　とにかく、時間も迫ってるんだからさっさと掃除を」

「ボイ」

「しかたないわね私がやってあげるわよ！」

たった二音で瞬時にして従順になり変わり、バケツを持って駆けてゆく千鶴。「おのれ裏染ええ……！」という悲痛なうめきが漏れ聞こえた。――やはり、絶対何かある。

「う、裏染さん、よくわかんないですけど掃除しましょうよ。八橋さんに押しつけちゃだめですよ」

「いいんだよあいつは。少し働かせるくらいで」

「そんな……」

なぜそんなに厳しいのか。香織に目で尋ねるが、彼女も首をかしげるだけだった。

「なんかよくわかんないけど、いいよ。あたし手伝ってくから」

気を利かせて早苗が言った。デッキブラシを抱えたまま千鶴のあとを追ってゆく。裏染の不真面目さにうんざりした柚乃も、タオルを乱暴に放り早苗に続いた。

「もう、いいです。私たちは手伝いますからね」

「ちょっと待った」

「待ちません。帰りたかったら勝手に帰ってください」

「まだ言うんですか。あんまり意地悪だといい加減怒りま――」

「待った」

振り返った柚乃は、はっとして固まった。原因は、視界に捉えた裏染の瞳だった。

吸い込まれそうな、押し潰されそうな、光を映さぬ黒。

裏染は微動だにしていなかった。ただ、見開かれた目の奥で、その瞳が湛(たた)える闇だけが、ぐるぐると静かに渦を巻いていた。

体に張りついた雫の冷たさは、どこかへかき消えた。うなじを焦がす太陽の熱も、蟬の声も運動部のかけ声も、周りの風景でさえも、すべて急激に遠ざかっていった。もう一度水中へ飛び込んだかのようだった。淀みの奥底で、柚乃は深い夜の色に見入った。

裏染が一歩を踏み出し、自分の横を通り過ぎていくまで、その奇妙な時間は続いた。とたんに、夏の暑さと濡れた水着の感覚が戻ってきた。

「……裏染、さん？」

呼びかけるが、彼は答えない。早歩きでプールサイドを回り込み、掃除を始めようとする元副会長に近づいてゆく。千鶴は顔を上げ、迫る裏染の表情に気づいて、戸惑った声を上げた。

「な、何よ」

「八橋。お前は今、バケツを持ってたな」

「そりゃ、持ってたわよ。あなたが掃除しろって言ったんだから」

「どうやって持ってた？」

「は？……どうって、普通にこうだけど」

千鶴はバケツの持ち手をつかみ、見せつけるようにその腕を上げてみせた。裏染はそれを凝視してから、バケツの水の中に右手を突っ込んだ。

「な、何するのよ」

やはりそれには答えぬまま、彼はバケツから出した手を腰のあたりの高さに据え、その場に立ちすくんだ。柚乃と香織も近づいてみると、彼は指先からしたたる水を、じっと観察しているのだった。目を地面に向け、直径三センチほどの弾けた水滴の跡を、食い入るようにまばたきもせずにただ見つめていた。

「八橋」

やがて裏染は顔を千鶴のほうへ向け、ごく短く、言った。

「でかした」

「……なんのことか、わからないんだけど」

「わからない？　いやわかったさ。間違いない。ああ、俺は馬鹿だ、こんな当たり前のことに気づかなかったなんて……そうだ……そうだ、そうに違いない」

揺れるバケツの水面へ向け、何度もうなずきかける裏染。その姿を四人の少女たちは、思い思いの表情で見守っていた。千鶴は眉をひそめ、早苗は呆然とし、香織はもう慣れっこな様子で。柚乃はというと、顔を引きつらせはらはらしていた。

「えーと……裏染さん？　大丈夫ですか？」

「もちろん大丈夫だ。袴田妹、お前は先に戻って着替えてていいぞ。俺たちは掃除を手伝っていく」

不真面目さと意地悪さを一転させ、彼は千鶴からバケツを受け取った。彼女はますます警戒した顔で、

「な、何よ、結局手伝うの？」

「ああ。気づかせてくれたお礼だ。香織、野南、お前らも手伝え」

「アイアイサ」

「言われなくてもやりますってば」

勝手に段取りが進んでいく。そういうことならば……と、柚乃はわだかまりを残しつつも、タオルを置いた日陰のほうへ引き返した。

直前、裏染が確信を持って、噛みしめるように言うのが聞こえた。

「四人――これであと四人だ」

5 裏染鏡華

濡れた水着の上に服を着るわけにもいかないので、タオルだけ羽織ってコソコソと校舎を横切った。〝開かずの部室〟に戻ると、柚乃はベッドに腰を下ろし、一息ついた。

「疲れた……」

夏休み、日曜日、部活も無し。三拍子そろった正真正銘の休日なのに、朝から裏染に振り回される一方だ。よかったことといえば、水族館でイルカと触れ合えたこと。それくらい。逆に悪かったことを挙げ連ねれば、まず脚にカメラを向けられ、職員からはデートとからかわれ、午後は死体の代役となりプールに十五回も落下し、裏染に水着姿を見られ、早苗に体重をばらされ……。おまけに肝心の推理は空振りし、捜査は気休めや不確定ばかりで手詰まり状態ときた。

いちいち数え上げるのさえ馬鹿馬鹿しくなり、ふらりと真横に倒れ込む。スプリングの軽い反動が上半身に伝わった。髪がまだ乾いていないのでシーツを濡らしてしまうかもしれないが、かまうものか。

「……意味あるったって、本当に意味あったのかな」

当てがはずれたモップとバケツの推理、謎が深まる一方だった水族館での聞き込み、そして今の、始終おどけた雰囲気の中で行われた実験。

何もかも無駄だったように思えてきて、そう考えれば考えるほど、起き上がる気力も失せていった。裏染じゃないけれど、このまま毛布をかぶって寝てしまいたい気分だ。

——あるいは、本当に彼の言葉どおり、前進しているのだろうか。

四人、と、最後に彼は言っていた。これであと四人だ、と。

もしあれが容疑者を指し示す人数だったとしたら、捜査は大いに進展したことになる。そのほんの一分前まで「十一人のまま」だった容疑者が、一気に七人も減ったのだから。

プールでの裏染の挙動は明らかにおかしかった。前の事件でもそうだった。突然目が覚めたように豹変し、そのあと事件を解決したのだ。おそらく、今回も何かに気づいたのだろう。本人も千鶴に「でかした」「気づかせてくれた」と礼を述べていたし。

しかし——いったい何に気づいたというのか。

バケツの持ち方について尋ねていたが、あんな当たり前のことが何かの手がかりになったのだろうか？

柚乃は、天井を見つめながら思い返す。あのときの、裏染の瞳。開ききった瞳孔。深い水底を思わせる黒。

光のないその場所から読み取れるものは、一つもなかった。

裏染は、常に核心を隠す。警察を騙し、容疑者を欺き、柚乃にも平気で嘘をつく。一度どこまで本気なのかと尋ねたことがあるが、そのときも適当にはぐらかされてしまった。彼が心の裏側で何を考え、どういう道を辿っているのか、少なくとも柚乃にはまったくわからない。

たとえばそう、この部屋だ。彼はなぜ、学校の部室なんかで暮らしているのか――

「あ、やばい」

部屋を見渡して、柚乃は我に返った。人のベッドでぼんやり寝ている場合じゃない。

体を起こし、つけっぱなしだった扇風機の風を浴びながら、水着の肩紐に手をかけた。水中にいるよりもプールサイドで座っている待ち時間のほうがずっと長かったので、もともと弱い肌は日に焼けて赤らんでおり、触れると少しヒリヒリした。

皮膚を痛めないよう慎重に脱いでいきたいが、ゆっくりすぎても問題だ。プールの掃除はどのくらいで終わるのだろうか。早いところ着替えを終わらせないと、家主が帰ってきて今にもドアが開けられるかも。

ガチャガチャ、ガチャ。

そう、ちょうどそんな感じで――

「……え?」

ウソでしょ、と思ったときにはもう遅かった。ノックもなしに鍵をひねる音がし、次の瞬間にはドアが大きく開かれた。止める間もなく隠す暇もなく、柚乃は訪問者とモロに視線を合わせた。

「「……え？」」

もう一度戸惑いの声。今度は二重奏だった。柚乃の発したものと、もう一つは相手の発したもの。

ドアを開けた人物は裏染ではなかった。香織でも、早苗でも、梶原でも千鶴でもなかった。柚乃の初めて見る人物――セーラー服を着た、小柄な少女だった。

袖口や襟にのみ赤いラインが入った、紺よりも黒に近い制服。つい昨日見たばかりの、緋天学園の制服である。細い腕には大きな紙袋とビニール袋が、重たそうにぶら下げられていた。

少女は黒い髪を左耳のすぐ横で一ヶ所だけ結び、肩から前に垂らしていた。ヘアゴムには音符をかたどった大きな飾りがついており、ラメ部分が陽の光を反射してキラキラと瞬（またた）いている。全体的に幼さの残る容姿の中、まつ毛の濃い二重まぶただけが際立って大人びた印象で、肌は透き通るように白かった。

「……ええと、どなたですか？」

しばしの気まずい沈黙のあと、柚乃は少女に尋ねてみた。相手は「そちらこそ」と返す。

「いったい、どこのどなたです？　なぜこの部屋で、そのような、そんな、刺激的な……」

それからはっとしたように、彼女は部屋に入ってきてドアを閉めた。上半身水着脱ぎかけで固まってしまった柚乃の姿を、外に見られないようにしてくれたのだろうか。できれば彼女自身も外に出てほしかったのだが。

とにかく柚乃も今のうちにと、急いで着替えを進めてしまう。少女は顔を赤らめて、戸口に突っ立ったままそれを眺めていた。

「あ、なんか、すみません。お見苦しくて」

「いえいえそんな、とんでもないです。お美しくて大変けっこうで、あ、もしなんでしたらお手伝いいたしましょうか」

「あ、いや、大丈夫です。すみません……」

なんだこのやりとりは。なんだこの状況は。とりあえず、服を着ながら柚乃はさらに質問する。

「もしかして、裏染さんのお知り合い……ですか？」

「裏染。裏染天馬のことですか？　この部屋に住んでいる。駄目人間の」

「そうです、その裏染さんです」

住んでいるだけでなく生態まで把握しているとは、やはり知り合いであるようだ。

「というと、あなたも彼をご存じなのですね。……ひょっとしてそれは、あの男の指示で？」

少女は、柚乃が脱いだばかりの水着を指さす。

「あー……そう、ですね。一応、そういうことになるのかな。あ、でもこれにはいろいろ事情が」

柚乃の釈明は、少女には届かなかった。彼女は袋をドサリと床に取り落とすと、うつむいて震えだした。怨念のこもった呪詛（じゅそ）が漏れ聞こえた。

「あ、あの男、香織さんだけでは飽き足らずこんな可憐な女性まで囲っておまけにスクール水着だなどと……ああ、なんて下劣ななんで許しがたい、鬼畜の所業最低の人種めどうしてくれよう……」

「あの、ちょっと、大丈夫？」

「え？　ええ、もちろん大丈夫です」

少女は笑顔で顔を上げ、

「そうですか、お知り合いでしたか。兄上がいつもお世話になっております。ところでその水着、私がたたみましょうか？」

「あ、いや、自分でたためるんで。……え、ていうか今、兄上って」

そのとき、外からドアを叩く音がした。さらに「袴田妹、もういいか」と裏染の声。柚乃は慌てて水着をバッグに突っ込むと、どうぞ、と返した。ドアが開き、部屋の主が帰還して、真正面に立っていた少女と鉢合わせた。

「なんだお前、来てたのか」

裏染は特に驚いた様子もなく言った。

「あの、裏染さん、その人って……」

「身内だ。気にするな」

「妹です」

少女は、ようやく自己紹介に至った。柚乃に向かってにこやかに首を傾け、結んだ髪がかわいらしく揺れた。

「裏染鏡華と申します。どうぞよろしく」

「妹さん？　この娘が？　裏染さんの？　見えませんねえ」

微塵の遠慮もなく、早苗が言った。え、そうかな、と香織。

「あたしはけっこう似てると思うけどな。鏡華ちゃんと天馬、目元とかそっくりじゃん」

「うーん、確かに見た目はそうですけど、でも鏡華ちゃんのほうは礼儀正しいし、なんかまともそうだし」

「遠回しに俺の悪口を言うな」

寝転んだ裏染が口を挟む。ちゃぶ台が四人の少女で満席になってしまったので、彼は定位置のベッドへ追いやられていた。人口密度が上がった緊急措置としてさすがに窓が開けられ、部屋の空気は心地よい。

「それに、そいつは見た目ほどまともじゃない。中身は下衆の極みだ」

「そんなことないよ、鏡華ちゃんはかわいいから許されるもんね」

微妙にズレたフォローとともに、香織はコップに注いだカルピスを鏡華へ差し出す。彼女は「ありがとうございます、いただきます」と、やはり礼儀正しく受け取った。それから裏染へ、

「初対面の方々に根も葉もないことを刷り込まないでください。蹴りますよ」

じろりと睨みを利かせた。柚乃もカルピスを頂戴しながら、心の中でつぶやいた。

——確かに、ちょっと変わった子かも。

裏染鏡華。裏染天馬の妹。

妹がいるという話は、出会ってすぐのときに聞いていた。「父親母親、妹一人」が家族で、風ヶ丘から一駅のところに実家があるのだとか。しかし、その実妹が兄の住処（すみか）に出入りしているとは知らなかった。

いや、常識的に考えれば妹が兄を訪ねるなど、ごく普通のことなのだろうが……。

「兄上のほうこそ下衆です。校内とはいえご自分の部屋に女性を三人も連れ込むとは。それもお一人にはあのような、羞恥的な……いえ私は嬉しかったのですが、とにかくいけません。不道徳です。野獣死すべし」

「何を言ってるんだお前は」

鏡華は柚乃と早苗のほうをチラチラ見やっている。ついさっきまで純和風の美少女も一緒にいたと教えたら、卒倒するかもしれない。

「別に連れ込んだわけじゃない。勝手に来るんだ」

「お金を渡したんですか？」

「どうしてお前の思考はそう薄汚いんだ、そうじゃなくて……ん？　なんかこのシーツ湿ってるな」

「きょ、鏡華ちゃん、それ緋天学園の制服だよね？」

シーツを濡らしたことがばれそうになり、柚乃は慌てて鏡華に話題を振った。

「ええ、中等部の三年生です。ちょうど部活の帰りで」

「緋天に通ってるんだ。すごい、頭いいんだね」

言ってから、自分で気づく。裏染の妹なら、頭がいいのは当たり前か。

「別にたいしたことでは……。あんな学校、規律が厳しくて窮屈なだけですから」

彼女は赤いスカーフを手でいじり、「服といえば」と、隣の柚乃にすり寄った。

「袴田柚乃さん……でしたよね。こんな場所で水着を脱いでいたのは、どういうわけですか？

兄上の指示だそうですが」

「あー、それは、その……」

「卓球のトレーニングだよ」

飲み物を配り終えた香織が、すかさず助け舟を出した。

「トレーニング？　水着で？　上に〝夜の〟がつくのではないでしょうね」

「今、真っ昼間だよ。水の流れに逆らってタオルを振り抜くことで打球により鋭い回転をかけるという必殺の練習法なのです。ねえ天馬？」

「ああ、昔テニプリで海堂（かいどう）先輩がやってたからな」

横たわったまま話を合わせる裏染。鏡華は疑いの目で柚乃を見つめた。細腕を推理の手がかりにされている気がして、思わず背中に手を回してしまう。

「……なんだか怪しいですけど、まあよしとしましょう。とにかく、袴田さんも野南さんも充分に気をつけてください。兄上は本当に身勝手で底意地が悪いんです。私はずっと見てきたんですから」

「余計なお世話だ。あと兄上とか呼ぶのやめろ。大河ドラマかお前は」

「お気に召さぬようでしたら〝お兄ちゃん〟と呼びましょうか」

「寒気がするな」

裏染は起き上がり、自分でカルピスを注いだ。冷凍庫から製氷皿を取り出し、慣れた手つきで二、三個コップへ落とす。ガラスとぶつかる氷の音は、風鈴の音色に似ていた。

「まあいいさ、悪口だろうが兄上だろうが許してやる。俺は今すこぶる機嫌がいいんだ。脳のつかえが取れた気分だからな」

「それを言うなら喉のつかえでしょうに。何を言ってるんだか……」

妹はあきれ顔だったが、柚乃にはその意味が汲み取れた。脳のつかえで正しいのだ。やはり裏染は、プールで決定的な何かに気づいたのだ。

「で、お前、今日は何しに来たんだ？」

兄に聞かれると、鏡華はカルピスを一口飲み——熱い茶を飲むときのように、手のひらをコップに添えていた——横に置いていた紙袋を持ち上げた。

「これ、またうちに届いていました。全部兄上宛です」

袋の口からは、今も部屋のあちこちに散乱している、ネット通販の小箱が覗いていた。

「ああそうか、悪い悪い。黒猫の配送所には話をつけてあるんだが他がどうもなあ」

何やら怪しげなことを言いながら袋を受け取る裏染。機嫌は、脳のつかえが取れたときよりもさらに数段よさそうだ。

続けて鏡華は、ビニール袋からタッパーを取り出した。

「こちら、母上から。筑前煮（ちくぜん）だそうです」

「おお、助かる」

半透明のケースを通して、筍や人参が見えた。兄の呼び方といい差し入れのメニューといい、裏染家はずいぶん古風な家柄であるようだ。そういえば、今朝の車内での朝食も赤飯だったし。

「あと、これも母上から。今月分の生活費です」

最後に封筒が差し出されると、裏染の顔は最上級の輝きを見せた。飛びつくように受け取ろうとするが、鏡華はすぐに手を引っ込める。

「念を押しますが、生活費ですからね。あまりくだらないことには使わないように」

「わかってるよ、大丈夫だ。金にはけっこう余裕があるから」

「本当ですか？」

幼い顔立ちが、また疑わしげに歪んだ。やりとりから察するに、彼女は裏染の副業については知らないらしい。「適当なことばかり言うのだから」と愚痴りつつも、鏡華は封筒を渡した。

「こんなところに住んでいるんですから、本当にちゃんと生活してくださいね。母上も心配しておられましたよ。ものを片付けるスペースがなくて困っているんじゃないかとか、エアコンが壊れて蒸し風呂になっているんじゃないかとか、冷蔵庫の中に味噌とジャムしかなくなってるんじゃないかとか」

「あー……うん、大丈夫だ。今のところは」

神がかり的な察しのよさに、さすがの裏染もたじろいだ。鏡華は散らかったままの部屋を見回し、

「この惨状を見る限り、大丈夫とは思えませんが……相変わらず、節操のない趣味ですね」

「お前に趣味がどうとか言われたかないな」

「兄上のごとき俗な人種には、私の趣味の崇高さが理解できないだけです」

「俺だって理解はあるぞ。最近も毎週見てるし。ごらく部のやつ」

「あれも確かに素晴らしいですけど、タイトルにゆるいと入っている時点で私の追い求めるものとは少し……。やはり姫子（ひめこ）と千歌音（ちかね）ちゃんのような趣（おもむき）深さがどこかにないと」

「そっちのほうが俗な気もするが」

一通りわけのわからない会話が続き、傍（はた）で聞く柚乃と早苗は、疲れたね、お腹空いた、などと言いながらお茶菓子の寒天ゼリーをかじる。

やがて鏡華は「やはり兄上とはわかり合えませんね」と結論を下し、腰を上げた。

「では、用は済みましたので失礼させていただきます。……あ、そうそう、もうすぐ新曲ができそうなので、完成したらまたお願いします」

「へいへい」

「香織さん、また一緒に遊びに行きましょうね」

「うん。待ってるよー」

「袴田さんも野南さんも、またいつか。あ、袴田さん、兄上のお詫びとして水着は私が洗濯し

ましょうか」

「いや、大丈夫です。普通に家で洗うから……」

それぞれに別れを告げて、裏染天馬の妹は部屋を出ていった。礼儀正しいのか、変わり者なのか、最後まで見極めはつかなかった。あるいは両方兼ねているのか。礼儀正しくて変わり者なのだ。

「鏡華ちゃんは相変わらず面白いねえ」

カルピス片手に、香織は満足顔だった。

「香織さんは、前から知ってるんですね」

「そりゃ何年も前から。よく三人で遊んだもんですよ。ねえ?」

いつの間にかベッドに戻っている裏染は、「忘れた」と言って壁のほうへ寝返りを打つ。

「いやー、なんか情報量が多かったな……」

これは早苗の感想。確かに、短い訪問で裏染家の背景がずいぶん見えた気がする。

緋天に通う妹、古めかしい家風、洞察力の鋭い母。生活費はやはり親からもらっているようだ。最後の「新曲」とはなんのことだろうか。まだ謎は多いが——

待てよ。

「すみません、ちょっとトイレに」

部室棟のトイレへ行くふりをして、柚乃は外に出た。

チャンスだ。そう思った。

周囲を探すと、校舎と校舎の間を歩いていく黒い姿がかろうじて見えた。プールでの疲労も忘れて、必死で追いかける。前庭を抜け、正門への坂道に入ったあたりで、ようやく声が届きそうな距離まで追いついた。

「鏡華ちゃん、ちょっと待って！」

小さな人影は振り返り、立ち止まる。木立の葉が網目模様の日陰を作るアスファルトの上で、二人の少女は向き合った。

「袴田さん？　どうしたんです？　あ、まさかあの水着を私に」

「いや、そうじゃなくて」

「では、アドレス交換ですか？　そうですよね、水着より先にまずお互いを深く知らないと」

「いや、それも後回しで……ちょっと聞きたいことがあるんだけど」

息を整えてから、柚乃は続けた。

「――お兄さんがあの部室に住んでるのって、どうしてなの？」

一番謎なのは、その点だ。

学校の部室に住んでいる。一駅の距離に家があり、家族がいるのに、エアコンが壊れようが冷蔵庫の中が味噌とジャムだけになろうが、頑として帰ろうとしない。肝心の家族もそのことを許容しており、生活費まで与えている。

こんなことは、明らかにおかしい。

以前裏染や香織に尋ねたときは、「いろいろあるんだ」の一言で切り捨てられてしまった。

いろいろとは、なんなのか。裏染の家庭はどうなっているのか。

知りたかった。

本心を隠し続ける彼のことを、少しでも知りたかった。

「あ、もちろん、話せないようなことなら別にいいんだけど……」

「袴田さんはご存じないんですか？」

意外というふうに、鏡華は目を丸めた。その反応は柚乃にとっても意外だった。

「普通に出入りしてスク水プレイまでしてるぐらいですから、とっくに兄上から聞いているものと思っていましたが」

「う、うん、実は知らないの。あと、あれはプレイじゃないから」

「教えてもらえる？」

とにかく、と一歩間を詰め、

「教えるも何も、理由は単純です。他に住むところがないからです」

「……え？」

夏の暑さを縫って、風が吹く。二人の間を雨の匂いが通り抜けていき、泳いだばかりの体に冷たさが甦る。

頭上で、葉がざわめいた。

「で、でも、住むところがないって、裏染さんにはちゃんとお家が……」

「ああ、それもご存じないんですね。兄上は家には帰れないんですよ。いえ、帰らない、というほうが正しいのかしら」

「どうして？」

鏡華は音符の髪飾りを光らせ、無邪気な笑顔のままで言った。

「兄上は、父上から勘当されていますので」

第五章　多すぎる容疑者と少なすぎる手がかり

1　狂乱家族実記

二度、三度とノックを繰り返しても返事がなかったので、柚乃はスペアキーで鍵を開けた。ドアを引くその腕は、サマーパーカーの長袖に包まれていた。

気温は秋口並み。空には薄く雲がかかり、太陽の猛威を遮っている。八月六日の午前は、昨日までが嘘のように過ごしやすかった。

部室の中も適温に戻っていた。ついでに家主の生活リズムも戻っており、毛布の下からはまだ寝息が聞こえる。電気ケトルのお湯でインスタントコーヒーを二人分淹れ、持参した食パンの袋を開けていると、その音で彼は目を覚ました。

「……今何時だ」

「十一時です」

「十一時……。で、お前はそんな朝早くから何してんの」

「朝食の準備です。あと、十一時は早くないです。昼前です。味噌とジャムしかないんで、ジャムサンドでいいですよね？」

「朝から甘いもんは食いたくないなあ」

「じゃあ味噌を塗りますけど」

「選択肢がなかった……」

のそのそとベッドから這い出て、裏染はちゃぶ台の前に座った。コーヒーをすすっても眠そうなままだ。頭の後ろのほうでは、寝癖が数本跳ねていた。

パンでイチゴジャムを挟んだだけの即席の朝食を、皿に載せて渡してやる。「耳取れよ」などと愚痴りながらも裏染は食べ始め、それから思い出したように顔を上げ、

「……え、ていうかお前何しに来たの？　朝飯作りに来てくれたの？」

「そんなわけないでしょ」

「そんなわけないよな。じゃ、なんだよ」

「えーと……」

言葉に詰まる。どう切り出せばよいのだろう。

「昨日、中途半端なまま解散しちゃったんで、言い逃したことがあるというか」

「言い逃したこと？」

「か、勘……」

「カン？」

「あー、いやその……」

やっぱり、やめよう。柚乃はうつむき、自分のマグカップへ息を吐いた。湯気が割れ、黒い水面(みなも)にさざ波が広がった。こんなことは、とても直接本人には言えない。

――裏染さん、お父さんに勘当されたって、本当なんですか。だなんて。


かん‐どう【勘当】①罪を勘(かんが)えて法に当てはめて処罰すること。②叱ること。譴責。③主従・親子・子弟の縁を切って追放すること。（広辞苑調べ）

今どき、現実ではほとんど耳にしなくなった単語だ。縁を切って追放する。裏染は父から縁を切られた。そしておそらく、「帰らない、というほうが正しい」という言葉から察するに、自らも縁を切ることを望んだ。他の家族とはまだ関係を保っているようだが、父と子は完全に決別した――と、思われる。

なぜ、そんなことに？　昨日、鏡華から事情を聞かされた柚乃は、さらに詰め寄ろうとした。しかし、叶わなかった。風が強さを増し、入道雲が近づいてきたせいだ。

夕立(ゆうだち)が来てはまずいと言って、彼女は早々に坂道を下っていってしまった（それでも、うきうき顔でアドレス交換することは忘れなかったが）。部室へ戻ると、香織と早苗も帰り支度を始めていた。柚乃が自宅へ辿(たど)り着く直前あたりで雨が降りだし、すぐに勢いは落ちたものの、その尾は深夜過ぎまでだらだらと長引いた。

おかげで今朝の涼しさがあるのだが、突然の夕立は柚乃に二度目のびしょ濡れをもたらし、同時に疑問へのわだかまりを残した。そして、考える時間も。

——住む場所がないから、部室に身を置いている。

当然といえば当然の理由なのに、柚乃は今まで気づかなかった。勝手に家を出て、勝手に学校に住み、けれど生活費は親に出してもらっているという、なんとも中途半端な暮らしぶりの駄目人間。両親も放任主義の変わり者。そんなふうに、裏染天馬とその家族のことを思っていた。

だが、父が息子を絶縁したのだとすれば。母と妹が密かに逆らい、家から追い出された息子を助けているのだとすれば。話はまるで違ってくる。

自分が見逃していただけで、事情の片鱗はそこかしこから覗いていたのだろう。改めて振り返ると、思い当たる点も多々あった。たとえば、柚乃が初めて裏染に協力を仰いだときのやりとり——六月末、体育館の事件の真っただ中で交わした、あの会話。

裏染の両親について「たぶんここに住むこと、認めてませんよね?」と尋ねたとき、答えたのは裏染ではなく香織だった。さらに彼女の答えは「そりゃ、普通認めないよね」という奇妙な含みのあるものだった。あれは、「普通なら認めないだろうけど、天馬の家の事情は特殊だから」という意味合いだったのではないか。

やっぱり勝手に家を出たんだ、と思い込んで柚乃が話を続けると、裏染は我慢の限界のように立ち上がり、「お前なあ……」と何か言いかけた。だがその直後、部長の容疑を晴らしてくれたら当面の生活費を払います、という提案を柚乃が出し、彼も口を閉じたので、言葉の続きは聞けなかった。

ひょっとしてあのとき、裏染は柚乃に反論しようとしていたのではないか。自分の気まぐれや我儘（わがまま）だけで家を離れた、という前提で話している柚乃に対し、怒りを燃やしていたのではないか。

あの日のふざけたやりとりが、急に真逆の側面を見せた。柚乃は三拍子そろった休日の終わりを、布団の中で頭を抱えて過ごした。自己嫌悪だ。

幸い、本人は生活費十万円ですべてを許し、まったく気にしていないようだったが、それでも謝っておきたい。そう思って二日連続で、朝から裏染を訪ねたのだ――が、

「カンがどうしたって？」

「……いぞくかん。水族館のことです。捜査はどうなったんですか？」

「ああ、それか」

パンまで買ってここに来たものの、やはりあと一歩は踏み出せなかった。代わりに柚乃は、もう一つの気になっていたことを尋ねた。

「昨日、プールで何かに気づいたみたいでしたけど」

「んー、まあ気づいたは気づいたんだが、そっから先がまた袋小路で……」

彼は目を逸らし、またコーヒーに口をつけた。昨日と打って変わって歯切れの悪い答えだ。

そのとき、ドアの外から軽いノックの音がした。トン、トトトトン、という独特のリズムは

香織が来た合図である。

入っていいぞ、と裏染が声をかけると、外からは驚きの声が上がった。

――て、天馬が日曜でもないのに午前中に起きてる！　そんな馬鹿な！

「独り言までやかましい奴だな」

鍵が開けられる音を聞きながら、裏染が言う。柚乃も香織さんらしいと苦笑した。

だが、彼女は一人ではなかった。

ドアが開くと、香織の背後にもう一人、背の高い男が立っていた。裏染がパンを喉に詰まらせるのもかまわず、彼は「邪魔するぞ」と吐き捨て、革靴を脱いで上がり込んだ。

仙堂警部だった。

2　経験上でも濃い死体

「新聞部行くついでにここ寄ろうと思ったら、たまたま校舎の前で会ってさ」

「校舎の前で……何か事件ですか？」

「無断で学校に住んでる馬鹿がいるって通報があってな」

仙堂は嫌味を返す。彼がここに来るのは二度目だ。最初は、体育館の事件が終わった翌日だった。兄と一緒に訪ねてきて、解決と引き換えに、住んでいる場所については「見逃してやろう」ということで手を打ったのだ。

「この前より散らかってないか？　ちょっとは片付けろよ」

「ですよね！　裏染さんほら、片付けろですって！」

「片付いてる。ものが多いだけだ」

裏染はあくまで言い張り、そして仙堂に、

「で、何か用ですか？」

「ああ……まあ、たいした用ではないんだが」

警部は、昨日よりもいっそうくたびれて見えた。目の下に隈ができ、髪の色とよく似合うグレーのスーツにも皺が寄っていた。柚乃が新たにコーヒーを淹れると「ありがとう」と受け取ったが、その声も心なしか弱々しい。

「エアコンの件で保土ケ谷署の白戸さんに連絡したら、やたら食いついてな。三時ごろ業者と一緒に来るそうだ」

「おおそうですか！　了解です、やっとこの灼熱地獄ともおさらばですね」

「今はそんなに暑くないじゃないですか」

「昼からまた三十度超えるらしいぞ」

柚乃が言い、仙堂が補足した。確かに天気予報では、午後からは真夏日並みとのことだった。

初耳の裏染はうんざりしたように顔を伏せる。

「最悪だ……」

「またどっかに避難してればいいじゃないですか」

「そうだよ天馬、水族館行こうよ！　今度はあたしも連れてってよ」

「お前、新聞部に行く途中なんじゃないのかよ」

「追加取材に行くって言っとけば大丈夫」

「倉町の苦労が察せられるな……で、刑事さん、用はそれだけですか」

裏染が顔を上げると、警部はまだ熱いはずのコーヒーを一口飲み、おもむろに胸元へ手をやった。写真の束と、数枚のビニール袋を取り出す。

「今朝送られてきた検死の結果だ」

「……わざわざ持ってきてくださるとは意外ですね。嫌われてるのかと思ってましたが」

「大嫌いだよ。さすが、鋭い洞察力だな」

また嫌味が返され、

「だがそれより、事件の解決が最優先だ。君のほうでも何か考えを進めているみたいだからな、意見を聞いといても損はないだろ」

苦々しげに説明する様子を見るに、兄たちの捜査は滞（とどこお）っているようだ。

「そういえば僕からも、ちょっとお聞きしたいことがあるんですがね。B棟のバックヤードの各部屋にあったものは、把握していますか？」

「もちろん、事件の直後に一通りは調べたが」

「しまったなあ、それさえ聞いてりゃ医務室での失敗もなかったんですが……まあいいや、事務室にタオルとか雑巾とか、何かを拭けるようなものがなかったってのは本当ですか?」

「事務室? ああ、確かになかったな。事務方の部屋はどこも簡素な造りだから、そういう飼育員が使いそうなものは一つもなかったぞ」

「そうですか。大変けっこうです。ありがとうございます」

船見が言っていた「事務室には拭くものがなかった」という証言の裏付けを取ったのだろう。

仙堂は納得いかぬ顔をしながらも、写真の束をちゃぶ台の上に放る。

「ほら、死体の写真と、発見された遺留品だ。見たいなら見せてやる」

「見たくないです」

「見ろよ! 流れ的に見るところだろ!」

「いやですよ、サメの腹から出てきた死体なんて……うわ、うわー、うわ……」

問答無用で写真が広げられると、裏染はうめきながらもそれに目を落とした。香織も背後から覗くが、すぐに顔を青くしてへたり込んでしまう。仙堂がいたわるように、

「かなり濃い死体だからな。女の子は見ないほうがいいぞ」

「男だって見ないほうがいいですよ、こんなもん」

「君はゲーム世代だから平気だろ。ゾンビと戦うやつとかやってるんじゃないのか?」

「やってませんよ。操作技術を要するゲームはできないんです。反射神経がないんで」

そんなやりとりをよそに、香織は「柚乃ちゃあん」とこちらの胸へ顔をうずめてきた。頭を撫でてやりながら、柚乃も怖いもの見たさで、端の一枚にだけ目をやった。

血まみれの腕が写っていた。地肌は真っ白で、昨日見たパネルの健康的な肌とは似ても似つかない。手首の太さにピタリと合った腕時計の針は、十時七分で止まっている。――水槽に落ちた時間だ。

「こっちの半分が、サメの胃から見つかった上半身。意外と原形を留めてるとこもあった。こっちは、水槽に残ってた下半身だ」

仙堂が解説を入れる。柚乃が見た腕は、当然〝胃の中〟のグループに入っていた。原形を留めていようがなんだろうが、もう充分すぎる。

目を逸らし、ビニールに入った遺留品のほうへ注意を移した。すっかりふやけきったメモ帳と付属の小さなペン。几帳面にバンドが切られた、今見たばかりの支給品の電波時計。そして、紐のついた小さな笛が二つ。

片方の紐は、赤色だった。

「水槽に落ちる前にすでに絶命していたことと、死因が首の傷だってことははっきりした。だがそれ以外は不明だ。裂傷が激しすぎる」

「この有様じゃそうでしょうね。こっちは遺留品ですか？　なんか笛が二本ありますけど」

「調教用の犬笛だ――一つは、滝野智香のものだろう」

柚乃は、昨日滝野が言っていたことを思い出した。たぶん雨宮さんが持っている、という予想は当たっていたのだ。

「ペンダントみたいに二つとも首にかけて、服の内側に入れてたんだろうな。胃の中で絡まり合ってたそうだ」

「……え、これもサメのお腹から見つかったんですか」

「ああ、もちろん。メモ帳はズボンのポケットに入ってたけどね」

けどねと言われても、これっぽっちも気休めにならない。ますます気分が悪くなった柚乃は、安息の場を求めて香織と抱き合う。

「メモ帳からは、この前の事件みたいに何か出ました？」

「だめだ。インクが溶けてて文字を読むどころじゃない」

「ま、そう毎回上手くはいきませんよね……」

裏染は顔をしかめながらも、一通り写真と遺留品の確認を終えた。仙堂は身を乗り出し、

「どうだ、わかったことはあるか？」

「ありませんね。気持ちが悪いだけです」

正直すぎるほど正直な答えだった。

「滝野の犬笛についてはどう思う？　意見を聞かせてくれ」

「さあ。滝野さんの言うとおり、雨宮本人がいたずらで盗んだのか、それとも犯人が盗んで、滝野さんが関係していると思わせるためわざと死体に持たせたのか。どちらとも言えません」

仙堂は先ほどの柚乃よろしく、コーヒーに大きくため息をついた。

「無駄骨か……。まあ、期待はしていなかったが」

「心外ですね。僕らのほうは、一応前進はしていますよ」

「こちらが前進してないみたいな言い方をするな」

「してるんですか?」

「……捜査本部では、今袴田が実験をやってる。トイレットペーパーが……」

「それ、最低ラインは八分ですよ」

ぶふ、と仙堂はコーヒーを吹き出す。

「調べたのか」

「プールでね。でも、いくら進もうがゴールが見えなきゃ同じことです」

捜査は進んでいる。容疑者は絞れている。——だがそこから先は袋小路で、犯人の正体はわからない。

裏染はちゃぶ台に頬杖をつくと、

「いやになっちゃいますね。容疑者が多すぎます。……もしくは、手がかりが少なすぎる」

そう言って憂鬱(ゆううつ)そうに、マグカップの残りを飲み干した。

もう、湯気は立っていなかった。

3 ショータイム前のショータイム

「で、なんでまたここに来てるんだ?」

一時間後。裏染は、アクリル越しにウミヘビと睨み合っていた。

「別にいいじゃんよ、涼しいんだし」

「事件の捜査だってここに来ないとできないですしね」

「捜査ったって、こんな中じゃ……」

裏染は水槽からその周りへと視線を移す。通路は人でごった返していた。小学生のはしゃぎ声、幼児の泣き声、おばさんグループのかん高い会話に、中高生の笑い声。それぞれが騒々しく混ざり合い、深海を思わせる雰囲気は遠浅の海水浴場へとなり変わっていた。

——B棟は依然封鎖中だが、今日から通常営業に戻るそうだ。

仙堂からそう聞いた柚乃たちは（主に香織が）いても立ってもいられなくなり、捜査に協力しますからという理由で裏染の手を引き、半ば無理やり警部の車に乗り込んで、今再びの丸美水族館へやって来たのだった。

殺人と事故が同時に起きたあとの営業再開。来館客は寄りつきにくいのでは。そう思っていたのだが予想に反して客は多く、エントランスには行列ができ、駐車場は空いている場所を探すのに手間取るほどだった。B棟に人が入れないぶん、ここA棟はいつも以上に大混雑である。

「やかましくてしょうがねえな。おい、どっかで休もう」

「柚乃ちゃんほら見て、ウツボだウツボ！」

「え、どこですか？　パイプの中？　あ、ほんとだ。なんか裏染さんに似てません？　目が死んでるとことか」

「ウツボにも俺にも失礼だな……お」

「やあ、探偵さん。今日もいらしたんですか」

人ごみを縫って、声をかけてきた人物が二人。今日も黄色いポロシャツ姿の和泉と、館長の西ノ洲だった。

「僕は探偵じゃないですけどね。営業再開、おめでとうございます」

「ええ、ありがとうございます。本当に皆さん大勢来てくださって……」

「ちょっと大勢すぎますよ。どっかに休憩できる場所とかないんですか」

「これからショープールに行くとこだけど、今日も来る？」

「い、い、行きます！」

和泉の提案に大声で答えたのは、未だイルカショックの影響濃い柚乃である。先日は叶わなかったイルカショーの取材ができるということで、香織も色めき立った。

「本当は、営業再開はまだ先の予定だったんですがね」

貝の標本が展示された新館への通路を歩きながら、西ノ洲は事情を語る。

「このまま閉鎖すると勘違いしたのか、地元の方々から何件も電話が来まして。寂しくなるからどうにか再開してくれ、と。それで、警察の方に無理を言って今日から営業したんですが……」

彼は新館ホールの盛況ぶりを見渡した。事件の対応に追われていたのか顔は二日前よりもやつれており、口髭も長さがそろっていないが、その表情は誇らしげだった。

集まったあらゆる世代の地元民たちは、ニュースを見て物珍しさで集まったのか、それとも別の理由か。

昨日整備中だった空の水槽の前に、今はレモンザメにも劣らぬ人だかりができている。水槽は天井から注がれる自然光で照らされ、その中を、白くかわいらしいバンドウイルカ――ルフィンが揺蕩(たゆた)っていた。昨日のうちにプールから移されたようだ。ときには手を振るようにヒレを動かし喝采を浴び、またあるときには、向けられたカメラにかまうことなく遠くを泳いで、笑いを呼んだりしていた。

横浜丸美水族館。

横浜港の端に建てられた、小規模な水族館。見どころは少なく、経営は苦しく、ガイドブックには丸美のまの字も見せず。しかし誰もが一度は行ったことがあり、市民たちの思い出には深く根を張っている。そんな水族館。

「あなどるな　丸美は予想の　上を行く……」

唐突に香織が、小さな声で、キャッチコピーのような川柳(せんりゅう)を詠んだ。

ちょうどショーの開始が近づいているらしく、ショープールの客席には続々と人が押し寄せていた。裏のホールディングプールに回ると、遊泳中のティコに再会できた。プールサイドには昨日と同じように芝浦がおり、なぜか壁際には津の姿まである。

「か、か、かわいい……」

生のティコを初めて見た香織は、柚乃と寸分違わないリアクションをしながら写真をバシバシ撮った。ちょうど雲が晴れ気温が上がり始めており、裏染の「暑い……」という言葉も昨日のとおりだ。

「お、探偵君たちか。今日は両手に花かい」

「そんなんじゃないですってば」

柚乃はもはや惰性となった否定をしてから、

「これからショーですか？」

「ああ、見ていくといいよ。といってももちろん、私は出ないけど。出るのは……」

芝浦は〈控室〉と書かれたドアを顎でしゃくった。赤いマリンスーツを着た滝野が出てくるところだった。

「すみません芝浦さん、今日も手伝ってもらっちゃって」

「いやいや、このくらいは……それより、本当に一人で大丈夫かい？」

「はい。雨宮さんにも大丈夫だってとこ見せなきゃならないし、それに……一人じゃなくて、ティコと二人ですから」

滝野は悠々と波を切る相棒を見やり、声が聞こえたはずもないのに、黒いバンドウイルカはキイ、と一声鳴く。

「まあ、いざとなったら周りにあたしたちもいるから」

和泉も胸を一叩きした。さらに、脇の階段を研修生の大磯とバイトの仁科穂波が下りてきて、

「音響、問題ないです」と簡潔に報告。柚乃たちの後ろからは水原が現れ、滝野に親指を立ててみせる。

「一応、言われたとおりステージに飾っといたから」

「すみません、ご迷惑おかけして……」

「いいっていいって。じゃ、がんばってね……あれ、津さん、こんなとこにいたの？　仕事しなさいよ」

「ショーを見たら戻りますよ」

「また、調子いいんだから」

雨宮と滝野のコンビで行っていたショーを、後輩一人だけになっても成功させようと、職員たちが総出になっている。香織はいたく興奮したらしく、「大見出しで載せますから！」と滝野の手を握っていた。

最後に、館長が腕時計を確認して「そろそろですね」とつぶやく。

「客席見ましたか？　満員ですよ。みんな応援しています。一つ、がんばってきてください」

「……はい」

滝野はうなずき、ティコにも「行こう」と犬笛で一声かけ、表のショープールのほうへ歩きだした。客席からはすでに、幾重にも重なった賑やかな声が聞こえている。

表へ繋がる扉をくぐる瞬間、もう一度だけ、「がんばって」「うん」というやりとりが交わされるのを、柚乃は目にした。

扉のすぐ脇に立っていたのは短髪寡黙の研修生・大磯で、それに応える滝野の横顔は、昨日と同じように、ほんの少しだけ赤らんでいた。

大磯は滝野を勇気づけるように一瞬だけ彼女の手を握り、またすぐに離れる。扉部分のくぼみで周りからは死角になっており、端にいた柚乃たちにしか見えないやりとりだった。

「……裏染さん、今の見ましたか？」

「今のって？」

「大磯さんと滝野さんが、手を取り合ってました……滝野さんの本当の恋人、大磯さんだったのかも」

「そうか。そういやあの二人も年近いしな」

「そうかって……もうちょっと驚かないんですか？　全然そんなふうに見えなかったのに。大磯さん自分で生真面目って言ってたし」

「本人が言うほど生真面目じゃないとは思ってた」

裏染は大磯を見ながら言った。彼はティコがショープールへ泳いでいくのを見届けてから、無表情のまま屋内のほうへ戻っていく。

「本当に生真面目な人間は、自分で自分のことを〝生真面目〟だなんて言わん」

「……さいですか」

「二人とも、早く行こうよ！　始まっちゃうよ！」

早くもカメラを構えて戦闘準備万端の香織が、呼びかけてくる。和泉や西ノ洲、津たちも表側へ回るところだった。裏染は壁の日陰を辿りながら、のそのそと動きだす。

「おかしな場所だな、水族館ってのは」

職員たちの背を追いながら、ぽつりと、彼の口から意味深な言葉が漏れた。


ショープールは客席にぐるりと囲まれた半円形で、水面は地面から一メートルほど高い位置にあり、アクリルを通して水中も覗けるようになっていた。その半円のさらに中心には、トレーナーが立つステージ。波のように凹凸がデザインされた周りの壁は海の色に塗られており、その背後に広がる本物の海や空と一緒に、統一感のある青い世界を作り出していた。屋根は客席の上までしかなく、プールの水面には陽射しが降り注いでいる。天気予報どおり、気温はすでに真夏日並みだ。

階段状に作られた席は、三百人ほどの来館者で埋まっていた。

席といってもプラスチック製の細長い板が延びているだけなので、それぞれ場所を詰めつつ、自由に腰かけている。柚乃と同年代の高校生たちや肩を寄せ合ったカップル、パンフレットを手にほのぼの語り合う老夫婦。一番目立つのはやはり家族連れだった。三歳くらいの男の子が席の後ろに売店を見つけて「ポップコーン食べたい！」と親にねだり、それより小さな赤ん坊は母の腕の中で突然泣きだす。そうかと思えば、端の席で一人黙ってカメラを構えるマニア風の男もいる。プールの周りには和泉や芝浦の姿が見えた。何かあったときのサポート役なのだろう。

軽快な音楽がスピーカーから流れ、滝野がステージに現れると、観衆は拍手でそれを出迎えた。柚乃たちは大歓声の中、どうにか最後尾に空いているスペースを見つけて、腰かけた。

「皆さん！　本日は横浜丸美水族館にお越しくださり、ありがとうございます」

滝野の声が響く。彼女は耳にマイクをつけ、腰には餌を入れた小型のケースを下げていた。ステージの端にはバケツと黄色いボールが置いてあり、その反対側にはイーゼルに立てられたパネルが一枚。

昨日見た雨宮の写真だ。結局、一番目立つ場所に飾ったらしい。

「それでは、皆さんと遊びたがっている私の相棒をご紹介しましょう――ティコ！」

前口上のあと、鋭く犬笛が吹かれた。すぐに水中からティコが現れ、挨拶代わりのジャンプを繰り出す。子供たちの歓声が一気に高まった。

「ティコは四年前に丸美にやって来た、メスのバンドウイルカです。好奇心旺盛で体が大きい、とっても元気な子なんですよ！」

言葉に合わせて、今度は客席のすぐそばで、ティコは宙返りをしてみせる。サメに引けを取らぬほどの巨体が円を描き、着水と同時に大きなしぶきが上がる。最前列にいた中学生くらいの少女たちは、びしょ濡れになったお互いを見合ってけらけら笑った。

「わあすごい！　すごいよ！　もう記事とかいいよ、二面は全部写真にしよう！」

新聞部にあるまじきことを叫びながら、香織はシャッターを切りまくった。裏染は「メスかあ。そういや原作でも赤ん坊産んでたな、まああれはシャチだが」と、しごくどうでもいいことに思いを馳せる。しかしそんな二人に挟まれた柚乃も、彼らに何か言えるのかというとそれどころではとてもなく、夢中でトレーナーとイルカのパフォーマンスに酔いしれていた。

テンポのよいＢＧＭに乗り、ティコは次々と芸を見せた。水面を走るように連続でジャンプし、一度潜ってから四メートルほどの高さまで跳び上がる。プールに投げられたボールを口先で持ち上げ、尾ビレで蹴ってステージに戻す。合間合間の背泳ぎやかわいらしい鳴き声にも観客たちは魅了された。滝野も大きな身振り手振りで、子供たちにもわかりやすくイルカの生態を解説する。

「──では次に、ちょっと難しい技にチャレンジしてみます。私も、皆さんの前でやるのは初めてです。ティコと一緒に、応援よろしくお願いします！」

ショーが中盤に差しかかってから、彼女はそう宣言した。脇に控えていた和泉は、驚いたような顔をする。予定と異なる行動なのかもしれない。

滝野は相棒に向かって犬笛を吹き、自らも水の中に入った。一瞬の間を、観客たちは見守った。ティコはプールの外周を回り込み、彼女のもとまでやって来ると、下から掬（すく）い上げるように深く潜り──

わあっ！

とたんに、ショープールを今日最大の歓声が包んだ。

ティコは滝野を背中に乗せ、そのまま猛スピードで泳いだのだ。

和泉が太い腕を思いきり動かして手を叩き、客席全体に大きな拍手を呼び込んだ。赤いマリンスーツの腕を高く上げ、滝野は満面の笑みを見せた。

パネルの中の雨宮と、同じ技だった。

「ずいぶんと盛り上がってるなあ」

背後で、毎日のように家で聞いている声がする。兄と仙堂が、立ち見でショーを眺めていた。

「刑事さんたちもショー見物ですか。暇ですね」

「お前こそ、捜査しますとか言っときながら遊んでるだろが。……雨宮の追悼式代わりだっていうから、見に来たんだよ」

「写真が飾ってありますよ」

裏染が示したステージ上のパネルを一瞥し、仙堂は眉をひそめる。

「理解しがたいな」

「お気持ちはわかりますよ。でも、ここはすべてが生き物中心に回ってますからね」

よくわからない言葉を交わす二人。柚乃は兄と顔を見合わせ、首をひねった。香織は一人、周りを気にすることなくシャッターを切り続けていた。メモリの容量は大丈夫なのだろうか。

ティコは相棒をステージへ送り届けると、餌をもらって再び水中へ潜る。大技を見事成功させた滝野は、気が抜けたように少し息切れ気味だった。そんな後輩を、写真の雨宮の笑顔が、「まだまだ甘いね」とからかっているように見えた。

ふと、柚乃は思う――誰かに似ている。

引き締まった美しい体。余裕の笑顔。人を食ったような性格。ついこの間も、そんな少女と戦った。

「……なんだか雨宮さんって、忍切さんに似てるかも」

「こんなときにあいつの名前を出すなよ」

ぽろりとこぼすと、すぐに裏染が反応した。「こんなとき」ということは、彼もそれなりに楽しんでいるのか。

「でも、ちょっと似てるかなあって思ったんですよ。余裕がありそうなところとか」

「余裕ねえ。あいつはまだ相変わらずなのか」

「相変わらずって？」

「女王気取りってこと」

「ああ……まあ、少しは……」

休憩時間も兼ねているのだろう、滝野はティコを好きに泳ぎ回らせ、イルカたちの持つ言語について紹介を始めていた。それを聞きながら、柚乃も裏染に練習試合でのエピソードを語る。愛知からわざわざやって来て、部長に挑戦状を叩きつける。後輩たちからは崇拝されており、実力は鬼のようであり、それでいて手を抜いたりこれみよがしに時間を計ったりと舐め腐った態度だったが、佐川部長を怒らせるためわざとやった――ような気がする。

「どうしようもない奴だな」

「い、いやそんなことは……裏染さん、人のこと言えないでしょうが」

というか、

「忍切さんのこと、よく知ってますよね。どういうつながりがあるんですか？」

「…………」

二日前の質問をぶり返してみたが、彼は答えず、柚乃のことは無視してスマートフォンをいじりだした。はぐらかし方が下手すぎる。

まさか、元恋人なんてことはないだろうが……。

ステージでは再びティコがジャンプを披露し、喝采を浴びていた。呑気なもので背後の兄も「おおーっ」と叫ぶ。わだかまりを残しつつ、柚乃もティコへ拍手を送ろうとした。

そのときだった。

「……ちょっと待てよ」

裏染が、立ち上がった。

一番後ろの列なので、注目した人間は誰もいなかった。滝野もこちらに気がつくことなく、ティコと一緒にショーを続けていた。ただ、すぐ隣の柚乃だけがそれを見た。

――見開かれた目の奥の、黒い瞳。

「……裏染、さん？」

「ちょっと待て、ちょっと待てよ。ちょっと待て……」

割れるような歓声の中、彼は静かに思考する。視線は、一直線に雨宮の写真へ向けられていた。兄がいぶかしげにその様子をうかがい、香織もようやくファインダーから目を離し、「どしたの？」と一言。

「そうだ……そうだ、だからつまり……いや、でも証拠はどこにも……いや待てよ……」

「裏染君、どうかしたのか？」

「天馬？　もしもーし、天馬？」

「あの、裏染さん？　とりあえず目立っちゃうんで、座って……」

「モップだ」

「え？」

「モップだ！」

柚乃の努力虚しく、その叫び声で観客たちは一斉に振り向いた。滝野も驚き、和泉や館長たちも固まった。アンコールのボールキックに挑戦しかけていたティコは、投げられたボールを取り落とした。

突然の大声のあとの、気まずい沈黙。

しかしそれらにはまったくかまわず、裏染は、

「三人……いや、あと二人だ」

と言い、席を離れて駆けだした。

「ちょ、ちょっと裏染さん！」

慌てて柚乃と香織もあとを追う。刑事たちも「あいつはいったいなんなんだ！」という警部の怒号とともについてくる。

裏染はショープールを出ると新館のホールを横切り、A棟のほうへ向かった。サンゴ礁と熱

帯魚、小さなタツノオトシゴ、そしてルフィンの白い姿などが、走る視界の横を次々流れていく。ほとんどの来館者がショーを見に集まっていたので、館内はひっそりして、青い深海の趣(おもむき)を取り戻していた。その仄(ほの)かな光の中を、柚乃たちは駆け抜けた。裏染は始終首をキョロキョロと動かし、何かを探しているようだった。

「大磯さん！」

エントランス近くまで戻ったとき、彼は目当ての人物を見つけ、足を止めた。先ほどプールで思わぬ一面を見せた青年は、代田橋と一緒に今日も右手にバケツを下げて、大水槽の前を歩いていた。

「……なんですか？」

「あ？　お前ら今日も来たのか？　ったく、忙しいんだから余計な手間は……」

「一つだけ、お願いが、ありまして」

代田橋の愚痴はスルーして、裏染は大磯だけに話しかける。体力がないくせに走ったものだから、今にも倒れそうに胸を押さえていた。追いついた柚乃が「大丈夫ですか」と聞いてみると、手のひらを突き出された。心配ないという意味だろうか。

「お願い？」

「ええ。——僕と、握手してください」

裏染はそう言って、柚乃のほうへ突き出していた手を、そのまま大磯の前へ回した。大磯は一ミリも納得いかない顔をしながらも、バケツを持っていないほうの手を伸ばす。

裏染の細腕と、二回り以上太い筋肉質な腕とがつながれた。

「……ありがとうございます。どうぞ、お仕事がんばってください。彼女にもよろしく」

握手を終えると、彼はすぐさま二人を追いやった。大磯は耳を真っ赤にし、代田橋は「わけがわからん」と口をへの字に曲げたまま、通路の奥へ去っていく。

柚乃たちにも、わけがわからなかった。

「今の握手は、何か意味があるのか？」

大水槽の魚たちを背景に、仙堂が尋ねる。

「もちろんです、顔が赤くなってたでしょ。これで彼は人参になりました」

「あ？」

「冗談ですよ。大丈夫です、意味はありました。とても重大な意味が」

裏染の表情は満ち足りていた。

「さて、僕は一旦部屋に戻ります。エアコンの取りつけ工事がありますからね。お兄さん、もう一度あの羽取とかいう人を呼んでもらえます？」

「え？」

「それと、いくつか頼みがあるんですが、まあそれは吾妻さんでいいかな。あとで話し合いましょう……ええと、ここの閉館時間は何時だったっけ？　香織、わかるか？」

「五時だよ」

「なら五時半に集合ということにしましょう。刑事さん、きちんと全員集めといてくださいね。

ああ、ついでだから新聞部の連中にも連絡を……」

「あの、ちょっと待ってください」

今度は柚乃が手のひらを突き出す番だった。

「なんとなく、犯人がわかったみたいな雰囲気になってるんですけど、まさかそんなことは……」

「わかったよ」

「なんだと！」

警部が絶叫し、一足飛びで裏染に詰め寄る。

「ほ、ほ、本当か？　また嘘でしたとか言うんじゃないだろうな？」

「いえ、本当です。今までは仮説でしたが、今回はすべて事実に基づいてます。間違いありません」

「御託はいい！　誰がやったんだ！」

「わかったって言ってるんだから落ち着いてくださいよ。とにかく、僕は部屋に戻りますから。制服も着てこないといけないし」

「制服？」

「ええ。さっきのショーを見てたならわかるでしょう？　ああいうものは、見映えがよくないといけませんから」

肩をつかんだ仙堂の手を振りほどくと、裏染は散歩するようにぶらぶらと歩き、エントランスのほうへ向かった。

「ちょ、ちょっと待ってくれ。どうして犯人がわかったんだ？」

兄が問いかけると、彼は振り向いた。

淡い水槽の光に照らされたその姿は、どこか神秘的だった。

「モップですよお兄さん。モップとバケツと、いくつかの手がかりと……あとは、古くさい論理の問題です」

読者への挑戦

〝謎を解く人〟を推理小説における主人公と定義するのであれば、推理小説には常に二人の主人公が存在しうる。一人は作中に登場する探偵役であり、もう一人はいま本を開いているあなた自身、すなわち読者である。前者の準備は整ったようなので、後者の準備をうながすため、形式的ながらここに〈読者への挑戦〉を挟むこととする。挑戦というとどうも押しつけがましい印象だが、要はちょっとした選択肢の提示にすぎない。

ここまで物語を読み進めたあなたの前には、謎解きのための材料が、すべてあからさまな形で出そろっている。特殊な知識・技能がなくとも、それら手がかりの一つ一つをごく当たり前に分析し、整理し、論理と常識でもって考えていけば、結局はこれしかないと納得のいく明確な答えを導き出せるはずだ。

したがって、あなたは探偵役になることができる。裏染天馬の推理と同じ道筋を辿り、解決編に先立って、雨宮茂を殺害した犯人の名前を言い当てることができる。

それが義務というわけではない。何しろ現代人は忙しい。多くの読者はいちいち本を読み返すのが面倒だと考え、こんなページは無視してさっさと第六章へ進むだろう。私でもそうすると思う。だが万が一、あなたたちの中に暇を持て余した探偵志願者が交じっていたら。「これも一興」と乗り気になる奇特な読者がいたとしたら。少しだけ立ち止まって、ぜひ謎解きに挑戦していただきたい。

なぜならあなたは、もう一人の主人公なのだから。

青崎有吾

第六章　黄色いモップと青いバケツ

1　ここから解決編

閉館後の水族館は、静寂に包まれていた。

つい三十分ほど前まで館内を賑わせていた話し声も笑い声も嘘のように消え去り、バックヤードから響いてくる機械音だけが低く漏れ聞こえていた。ここ、B棟の小ホールに集められた職員たちもお互い言葉を交わすことはなく、黙って目の前の、幽霊のようなクラゲの動きを眺めていた。

彼らはそれぞれ、刑事たちから指示されるまま、会議室から運び出された椅子に二列になって腰かけていた。そわそわと体を揺らす和泉と、怒ったように腕を組む代田橋。大磯はおとなしく沈黙し、ショーを無事に終えた滝野は、疲れが出たのか少しぐったりしている。老齢の芝浦は一番端の席で、痩せた体をさらに小さくしていた。

相変わらず困ったように眉を曲げた船見と、神経質に眼鏡を直す副館長・綾瀬。パーマの毛先をいじくる水原に、今にも泣きだしそうに瞳を潤ませたバイトの仁科穂波。水槽を見つめたままじっと動かない緑川もいる。その横の津は、無表情でグレープ味のキャンディーを口に放っていた。はみ出た席には、おまけのように西ノ洲館長と、サメ担当の深元が座っていた。

その職員たちの横顔を見るように並んで、閉館後も館内に残った例外が数名。三日連続で水族館に来ている柚乃と、メモ帳を握りしめた香織。さらに、合流した新聞部メンバー・倉町と池。後ろには兄と仙堂、そして磯子署の捜査員たちもいる。いつでも動けるよう、刑事たちは椅子にはかけず、直立不動の姿勢を維持していた。

思い思いの態度を取りつつも、職員たちは一様に緊張の面持ちだった。仙堂からは「アドバイザーが捜査の総括を行うそうです」という極めて曖昧な情報しか出ていない。何が始まるのかと怪しむ疑念が、小さなホールを包んでいた。柚乃はそんな彼らの様子を見ながら、ショーの最中に裏染と仙堂が交わしていた、あのやりとりを思い出していた。

雨宮の追悼写真を見て、警部はこう口にした。「理解しがたい」と。今、この空間でなら、それがわかる気がする。

何人もの力を合わせて復活させたイルカショー。「雨宮さんに大丈夫だって見せないと」とはりきっていた滝野。しかし、そこには一つの違和感がある。

あの場にいた彼らは、数限られた容疑者なのだから。職員たちの中に、必ず雨宮を殺した犯人がいるはずなのだから。——雨宮の笑顔に見守られたショーのさなかで、犯人もまた、ほくそ笑んでいたのかもしれないのだから。

すべてが生き物中心に回っているからしかたない、と裏染は言っていた。その前に、水族館はおかしな場所だ、とも。

閉鎖したって餌をやりに来るし、イルカが運動不足だったらプールで遊ばせてやる。生き物たちを見に来るお客が集まれば、ショーだって行う。殺意にまみれた〝人間の事情〟は、この水の館の中では常に隠され、追いやられる。

嘘をつかない生き物たちのために、人間たちが嘘をつく。

急に、それまで楽しんでいた水族館の光景が一変した。昨日、鏡華から話を聞いたときと同じ感覚だった。水の動きに心がざわめき、夜に似た青い照明が恐怖をかき立てた。

海は美しいだけではなく、どこまでも深く、恐ろしい。

真夏なのに鳥肌が立って、柚乃は腕をこすった。何に対する寒気かはわからなかった。水族館の殺意に対してかもしれないし、それをあの、燦々と降り注ぐ太陽の下で言い当てた裏染に対してかもしれない。

相変わらずだ。柚乃には、彼の見ている景色が見えない。彼の裏側がわからない。

彼は、見つけたのだろうか。

隠された殺意の場所に、辿り着いたのだろうか――

「五時半だ」

目の前に座っている芝浦が、腕時計を見て言った。

同時に、サメ水槽横の通路から、裏染天馬が現れた。

正装しているという点は前回と変わらない。紺色のブレザー、首元まで締めた深緑のネクタイ、襟元の校章とグレーのスラックス、そしてローファー。風ヶ丘高校の制服をしっかりと着込んでいる。ただ今回は、前回よりも大荷物だった。〈床掃除用〉と書かれた青いバケツの持ち手を腕に通し、その手に黄色い柄（え）のモップを持ち、もう片方の手でキャスターつきのホワイトボードを押していた。

「ちょっとどいてくれ」

端に座っていた柚乃の背後で、そう指示する。椅子を香織の側へ引こうとしたとき、通路からもう一人、ちぢれ毛の男が走ってきた。磯子署の吾妻である。

彼は裏染のもとまで来ると、息をぜいぜい吐きながら一言報告した。

「調べました。クロです」

「そうですか。どうも」

薄い反応をし、裏染はそのままクラゲ水槽の正面へ。吾妻は兄の隣に並んだ。息はもう、元に戻っていた。

ホワイトボードを見やすい位置に設置し、バケツとモップを床に置くと、裏染は「さて」と手を打ち合わせた。

「皆さん、お仕事ご苦労様でした。お疲れでしょうから、さっさと終わらせましょう。——雨宮さんを殺した犯人がわかりました」

話し始めて五秒で、職員たちは一斉に驚きの声を上げた。

「わ、わかったんですか！　本当に？」

「わかるわけないよ」

館長が叫び、津は鼻で笑う。

「いいえ津さん、わかりましたよ。犯人の正体だけじゃありません。どうやって殺し、現場でどういう行動を取り、どうやって逃げたのか。僕にはすべて手に取るようにわかっています」

「……ずいぶん自信ありげですね。僕が調べた限りだと、犯人につながるような手がかりはまったくなかったはずですが？　現に警察だってお手上げで……」

「おっしゃるとおり、手がかりは少ない上に非常に細かいです。ですが、犯人につなげることはできました。それをこれからご説明しましょう。一つずつ、着実にいきます。反論があったらご自由におっしゃってください」

確かに裏染の言葉は、自信ありげだった。津はしぶしぶ脚を組み、「そこまで言うなら聞いてやろうじゃないか」という態度を取る。

「他の皆さんも、よろしいですね？　では始めましょう」

裏染は勢いよく、ホワイトボードを回転させた。

裏面に書いてあったのはB棟バックヤードの見取図と、十一人の容疑者の名前。そしてその上に、太字で講義のテーマ。

彼はポケットからマーカーを取り出すと、ペン先のキャップでそれを叩き、読み上げた。

「――〈誰が、雨宮茂を殺したか？〉」

謎解きが、始まった。

「まず、根本的なところからスタートします。八月四日九時五十分、雨宮さんはこの〈A〉のドアからサメ水槽の中へ、書類を持って入っていった。そして十時七分、首から血を流した状態で突然サメ水槽に落下。新聞部が一分と経たぬうちに現場へ入りましたが、そこにはすでに誰もおらず、キャットウォーク上は血の海と紙にまみれ、そこから足跡が伸びていた。間違いないな？」

香織たち新聞部は、そろって首を縦に振る。

「その後警察の調べも入り、タオルの巻かれた凶器がキャットウォークの一番奥に置いてあったことや、血のついたモップがロッカーに隠されていたことがわかりました。雨宮さんが落下時に首を切られていたことと、不自然な現場の惨状、離れた場所の包丁に、血のついたモップ。そして何より、現場から立ち去る一筋だけの足跡。これらのことから、疑いの余地なく、雨宮さんは何者かによって殺害された、と見ることができるでしょう。どうですか？」

尋ねられたのは仙堂である。彼も黙ったままうなずいた。

「さて、殺人であることははっきりしました。それでは本題の、誰が殺したかを考えてみましょう。B棟の出入口はすべてカメラで見張られています。九時五十分から十時七分までの間、B棟に出入りしたのは館長と新聞部だけです。しかし彼らが殺人を行うにはB棟内にいた時間が短すぎますし、ボイスレコーダーの録音記録もありますから、その四人は最初から除外していいでしょう。……となると、その時間帯、B棟の中にいた人間にのみ犯行が可能だったことになります。どうですか、吾妻さん？」

「はい。カメラに館長さんたち以外の出入りは映ってませんから、間違いなく……」

「要するに、俺たちが怪しいってことだろ」

磯子署の刑事の言葉に、代田橋がかぶせる。

「嫌味ったらしい言い方しやがって」

「順序よく進めてるだけです。まあ、あなたの言うとおりですけどね。容疑者はそのときB棟内にいた、この十一人と決まりました。――つまりは、皆さんの中の誰かです」

裏染はペン先で十一人の名前を叩き、たいして感情を込めずに言った。

容疑者たちの緊張は、まだ解けない。

「では、さらに問題を絞りましょう。あなた方の誰がやったのか？　十時七分の時点でアリバイのない容疑者は一人もいませんでした。これでは不可能犯罪になってしまいますが、捜査の結果、犯人が簡単なアリバイトリックを用いていたことがわかりました」

裏染はご存じない人のためにと、手短にトリックを解説する。最初トイレットペーパーと聞いて首をかしげていた職員たちも、話が進むにつれ納得の色を見せた。

「……というわけで、犯人は十時七分よりも前に現場を離れることが可能だったわけです。このことから何がわかるかというと、七分のアリバイが無意味になるのはもちろんのこと、犯人に協力者はいないということがわかりますね。アリバイを証言してくれる共犯者がいるなら、わざわざトリックを仕掛ける必要はありません」

　裏染はさらに強く、容疑者たちの名前を叩く。

「共犯ではない。とすれば、単独犯です。この時点で、可能性は十一分の一に限定されました。あなた方の誰か一人のみが、雨宮さんを殺したわけです」

　そう、ここまでは柚乃も聞いていた。確率は十一分の一。だが問題はその先だ。

　どうやって、分母を減らしてゆくのか？

「問題がはっきりしたところで、現場の〝血の海〟に着目しましょう。事件が起きた直後、キャットウォークの床には血と紙と水が散乱していました。血は雨宮さんの死体から流れ出たもので、紙と水はアリバイトリックのカモフラージュのためにわざと撒(ま)かれたものでした。水はサメ水槽のものと成分が一致しましたが、サメ水槽の水はキャットウォークの開口部からしか汲むことができません。深元さんならよくご存じですね？」

「ああ。他の場所からだと、水面が遠すぎるから」

　と、角刈りのサメ担当者が答える。

「しかし、犯人は最終的に開口部をトイレットペーパーで固定したわけですから、水が汲まれたのはそれよりも前のはずです。とすると、あの状態を作るには、まずキャットウォーク内に紙を撒いて排水口を詰まらせ、サメ水槽から水を汲み、開口部に死体を寄りかからせてトイレットペーパーで固定する、という流れ以外考えられません」

　裏染はマーカーを弄(もてあそ)びながら続ける。

「そうやってキャットウォークを血の海にした犯人ですが、一つの弊害が生じました。濡れた紙の上を通ると、どうしたって足跡が残るのです」

彼は足跡という言葉を印象付けるように、実際にホワイトボードの周りを歩きだした。柚乃はキャットウォークの写真を思い出した。

まるで、血まみれの雪原を歩いたような。濡れた紙の上につけられた、足跡。

「足跡は一筋だけで、キャットウォークの中間地点から始まっていました。そこからつながるリノリウム部分の足跡にも血と紙がついていました。血と紙は、先ほど説明した一連の作業のあとでキャットウォーク内を歩かぬ限りつくはずがありません。したがってあれらの足跡は、犯人が現場を出ていく際につけたものだと断定できます。加えて言えば、犯人は一度出たきりキャットウォークに戻ったりはしていません。戻ってきたなら、濡れた紙の上に他の足跡がつくはずだからです。刑事さん、ここまではよろしいですか？」

「よろしいも何も、わかりきったことだ」

仙堂は険しい顔でうなずいた。

「一応、根拠を明確にしたまでです。では次に、キャットウォークを出ていく犯人が持っていたものを考えてみます。犯人は少なくとも三つの品を持っていたはずです。トイレットペーパー、掃除用のバケツ、そしてモップ。トイレットペーパーはポケットにねじ込み、バケツとモップは両手に持っていたのだと思います。トイレットペーパーとバケツはいわずもがな、アリバイトリックのために必要不可欠でした。モップについても血と紙の繊維が付着していましたから、現場に持ち込まれたことは明白です」

「ちょっと待った」

職員の中から手が上がった。津が、初の反論を唱えようとしていた。

「血とか紙とかはキャットウォークの入口まで押し寄せてたんでしょ？　じゃあ例えば、掃除ロッカーから持ってきたモップを入口付近の血に浸して、また戻しておいたらどうです？　これならキャットウォークの中に持ち込まずとも、血と紙をつけられますよ」

裏染は、「いいえ」とさらに反論する。

「僕はモップで実験をしてみました。血をつけるだけなら確かにその方法でも可能ですが、紙の繊維までつけるとなると、かなり強く押しつけないといけません。そうすると、紙の上にも破れたような跡が残るのです。しかし向坂さんが撮った入口の写真には、足跡以外何かを押しつけたような跡は残っていませんでした。実験の精度については袴田妹が保証してくれるでしょう」

裏染は柚乃たちのほうへ手をやる。柚乃は「間違いないです」と答えた。昨日の朝の、モップ掃除に見えた実験の意味がようやくわかった。

しかし裏染、香織のことは「向坂さん」と呼んだのに、柚乃はこんなときでも「袴田妹」なのか。

「……わかりました」

津が異議を取り下げると、裏染はホワイトボードの前まで戻ってきて、薄く笑った。

「さて、話をまとめましょう。犯人はモップとバケツをキャットウォークに持ち込んだはずである。そして足跡が一筋しかなかった以上、キャットウォークを出ていく時点で、必ずモップとバケツを持っていたはずである。……この前提が、重要なのです」

2　血と水ともう一つの何か

モップとバケツ。裏染は最初から、この二つ――特にモップが、鍵を握る手がかりだと指摘していた。現に昨日の車内でもこの二つを元に容疑者を特定してみせ、さらに、まだ話していない核心部分もあると言っていた。

もっとも、あれは結局、医務室での失敗によってすべて無駄になったらしいのだが……それとも、まだ生きているのだろうか。

柚乃は、裏染の言葉を待つ。背景では、クラゲたちが無重力の世界を漂っている。

彼は話しだす。

「モップとバケツは、なぜ現場に持ち込まれたのか？　バケツは水を汲んだり、凶器を中に隠したりするため。モップは掃除係に見せかけてバケツをカムフラージュするため……と、僕は昨日刑事さんたちに話しました」

「あの推理ははずれてたんじゃないのか？」と、兄。

「半分当たりで半分はずれってとこです……が、今は犯行前の話は置いておきましょう。犯行が終わったあとから始めます」

しゃがみこみ、モップとバケツを両手に持つ。

「犯人はモップやバケツを持ってキャットウォークを出たあと、どうやら壁際の水道で血のついたモップを軽く洗い、排水口にその水を流し、モップとバケツを掃除ロッカーに戻したようです。さらにそれから引き返し、ゴム長を棚へ、手袋を予備水槽の中へやって、おそらくはこちらの〈B〉の出口から、トイレットペーパーを隠すために逃げたのだと思われます。いかがですか、刑事さん？」

キーパースペースのトイレ側のドアを指しながら、また仙堂に尋ねる。彼は渋ることなく同意した。

「ですが、あの水道は壊れて、水が出なくなっていましたね。どうやってモップを洗ったのでしょう？」

「バケツの水だろ」

「そうですお兄さん、バケツです。犯人はバケツに水を一杯汲んでからトリックを仕掛け、そのまま外へ持ち出したようです。そのことは足跡の左側に残っていた水滴が証明しています」

裏染はしゃがみこみ、バケツの中から五〇〇ミリリットルの水のペットボトルを一本取り出した。体育館のときと同じくやはり持っていたか。

蓋を開けるが飲むことはせず、そのまま空になったバケツへ、半分ほどの量を入れる。彼はそれを持ち上げた。数秒経つと、バケツの底から通路のマットの上にポタリと水滴が垂れた。

「ご覧のように、掃除ロッカーの中のバケツにはヒビが入っていました。そのせいで、水を入れると一滴ずつ中身が漏れるのです。これは深元さんを始め、あのキーパースペースで仕事をしたことのある皆さんならよくご存じでしょう」

飼育員たちはお互いの顔を見てうなずき合う。吾妻も脇から補足を入れる。

「そもそも、水滴の水もサメ水槽のものと一致しましたし、血液も検出されましたからね」

「そのとおりです。ですから、あの水滴はバケツから漏れたものだと断定でき、したがってバケツには水が入っていたとわかるわけです。

話を戻しましょう。犯人は、バケツの水でモップの血を洗い、水道の流し台に流した。それは、排水口から血液と紙の繊維とサメ水槽の水の成分が検出されたこと、流し台に洗ったあとのモップを振って乾かしたようなしぶきが散っていたこと、バケツの内側から血液反応が出たことなどからわかります。しかし——そうなると、ちょっと妙な事実が出てきます」

「妙な事実？」

綾瀬が聞き返す。裏染はそれに応えることなく、手に持っていたバケツを置いた。代わりにモップを手に取ると、撚り糸の部分をバケツの中へ入れ、

「モップをバケツで洗うときは、このようにしますね？」

当たり前のことを、確認した。

「普通は、誰でもこうします。バケツを傾けて水をモップにかけるという方法もありますが、

その場合はバケツの内側に血がつくことはないので、今回はありえないでしょう。犯人は間違いなく、こうしてモップを洗ったのだろうと思われます」

言葉に合わせて、モップがバケツの中でガタガタ揺らされる。警部は「わかりきってるだろう」とまた不満顔。

「そうですね、わかりきっています。ではもう少しだけ、そのわかりきった事実について考えてみましょう。犯人はモップの血を、バケツの水に浸すことで洗った。——どの場所で、その行為を行ったのでしょうか？」

「どの場所？」

兄は柚乃の後ろで手帳をめくり、

「どの場所って、水道のとこじゃ……いや待てよ、水滴に血が混じってるから……」

「お兄さんさすがです。そう、ここで一度、水滴の事実について振り返りましょう。バケツから漏れた水滴は、足跡に沿って水道まで続き、水が流されたその先にはもうない。水滴からはどれもサメ水槽の成分が検出され、さらに途中からは、わずかに血も混じっていました。いいですか、途中からというのがミソです。

水滴からも血液が検出されたということは、親元のバケツの水に、希釈しきれぬほど大量の血液が混じったことを意味します。そしてそれは、キャットウォークを出た最初からではなく、途中から——この、突如足跡が曲がったあたりの、バケツを置いた跡がついた地点から始まっているのです」

裏染はペンのキャップを取り、見取図のキーパースペースに書き込まれた足跡の、水道とキャットウォークのちょうど中間あたりに赤く印をつけた。

「つまり、そこでモップが洗われたわけだな」

腕を組み、仙堂が言う。

「犯人はその地点で一度バケツを置き、モップを水に浸した。そのときバケツの水に血が混じり、水滴からも血液反応が出るようになった」

裏染はこくりと首を振ってから、

「ですが――ここにもう一つ記号を加えると、妙な事実が生まれます」

「なに？」

クラゲとリズムを重ねるように、ゆっくりとペンを下にやり――

彼は見取図の水道の横に、もう一つ、赤く小さな長方形を書き込んだ。

とたんに仙堂の顔から皺が消え、呆けたように口が開かれた。

「いいですか皆さん。水道の横にはこのように、べっとりと四角い血痕が残っていました。例に漏れず、ちゃんと紙の繊維もくっついていました。間違いなく、モップが床に置かれた跡だと思われます。血液が付着していた証拠品の中で、他にこんな跡をつけられるものは存在しません」

裏染はモップをバケツから出し、撚り糸の部分をマットに押しつけた。血ではなく水だったが、言葉どおりの四角い染みが残る。

「しかし。今証明したように、モップがバケツの水に浸されたのは水道よりもはるかに手前のはずなのです。この中間地点のはずなのです。当然、水に大量の血液が混じり、さらには水滴にも血が混じるほどにモップを浸していれば、そこについた血はほぼ落ちてしまうはずです。そう、まさに掃除ロッカーから発見されたときの、あのような状態になっているはずです。そして、いいですか、水道よりも手前でモップの血が落ちていたとしたら、水道の横に血痕が残るはずないんです」

語気が強められるにつれ、職員たちにも驚嘆が広がった。和泉は身を乗り出し、穂波の顔からは血の気が引いた。

「これは明らかに矛盾しますね。どういうことでしょうか？　水道横の血痕は、モップのもので間違いないと思われます。ということは、犯人が水道に辿り着いた時点で、モップにはまだ血がべっとりとついていたわけです。……では、水滴のほうの血はなんなのでしょうか？　犯人はいったい、この中間地点で、何についた血を洗ったのでしょうか？」

そこまで言うと、裏染は小休止を挟んだ。ペットボトルを手に取り、水を飲む。

再び、静寂がホールに訪れた。誰も喋る者はいなかった。

全員、じっと黙って、探偵役の講義に聞き入っていた。

喉を二、三度蠕動（ぜんどう）させ、ペットボトルを床に置いてから、彼はまた語りだした。

「……僕は最初、キーパースペース内を細かく観察したときに、モップの血痕を見て少し不審に思いました。バケツでモップを洗い、水を流す。その常識的な行動の中で、流し台の横に洗う前のモップを置く意味があるでしょうか？　流し台か床にバケツを置き、そこにモップを突っ込む。これだけでことは済むのに、なぜその前に一度モップを置いたのでしょうか？

僕は、犯人がモップ以外の何かを持っていて、それを両手で洗う必要があったのではないかと想像してみました。仮定にすぎませんでしたが、お兄さんに借りた手帳を読むと水滴の途中から血が検出されたと書いてあります。これではっきりとわかりました」

柚乃は思い出す。二日前、アリバイトリックを暴いたあとに現場を歩き回っていた裏染。水道を観察し、手帳を見返してから、「水滴。水。血。血痕」とはっきり声に出していた。

「犯人はモップの他に血のついた何かを持っており、それをバケツで洗った。あとからモップを洗ったのは、その血をごまかすためかもしれません。まあ、理由は今は置いておきましょうか。とりあえず、その〝モップ以外の何かとは何か？〟について考えましょう。

キーパースペースの中からは、一階からも二階からも、他にルミノール反応の出たものは見つかりませんでした。つまり、血を洗った痕跡のあるものはなかったということです。現場に残されていないなら、犯人が持ち去ったに違いありません。

なぜ持ち去ったのでしょうか？　当然それが犯人にとって重要なもので、置いていっては怪しまれる、もしくは、それをなくしては怪しまれるからです。犯人にとって必要不可欠で、殺人現場にまで持ち込むほどで、かつ大量の血液が付着しうるものとはなんでしょうか？」

裏染は職員たちを見回し、ブレザーの襟を引っ張って、言った。

「僕は、服だと考えました」

なるほど、服なら今挙げられたすべての条件が満たされる。血がつくのも納得だし、だからといって置いて逃げたらすぐに特定されてしまう。何より、逃げたあとに裸では怪しまれる。

そう考えて、柚乃にもようやく、裏染が二日前にこだわっていたことの意味がわかった。黄色いポロシャツ。更衣室。職員たちの様子――

「仮に犯人の服の袖なりズボンなりに、血がついていたとしましょう。キャットウォークを出たあとそれに気づき、慌ててバケツを床に置き、水に汚れた部分をつけて洗ったとしましょう。丸ごと脱いでバケツの中に突っ込んだとも考えられます。その際モップを床に置かないというのはやや不自然ですが、水道でモップを洗ったように見せかけようと決めており、おかしな場所に血痕を残さぬよう気をつけたとすれば、ありえない話ではありません。

ですが、水に浸したりしたら、当然服は濡れてしまいますね？　雨宮さんが水槽に落ちたあと、キャットウォークに集まった皆さんの服には、どこにも濡れた跡や染みなどはありませんでした。髪が濡れている人間さえいなかった。そうだな、新聞部？」

また確認が取られ、赤い眼鏡の少女と、ハーフ顔の副部長と、子供っぽい少年はうなずいた。

「皆さんの中に、濡れた服をごまかすことのできる人間はいるでしょうか？　全員上着もなし、ネクタイもなしというラフな服装でしたから、濡れた箇所をごまかすのはとても無理でしょう。となると、現場から逃げたあとどこかで着替えた、ということになりますね。事務員の方々は着ているワイシャツの種類がそれぞれ違いますし、そもそもB棟の中には替えのシャツだってないでしょう。……しかし、飼育員なら。ロゴ入りの黄色いポロシャツを制服として着ている飼育員なら、話は別です」

そう、飼育員なら服を着替えることができる。質問を受けた張本人の西ノ洲も、「ああ、それで……」と声を漏らした。

「飼育員なら、更衣室に置いてある予備のポロシャツに着替えれば、その場をごまかせます」

「じゃ、じゃあ、更衣室にいた奴が怪しいっていうのかい？」

顔を青くして芝浦が問うが、

「いいえ、確かに可能性は上がりますが、絶対ではありません。廊下の水原さん・滝野さんに見張られていた女子のほうはともかく、男子更衣室のほうは、あなたが出たあとに誰かが忍び込むチャンスがありました。だって芝浦さん、あなたは十時過ぎにそこを出ているんですからね」

老人はほっとしたように、肩を撫でおろす。彼の容疑が晴れたわけではないのだが。

「とにかく、更衣室を調べるべきだと僕は思いました。そこで刑事さんたちにお願いして、男子と女子の両方を調べてもらいました」

「どっちかというと、無理やり調べさせられたんだがな」

「結果は、両方ともシロでした。どこからも雨宮さんの血を洗った痕跡は出なかったのです」

「無視するなよ……」

仙堂もため息をつき、別の意味で肩を落とす。

「ということは、更衣室で着替えたわけではないのです。他にシャツがある場所というと一階の倉庫ですが、ここに人が入っていないのはカメラによって証明されています。飼育員も、容疑から外れてしまいました」

「え……それじゃあ、全員容疑から外れちゃうんじゃ？」

倉町が首をひねった。

「そう。ただ一人を除いてな」

「……ただ一人？」

職員たちの間から、ざわめきが生まれる。

「濡れた服を着替えることができる人間。すなわち、替えの服を持っている人間。飼育員の中に着替えた人間はいません。事務員はどうでしょう？　さっき、事務員には替えの服がないはずだと言いました。ですがもし、個室を与えられていて、その中に私物をたくさん持ち込んでいる人間がいたらどうでしょう？　その中には、替えの服だってありえるのではないでしょうか？」

「個室って……館長と綾瀬さんのこと？　でもあの部屋には服なんて……」

水原が言うが、裏染は「違います」と答える。

「館長室に服がないことは、僕も新聞部の話を聞いて知っていました。とすると他に、私物が置いてありそうな部屋は一つだけ——緑川先生の、医務室です」

その名が出された瞬間、場は大きくどよめいた。全員の目が、先ほどから微動だにしないハンサムな医師へと注がれ――そしてすぐに、その波紋は困惑へ変わった。

裏染はもう一度手を叩いて、そうです、と声を張り上げた。

「職員の皆さんならおわかりでしょう。あの医務室には、シャツどころか私物すら置いていない。犯人の服に血がついていた、という仮定に立った僕の推理は、あの部屋を一目見て完全に破綻しました」

「な、なんだ……間違った推理かよ」

「いやだな刑事さん、可能性を一つ潰した、と言ってください」

仙堂は肩透かしを食らってさらに落ち込んだが、柚乃は疑問が氷解する感覚を味わっていた。あの医務室での〝はずれた推理〟というのは、この考えに沿っていたのだ。犯人は服を着替えたはずという仮定、事務員の中に犯人がいるというモップから得た指針、そして更衣室の調査結果によって、彼は緑川に辿り着いた。

しかし――

「しかし、結局間違いは間違いです。これによって服を着替えたという可能性は完全に消え去り、したがって、犯人の服に血がついたという根本も崩れました。……では、血のついた何かとはなんだったのでしょう?」

もう一度、彼はテーマを繰り返す。

「僕は医務室の中で、もう一度、モップ以外の〝血が洗われた痕跡のあるもの〟について考えてみました。バケツからは血液反応が出ましたが、当然、バケツをバケツで洗うことなどできません。ゴム長靴でしょうか？　いいえ、ゴム長は靴の裏以外から血液反応は出ず、その靴の裏にも血はついたままでした。洗ったのではありません。そもそも、水道のあとにも血の足跡は続いています。では、なんでしょう？

――ようやく、僕は気づきました。手袋です」

　そう言って裏染は、胸元からゴム手袋を取り出した。

「手袋は、予備水槽の中に浮かべてありました。左手の指先を中心に、全体からルミノール反応が出ました。僕はてっきり、血のついた状態で捨てられ、水槽の水で血が洗われたのだと思っていましたが……何も、そうとは限りませんよね。すでに血が落とされている状態で水槽に落としても、結果的には同じなのですから。

　犯人は手袋を洗った。キャットウォークから出たあと、あの中間地点で一度バケツを置き、手袋を水に浸して血を落とした。そして、逃げるとき予備水槽に投げ入れた。そう考えれば、辻褄（つじつま）はすべて合います。もう一つの何かは、持ち去られたのではなかったのです。その場に捨てられていたのです。そして、だとすれば、この手がかりを犯人につなげることは不可能です。捜査は完全に、ふりだしに戻りました」

　彼はまた言葉を切った。手袋を両手につけ、握ったり開いたりしながら、また歩きだす。

　確かに手袋なら、辻褄が合う。観客たちの心もふりだしに巻き戻された。和泉は乗り出していた体を背もたれに沈め、仙堂は「無駄足だったか……」とこめかみを押さえる。

　だが彼らのゆるんだ緊張は、

「ところが」

という裏染の一言で、またすぐに張りつめた。

「昨日の午後のことです。僕らは学校のプールで、アリバイトリックについての実験を行っていました。それ自体にたいした意味はありませんでしたが、そのとき、ある人物が水の入ったバケツを持っている姿を目にしました」

あのときだ。八橋千鶴が持っていたバケツ。豹変（ひょうへん）した裏染。

「そこで、さらに気づいたのです。――人は普通、バケツを持つとき、持ち手の部分を手で握るはずだと！」

彼は実際に、手袋をした左手で置いてあったバケツを持ち上げた。再び底から水滴が垂れた。

「……それも、当たり前では？」

大磯が、控えめに言う。

「そうです、当たり前です。僕はそのことにすら気づいてなかったのです。大馬鹿です」

「いや、だから、持ち手を持ってたとしたらなんなんだ？」

仙堂は先を急（せ）かした。裏染はバケツを職員たちの前に突き出し、

「犯人も、このようにしてバケツを持っていたとしましょう。ゴム手袋をした手――そう、左手のはずです。水滴は足跡の左側に垂れていましたからね――左手で持ち手を握り、キャットウォークから歩いてきた。そして水道との中間地点で、手袋の血を洗い落とした。どうです刑事さん、おかしくありませんか？」

「……？」

「だって、バケツの持ち手には、血がまったく付着していなかったんですよ？」

――あっ。

叫び声が、ところどころから上がった。

「明らかにおかしいんです。血のついた手袋でバケツを持ったとしたら、持ち手に血がつかないはずありません。しかし、バケツは内側と裏側以外、どこからもルミノール反応は出ませんでした。手袋をしていなかったんでしょうか？　いいえ、持ち手から容疑者たちの指紋は検出されず、代わりにしっかりとゴム手袋で握った跡が出たのです。犯人は疑いなく、手袋をした手でバケツを持ったのです。

ということは、キャットウォークからバケツを持ち出す時点で手袋には血がついていなかった、ということになり、したがって、中間地点で手袋の血を洗うことは不可能になります」

裏染はバケツを持った左腕と交代に、右腕を突き出した。

「……では、血がついていたのはもう片方の、右手のほうなのでしょうか？　いいえ、それは考えられません。ルミノール反応は左手のほうが強く出ましたし、仮に右手に血がついていたとしても、左がバケツで塞がっていた以上、犯人は右手にモップを持っていたはずだからです。このように」

空いている右手で、モップの黄色い柄を握る。

「このことは、水道の右側にモップの置かれた跡があることからも明らかです。そして、モップの柄からも血液はまったく検出されませんでした。やはり手袋には、キャットウォークから出る時点で血がついていなかったのです」

「……異議あり」

津が、再び手を上げた。最初のころの余裕は消え失せ、目の前の少年を対等に見ているかのような、真剣な表情だった。

「持ち手を握るだけが、バケツの持ち方とは限らない。持ち手を腕にかけるって方法もある。こんなふうに」

彼は立ち上がると裏染の前に出て、バケツを引ったくり、その腕に持ち手を通した。突然動いた容疑者の一人に刑事たちは身構えたが、彼はそれ以上何かすることはなく、じっと裏染の反応をうかがっていた。

「これなら、血がバケツにつくことはない。持ち手のゴム手袋の跡は、血を洗ったあとに持ち方を変えたからだろう……どうだ？」

「津さん、あなたもなかなかやりますね。でも、僕もすぐ、その可能性には思い当たりました。そして、それはすでに否定されています」

「……ど、どうして」

「水滴のせいです。その持ち方だと、バケツの位置はかなり高くなりますよね？」

確かに、手から持ち手を提げるのではなく、曲げた腕に引っかけているわけだから、津の持つバケツの高さはかなり高くなっている。地面から一メートルほどだろうか。

「その高さから水が漏れたとすると、床に落ちた水滴の大きさは、三センチ近くになるんです。実際に確かめました」

「そういえば……」

柚乃は、隣の香織と顔を見合わせる。

プールでの実験のあと。裏染は千鶴の持ったバケツに指を浸し、腰ぐらいの位置から垂れるそれを観察していた。地面で大きく弾けた水滴の直径は、三センチだった。

「ですが、現場写真の水滴の大きさはどれも一センチ程度でした。もっと地面に近い位置から水滴が垂れたに違いないんです。ということは、バケツの底もその位置にあったはず。犯人は腕に持ち手を通していたのではなく、しっかりと手で持っていたということになります」

津は床に目を落とし、バケツから垂れる水滴を見つめ、観念したように自説を取り下げた。

バケツを手放すと、彼は黙り込んだまま席に戻った。

裏染はゴム手袋を外すと、仕切り直しのように「さて」と一声。

「バケツの持ち手にもモップの柄にも血がついていなかったことから、手袋の血を洗ったという可能性は完全に消えました。血のついていた何かとは、モップでも、バケツでも、靴でも手袋でもありません。では、いったいなんでしょうか？

キャットウォークの奥にあった包丁？　ありえませんね。外に持ち出して一度洗ったとしても、あの狭い通路の奥に投げ戻すことは不可能です。しかも上にタオルを一巻きしたままなんて、大リーガーの投手でもできません。

では、トイレットペーパーでしょうか？　やはりありえません。紙に大量の血がついていたとしても、それを水で洗おうとする人間などこの世にはいません。グショグショになってしまいますからね。もしロールの表面に血がついていたら、あとでトイレに行ったとき、その部分をちぎって流せばいいのです。……となるといったい、何か？」

何度目になるかもわからない問いかけを、彼は繰り返す。

「現場から見つかった証拠品はすべて違いました。とするとやはり、血がついたのは犯人自身の持ち物に違いありません。その持ち物とはなんでしょうか？　そもそもバケツとモップ、そしてトイレットペーパーまで手に持っていたのに、他に何か持てるのでしょうか？　バケツの中に入れていた？　そんなわけありませんね、出るときのバケツには水が入っていたのですから」

血がついた何かを水に入れていたなら、最初から水滴に血が混じるはずだ。

「では、ポケットの中に入れていた？　水滴に血が混じるほど大量の血が付着しうるもので、ポケットに入るサイズのものなどあるでしょうか？　メモ帳？　携帯？　財布？　煙草？　どれもそう多く血がつくとは思えませんし、ついたとしても洗ったら、痕跡が残りそうです。

そもそもなぜ犯人は、中間地点でその持ち物を洗ったのでしょう？　最初から血に気づいていたなら、すぐバケツの水で洗えばいいのです。歩いている途中で気づいたとしたら、なぜその間は気づかなかったのでしょうか？　大量の血が付着しているんですよ？　おかしいです。

おかしいといえば、もっと根本的な問題もあります。なぜ犯人は、その持ち物をわざわざ殺人現場に持ち込んだのでしょうか？　外に置いておくことはできなかったのでしょうか？」

「……………」

次から次へと疑問が提示される。言われれば言われるほど、わけがわからなくなる。観客たちは、黙って聞いているしかなかった。

裏染はまた、ミネラルウォーターを口に含んだ。そして、「今までの条件をまとめてみましょう」と切り出す。

「犯人が持っていた何かとはつまり、①大量の血が付着するほどの面積を持っており、②殺人現場に持ち込むほど犯人が日常的に身に着けているもので、③水に濡らしてもあまり痕跡が目立たず、④わざわざ手に持つ必要がないもの、もしくはポケットに入るほど柔軟性があるもので、⑤現場を離れて少し経つまで、そこに血がついていることに気がつけないようなもの。……と、いうことになります」

「……そんな都合のいいもの、存在しないでしょ？」

指折り数えた裏染に向かって、水原が苦笑まじりに尋ねる。

「いいえ。一つだけ、あのバックヤードにはそれが存在しました。お見せしましょう」

彼は涼しい顔で答えると、再びブレザーの胸元に手を伸ばした。

和泉だけでなく、今や全員が身を乗り出し、その手元へ集中していた。何が出るのか。どんな答えが待ち受けているのか。柚乃も、ごくりと唾を飲んだ。

——出された答えは、取るに足らない日常の中の道具だった。誰もが歯牙（しが）にもかけず放っておく、馬鹿らしいほど些細(ささい)な一品だった。しかしそれ故に、彼らは驚愕した。

「あっ……」

それまで一言も発していなかった緑川が、小さく叫ぶ。

生き物以外に興味がないはずの彼の目は今、裏染が両手で広げた犯人の持ち物——飼育員が腰に挟んでいるタオルへ、釘付けになっていた。

3 十一分の四

「タオルなら、辻褄はすべて合います」

どよめきが消えてから、裏染は静かに言った。

「犯人は、習慣的に、腰のベルトにタオルを挟んだままで犯行に及んだ。そして、殺した瞬間かアリバイトリックを仕掛けるときかはわかりませんが、死体に近づいた際、偶然タオルに血が付着してしまった。しかし、おそらくタオルの位置は体の真横より少し背中側にあったのでしょう。犯人は血に気づくことなく、水の入ったバケツとモップ、トイレットペーパーを持って、現場をあとにした……血に気づいたのは、この中間地点です」

ペン先で、先ほどの赤い丸が指される。

「なぜここで気づいたのか？　皆さん思い出してください、この地点の正面は、ちょうど水道の真横に当たります。そして水道の真横には、大きな鏡がついていました。犯人は逃亡中にふとこの鏡を見て、自分のタオルの異変に気づいたのです」

ああ、と兄が低くうめいた。そうだ、確かに水道の左側には鏡があった。

「まずいと思った犯人は、バケツを床に置き、タオルの端をつかんでベルトから引き抜き、水へ沈めました。そして、それを水道の流し台まで持っていき、モップとトイレットペーパーを脇に置いて、両手でごしごしと洗った。おそらくは、右手でタオルの端を持ち、左手でこするようにして洗ったのでしょう。このとき手袋に血がついたわけです。その血もタオルを洗い終わったあと、すぐに水で落としてしまったはずですけどね。

血を落とし、よく絞って水気を取ってから、今度はカムフラージュに入ります。ちょうどモップにはまだ血がついたままです。犯人はモップを軽く水につけて、それだけを洗ったように見せかけてから、バケツの水を流しました。……この水、もともとは、ゴム手袋の裏側についた指紋を洗うために汲んだのではないでしょうか。予備水槽に捨てるだけでは指紋が完全に消えるかどうか心もとないですし、水道の蛇口は壊れて水が出ませんでしたからね。

さて、血を洗って、水を流したらもう怖いものなしです。犯人はまず掃除ロッカーに行き、モップとバケツを返す。次に靴を履き替え、ゴム長を棚に戻す。ゴム手袋を洗うはずの水は汚した上に流してしまったので、しかたなく手袋は、裏返して出口へ向かう途中で予備水槽へ投げ捨てます。それから、トイレットペーパーを隠しに〈B〉のドアから立ち去った……」

最後にペン先は、キーパースペースの横、トイレの近くにあるドアを二度叩いた。ホールにはそのコツコツという音以外、何も響かなかった。

タオル。

観客たちの脳内は、そのたった一枚の白い布きれで覆われていた。確かにタオルなら、すべての条件を満たす。特に、職員が日常的に持っているという点、水に濡らしても目立たないという点で決定的だ。今裏染が話した犯人の動きも、何から何まで筋が通っている。

だが、ということは、

「……それじゃ、犯人は、腰にタオルを挟んでいた人物ってこと？」

言いだしにくい予想は、職員ではなく倉町の口から放たれた。

「そのとおりだ」

「腰にタオルを挟んで働いてたのは、飼育員だけだよね？　じゃあ、つまり……」

「まあ、待て待て。そのあたりを少し考えてみよう」

自分でそのとおりだと言っておきながら、裏染は慎重に推理を進める。

「今、倉町君が言ったように、タオルを持っていたならそれは事務方ではなく、飼育員側の人間であると考えられます。しかし、本当にそうでしょうか？　事務員がタオルを持っている可能性はないでしょうか？」

彼は、見取図と容疑者たちの名前が書かれたホワイトボードを、さらに前へ引き寄せた。

「事件当時、事務員の誰かがタオルを持っていて、殺人後に血のついたそれを洗ったと仮定しましょう。しかし、警察が持ち物を調べた際、タオルを持っている事務員はいませんでした。

ということは、どこかに隠したということですね。隠すチャンスはあったでしょうか？　十時七分に事件が起きて、全員がキーパースペースに集まったときは、誰もが二人組か三人組の状態でした。そして新聞部の尽力により、それからずっと会議室で拘束されていた」

「新聞部というか、倉っちの尽力だけどね」

と、小さな声で香織が訂正。

「ということは、事務員がタオルを隠すチャンスは、単独行動が可能だった十時七分までの間しかありません。どこに隠したのか？　一つずつ検証していきましょう。

まず、キーパースペースがありますね。事務員はもともとタオルを持っている必要がないんですから、その場に放置して逃げても怪しまれません。棚にはタオルが何枚もありました。そこに交ぜておけば、処理は簡単です。――しかし。キーパースペースのタオルから、血液反応の出たものは見つかったでしょうか？　お兄さん、どうですか？」

「……バケツやモップ以外で、血液反応の出たものはなかった。一階も二階も含めてだ」

兄は手帳をめくりつつ、真剣な顔で答えた。

「ただ一つ、タオルなら、包丁にかぶさってた雨宮自身のものに血液がついていたけど……」

「なるほど、確かにそれがありますね。犯人は雨宮さんのタオルを拝借したのでしょうか？」

「いや、それは無理だ」と仙堂。

「君もさっき言ってたが、雨宮のタオルは包丁に巻かれた状態で、キャットウォークの一番奥に捨ててあった。外からあそこに届けることはできない。クレーンの使用履歴もなかったし」

「では、キーパースペースには隠し場所はありませんね」

B棟の中央を占める一階と二階の空間に、それぞれ小さくバツ印が描かれた。

「それじゃ、トイレはどうか？ 犯人は犯行後、トイレに寄っています。そこにタオルを隠すこともありそうです。が……」

「トイレには、タオルなんてなかったですよね？」

「袴田妹、そのとおり。ゴミ箱の中身まで漁りましたが、男子側にも女子側にもタオルはありませんでした。トイレに流してもタオルでは詰まってしまうでしょう。却下です」

さりげなく女子トイレのゴミ箱漁りを告白した裏染だが、幸いそこに反応した人間はいなかった。とにかく、トイレも違う。

「そうなると、どこでしょう？……ここでポイントとなるのは、刑事さんたちの細かい捜査です。刑事さん、あなた今朝、こう言いましたね？『事務方の部屋はどこも簡素な造りで、飼育員が使うようなものは何もなかった』と」

答える代わりに、仙堂は目を見開いた。柚乃も思わず、ホールの青い天井を仰いだ。

――これだったのだ。船見の証言の確認だけではない。前日の実験のときにタオルのことに気づいており、それが事務方の部屋にないことを確かめるため、彼は仙堂の報告に飛びついたのだ。

「確かにB棟内で、飼育員以外の人間が使っている部屋は、どこも簡素な造りです。資料室、会議室、館長室、事務室、展示作業室……それと、医務室。

　資料室と医務室には書類だけ。会議室や作業室には机と椅子、あとはプリンターぐらいです。館長室にも応接セットとデスクと棚だけ。唯一ものが多いのは事務室でしょうが、あの日事務室には『拭くものは何もなかった』。そうですね、船見さん？」

「あ、ああ……」

　びくつきながら、船見はうなずく。

「事務室内にタオルがないことは、新聞部の写真からも明らかです。警察の調べどおり、事務方の部屋にはタオルは一枚もありません」

　言葉とともに、たった今挙げ連ねられたすべての部屋に、バツがつけられた。

「では、一階の機械室や倉庫、搬入口、地下の濾過水槽などはどうでしょう？　殺人後、そこに事務員がタオルを隠すことは可能でしょうか？」

「不可能です」

　と、すかさず吾妻が答える。

「その四ヶ所は、カメラで見張られていました。地下に行く人間や、部屋に入る人間は映っていませんでした」

「でしょうね。さあ、少しずつ絞られてきました」

　一階西側の廊下と、搬入口にもバツがつく。

　残っているのは二階の男子更衣室と女子更衣室、飼育員室に、一階の調餌室。

「結局のところ残ったのは、飼育員が日常的に使っている部屋だけです。事務員がタオルを隠すには、この四部屋のどれかに忍び込むしかありません。……しかし、あの日の事件の時間帯、この四部屋はどうなっていたでしょうか？

女子更衣室には、九時五十分から滝野さんがいました。雨宮さんがキーパースペースに入っていくよりも前に、階段の前を曲がって部屋へ行くのが確認されています。そうですね、滝野さん？」

「あ……はい」

答える滝野は、やはり疲れ果てた様子だった。

「あなたは一人で犬笛を探し、十時直前に部屋を出たが、展示作業室の前で水原さんに呼び止められ、廊下で話をした。その間、更衣室へ入っていく人間はいなかった。そうですね？」

「は、はい」

「ということは、滝野さん以外が女子更衣室へ入ることは、物理的にできませんね」

二階の左端、女子更衣室もバツで消された。

「次、一階の調餌室へいってみましょうか。そこにはずっと、大磯さんがいましたね。十時三分以降は芝浦さんも加わっている。ということは、やはりここに忍び込むこともできません」

調餌室も除外。

「さて、残るは二階の二部屋のみです。男子更衣室と、飼育員室。更衣室には芝浦さんが、飼育員室には和泉さんがいましたね。しかし二人とも、十時三分ごろに部屋を出ている」

「三分以降に無人になってたなら、忍び込むことは可能だな」

仙堂が唸るように言ったが、裏染の返事は「果たしてそうでしょうか？」だった。

「刑事さん、僕は今、事務員が、、、、忍び込むという前提で話をしているんですよ？　事務員が、その二部屋に入ることができますか？」

「……更衣室には鍵があるって言いたいのか？　だが、飼育員室なら誰でも……」

「そんな話ではありませんよ。もっと簡単に、事実を確認しましょう。……芝浦さんと和泉さん、あなたたちは部屋から出たとき、廊下で顔を合わせていますね？」

太った中年チーフと痩せた老年飼育員は、お互いの顔を見ながらうなずく。

「その直後、和泉さんは隣の事務室へ入った。そこにはすでに、船見さん、津さん、綾瀬さんの三人がいた。津さんによると、時間は十時三分だった。そうですね？」

「え、ええ」

「僕は、一度見た時間は間違えないよ」

和泉はまたうなずき、津が横柄な態度で言う。

「さすがです。……さて、芝浦さんのほうは、階段を下りる途中で仁科さんに会った。それから調餌室へ行き、当番表に時間を書き入れた。当番表の時間も十時三分、仁科さんと芝浦さんが一緒にカメラに映った時間も十時三分です。間違いないですね？」

今度は芝浦と穂波、そして大磯と、防犯カメラ担当の吾妻までもが首を縦に振った。

「このことからわかる事実が二つあります。まず一つ、和泉さんと芝浦さんが部屋から出て、顔を合わせた時間は、ほぼ十時三分。多少の誤差があっても十時二分より前ではありえないでしょう。そしてもう一つ、その時点で、事務室には船見さん、津さん、綾瀬さんの三人がいた」

「……それは間違いないだろうけど、だとするとどうなるんだ?」

兄も、上司と並んで首をかしげる。

「だとすると——事務員が男子更衣室か飼育員室へ入るのは、不可能ということになります」

「どうして……あ、そうか!」

手帳のページを指でなぞり、兄は何かを発見して、体を強張らせた。

「そうですお兄さん。いいですか皆さん、事務員たちのアリバイを考えてみましょう。まず緑川さん、彼は十時前から医務室で、代田橋さんと一緒に話しています。十時三分以降にタオルを隠しに行くことはできません。次は水原さん。彼女はさっきも言ったように、十時直前から滝野さんと一緒にいた。やはり隠すのは無理です。そして最後、船見さん津さん綾瀬さんの三人。和泉さんが部屋から出た時点、イコール、同時に芝浦さんが部屋から出た時点で、彼らは三人一緒に事務室にいた。やはり彼らにも、一人でタオルを隠しに行くことは不可能です。したがって、男子更衣室と飼育員室にも、タオルを隠すことはできません」

バツ印がもう二つ描かれ、とうとうすべての部屋が除外された。

「さて、すると、どうなるでしょうか。事件の混乱に乗じて、B棟の外に隠したのでしょうか? いいえ、窓の外には何もありませんでしたし、混乱のさなかバックヤードを出ていった職員は一人もいません。つまり、事務員がタオルを隠すことは、絶対に不可能だということになります。

すなわち、事務員は誰一人、タオルなど持っていなかったのです。事務員でなければ、論理的に、残るのは飼育員だけです」

言葉を切り、彼はまた、ホワイトボードに赤ペンを近づけた。今度は見取図ではなく、容疑者たちの名前のほうへ。そして、十一人のうちの五人が、縦線で消された。

――綾瀬唯子。船見隆弘。津藤次郎。水原暦。緑川光彦。

残る容疑者は、六人になった。

モップの血をバケツで洗ったとすると、水滴と水道横の血痕とに矛盾が生じる。モップの他に、犯人は血のついた何かを持っていたはず。

服ではない。見つかった証拠品でもない。では何か。犯人がごく普通に現場に持ち込み、かつ濡れても目立たないようなものとは何か。――タオルである。

事務員がタオルを持っていることは、万に一つもありえない。とするとやはり、タオルを持ちえた人物、すなわち、血のついたタオルを洗うことのできた人物、イコール犯人は、間違いなく、飼育員の中にいる。

根拠を挙げ、反論を潰し、観客たちの同意を得ながら、一歩ずつ確実に推理は進んでいった。

そして今、思索はようやく実を結んだ。

曲芸のごとき論理を前にした、ある種の衝撃。容疑がはずれた者の安堵と、まだ残っている者の不穏。観客たちが妙な空気に包まれる中、裏染は一人、またペットボトルの水を飲んでいた。口を離すと、「いやあ、長かったですね」と呑気に言った。

「しかしこうして、どうにか容疑者を半分近くまで減らせました。問題はここからで……」

「あ、あの、ちょっとすみません」

細く小さな手が上げられた。仁科穂波である。緊張のためか、声はやや上ずっていた。

「わ、私は飼育員というより、アルバイトなんですけど……それでもまだ、容疑者ですか？」

「ええ、もちろんです。あなたも腰にタオルを挟んでたでしょ？　いや、あなたの場合あれは雑巾とか、布巾の類なのかな。なんにしろ、タオルに準ずるものをベルトに挟んでたなら、あなたの容疑はまだ濃厚ですよ」

「そ、そんな……」

「さて、問題はここからです」

本当に泣きだしそうになっている穂波にはかまうことなく、裏染は話を続ける。──彼女には申し訳ないが、確かに問題はここからなのだ。まだ容疑者は六人もいる。

裏染はプールの実験の時点で「四人だ」と言っていたが、今の状態から、簡単に二人も減らせるのだろうか？

「そうです、容疑者はまだ六人もいます。が、実は簡単に二人減らせます」

「…………」

柚乃は椅子からずり落ちそうになった。心を読まれたか。それとも偶然？

「今証明したとおり、事務員の中に犯人はいません。すると、船見さんの証言が活きてくるのです」

「あ……」

今日何度目の気づきだろうか。

そうだ、船見は犯人でないと証明された。昨日の八方塞がりから、事情は大きく変わっている。

「船見さんは十時直前、会計記録の書類にコーヒーをこぼしてしまいました。事務室に拭くものがなかったので、十時ちょうどにトイレへ行き、男子の個室からトイレットペーパーを一つ持ってきて、拭いた。芯を捨てた直後に津さんが帰ってきたそうです」

「い、言わないでくれよお！」

「あんた、またこぼしたの？　ったく本当に不注意なんだから！」

船見が悲痛な叫びを上げ、和泉は怒り半分、笑い半分で責め立てる。夫婦(めおと)漫才を見ているようだ。

「彼がトイレに行くところは綾瀬さんも目撃しています。充分信用に足るでしょう。……となると、いいですか。もう一度確認しますが、船見さんは男子トイレに行き、個室のホルダーにはめてあった、なくなりかけのロールを手に取ったわけです。十時ちょうどに。そうですね？」

「あ、ああ。断言できるよ」

「しかし皆さん。僕らが男子トイレを調べたとき、男子トイレのホルダーには犯人が使った、、、、、ロールがはめてあったのです。ということは、どういうことか？　子供でもわかりますね。はい、袴田妹」

「私は子供代表ですか！」

ずいぶん見下げられたものだ。横では私服をキッズ用品で固めた池が「なぜ僕じゃないんだ！」と悔しがっていたが、気にせず考える。

「えーと、両方同じホルダーにあったけど、船見さんが取ったときは普通のペーパーで、そのあと見たら種類が他と違った……ってことは、あ、そうか、犯人がトイレットペーパーを隠したのは、船見さんがトイレから出たあとのことなんですよ！」

「思考がだだ漏れだったが、正解だ」

「やった！」

柚乃は卓球で点を取ったときのように、胸元の服を握ってガッツポーズを決めた。……もしかして、こういうところが子供っぽいのだろうか。

「今袴田妹が言ったとおり、犯人がトイレに入りトイレットペーパーを隠したのは、船見さんがトイレを出たあとであることは明らかです。もし先にすり替えられていたら、彼が手にしたのは血痕のついた、切れ目のついていないペーパーだったはずだからです。そして、繰り返しになりますが、船見さんがトイレに入ったのは十時ちょうど」

「間違いないよ、時計で確認したんだから！」

と、腕の黄色いバンドを見せつける船見。

「したがって、犯人がトイレに入ったのは十時よりもあとのこと。つまり、十時より前からアリバイのある飼育員は、除外できます」

「十時より前にアリバイがあるのは……滝野と、代田橋だ！」

手帳を握りしめ、兄も叫ぶ。

「そうです、滝野さんは十時数分前から水原さんと話しており、代田橋さんも同じく、十時数分前から医務室で、緑川さんと一緒にいました。このお二人も、犯人ではありえません」

新たに二本、赤い縦線が引かれた。

――滝野智香。代田橋幹夫。

ペン先にキャップをかぶせると、裏染は高らかに宣言した。

「これで、容疑者はあと四人です」

4　黄色いモップの論理

ホワイトボードに書かれた十一人の名前。半分以上はすでに消され、残るは四人。

和泉崇子。芝浦徳郎。大磯快。そして、仁科穂波。

「犯人は、必ずこの四人の中にいるはずです」

幻想的に舞うクラゲたちを背景に、裏染は現実を突きつける。

「この四人は、全員タオルを持っています。和泉さんは十時三分まで目撃証言がありません。犯行は可能です。芝浦さんも然り。大磯さんは一階にいましたが、東側の階段やキーパースペースの階段を使えばカメラに映らず二階へ行けます。廊下を掃除していた仁科さんも、五十分から十時三分までの間は誰にも目撃されていませんし、カメラにも映っていません。……全員、犯人でありえますね」

当の四人すら、何も反論はできなかった。

「しかし」と、裏染は四人の名前を見つめたまま続ける。

「この中からさらに可能性を絞ることは、これまでの手がかりだけでは、もはやできませんでした。行き止まりではありませんが、ガス欠です。事件を完全に解決するには、容疑者が少しだけ多すぎました。そう、三人ほど。

四人の中から真犯人の一人を探し出すには、新たな手がかりが必要でした。モップやバケツ、アリバイやトイレットペーパー以外の、もう一つが――

僕はそれを、今日になってようやく発見しました。昼のイルカショーの最中にです」

イルカショーの最中。突然立ち上がり、一声叫んだ裏染。

彼は何を見つけたのか。柚乃も、刑事も、職員たちも、次の言葉を待って息をひそめた。

「……水族館に勤める皆さんは、分刻みのスケジュールで動いているそうですね？」

世間話をするように、彼は言った。

「特にこの水族館は小規模で、職員も少ない。誰もが忙しく動き回っています。まあ、中にはサボってばかりの人も約一名いるようですが」

「あれはサボりじゃなくて休憩だってば」

津が苦笑する。

「とにかく、そんな職員たちのために、館長はあるものを支給してあげています。……黄色いバンドの、腕時計です」

穂波以外の職員たちは、全員自分の手元へ目をやった。誰の腕にも、その時計はつけてあった。

「時計が、どうかしたのか？」と代田橋が睨みを利かす。

「イルカショーのステージを見ながら、ふと思ったんです。普通は、激しい運動をするときには腕時計を外しそうなものです。でも、余裕があるからつけたまま、という人も多い。卓球の試合中に、腕時計でこれ見よがしに時間を計る奴だっている。写真の雨宮さんも、腕時計をつけたままショーに出演していました」

「あいつにゃ余裕があったんだろ。それが……」

「それがどうしたかって？　おかしいんですよ。なぜなら、船見さん曰く、支給品の腕時計には防水加工がされていないはずだからです」

「……あっ！」

新たなどよめきの波が、職員たちを襲った。柚乃は衝撃を受けた脳内で、ぼんやりと、ショー中の記憶を手繰り寄せた。

忍切の話題になり、試合中に時間を計っていたと回想し、そのあとすぐに彼は立ち上がった。待てよ、と連呼しながら雨宮の写真を凝視していた。——写真の雨宮はイルカに乗り、黄色いバンドの腕時計をした左腕を、高く伸ばしていた。

「プールで行うイルカショーに、防水加工でない時計をつけたまま臨む？　余裕があるにしてもちょっと異常です。雨宮さんの時計だけ、防水加工されていたのでしょうか？　支給品と同じ見た目の別物を買ったり、時計屋に支給品を持っていって自分のだけに手を加えたり、なんてことは、人を食った性格の彼ならありえそうですね。……しかし、だとすると、さらにおかしな事実が出てきます。サメの胃の中から見つかった彼の腕時計は、水槽に落下した十時七分で止まっていたのです」

言い聞かせるように、裏染は観客たちの顔を見回す。

「防水加工されているなら、水に落ちた瞬間壊れる、なんてことはないはずです。なぜこんなことが起きたのでしょうか？　彼はやはり、防水加工されていないごく普通の腕時計を使っていたのでしょうか？　それとも、サメが食いついた衝撃でさすがの防水加工も限界を迎えたのでしょうか？……僕は気になり、もう一度、死の直前に撮影された彼の写真を見返しました。これです」

今度は、ブレザーの右ポケットに手が入れられた。取り出されたのは、香織が撮った、飼育員室の壁に寄りかかる雨宮の写真。

細く引き締まった腕の、優男。モデルのように脚を組み、右手で腕時計の、余分にはみ出たバンドをいじくっている。

　余分にはみ出た——

「そしてこちらは、実際に死体の左腕に巻かれていた時計です」

　裏染は左腕を伸ばすと、右手でブレザーの長袖を引っ張った。

　露出した袖口には、柚乃が今日部室で見たのと同じ、几帳面にバンドが切られた腕時計が、細い手首の太さにピタリと合って、巻きついていた。

「さて皆さん、最後の手がかりはこの時計です。死の直前、彼の腕時計はバンドが余分にはみ出ていました。しかし死体の腕にあった時計は、腕の太さに合うよう余分なバンドが切られていた。目に見えてはっきりと、二つの時計は違うものだとわかります。つまり、死体の時計がすり替えられていたわけです。

防水加工の矛盾が、これを裏付けています。犯人は死体の腕から防水加工済みの時計を外し、防水加工されていない時計をつけた。水槽に落下した瞬間時計が止まったのは、こういう理由でしょう」

　柚乃はその解説を聞きながら、まだぼんやりと記憶を探っていた。裏染は忍切の話を聞いた直後、スマートフォンをいじっていた。香織の撮った大量の写真——死の直前の雨宮の姿も記録されているはずの、端末を。

「では、なぜすり替えられたのでしょうか？　犯人が死体の時計をすり替える理由とは？——僕は、時計が壊れたのではないかと考えました。ええそうです、百年も昔からあるあの展開です。犯行の瞬間、雨宮さんの時計が壊れてしまった。アリバイトリックがばれないという前提で動いている犯人にとっては、落下の時間と止まった時計との間に生まれるタイムラグは恐怖でしかなかったでしょう。それをごまかすため、時計はつけ替えられたのでは？

ありえる話です。が、あくまで仮説ですので証拠はありません。何か証拠はあるでしょうか？　犯人と雨宮さんが格闘になり、そのとき時計が壊れたという仮説を裏付ける証拠は？」

スマートフォンで写真を確認し、立ち上がってショー出演中の雨宮の写真も見て、それから彼は、確か一言叫んだのだ。

「証拠はありました——モップです」

記憶と現実が、混同した。彼の手には再び、黄色い柄のついたモップが握られていた。

「このたった一本のモップが、僕にすべてを教えてくれました。

昨日、深元さんが事務室で、こう愚痴っていました。モップは下ろしたての新品なのに、警察に持っていかれてしまった、と」

「あ、ああ。確かに言ったけど……」と、深元。

「下ろしたての新品。しかし、おかしいんです。刑事さんたちがモップを調べたとき、付け根のネジは取れかかっていたのですから」

「ああっ！」

兄は興奮しながら、手帳をめくる。

「た、確かに取れかかってた。ここにも書いてある！　取れかかって、グラグラしてて……」

「新品にもかかわらず付け根が壊れかけていた。ということは、このモップは、つい最近付け根のあたりに、何か強い衝撃を受けたということになります。モップの付け根に強い衝撃がかかるときとは、どんなときでしょう？　たとえば……」

「殴ったときだ」

かすれた声で、警部も言った。

「モップで、人を殴ったときだ……」

「そうです。おそらく犯人は、首を切る前、モップで雨宮さんに殴りかかったのです。そのとき、時計が壊れた。これでモップが持ち込まれた本当の目的がわかりました。雨宮さんを気絶させるためだったのです」

バケツと同じだ。

バケツは水を汲む以外にも、中にものを隠すことができる。

モップも、汚れを拭くだけではない。ときには、犯罪のための鈍器になり変わる。

「さあ、これで犯人の取った行動が完全にわかりました」

裏染は両手を広げ、解説を続ける。

「まず犯人は九時五十分以降、こっそりと〈A〉のドアからキーパースペースに入ります。水槽から死角になっている棚の陰でゴム手袋をつけ、ゴム長に履き替え、掃除ロッカーからバケツとモップを取り出し、バケツの中に包丁とトイレットペーパーを隠します。そして、サメ水槽の前にいる雨宮さんへ悠々と近づいていく。おそらくは、先月の飼育記録に問題点を見つけたから、内密に話し合いたいとでも言っておいたのでしょう。掃除を頼まれちゃって、などと言い訳をしつつ、犯人は雨宮さんがキャットウォークの中へ入るよう仕向けます。一度入れてしまえばあとは簡単、狭い一本道ですからね。襲いかかるには最適です。日誌を見返させるなどして隙を作り、モップの柄を両手で持って振りかぶり、えいやっと頭に叩きつけます」

実際に、彼はモップを逆さに持って振り抜いてみせる。あまり勢いはなかったが。

「一撃目は外れました。とっさに左手でガードされたのか、それとも飛び退いたときにかすったのか。とにかく、このとき時計が壊れます。驚いて固まっている雨宮さんにすぐ二撃目を打ち込み――今度は、うまく気絶させることに成功しました。

ですが、気絶させたはいいものの、壊れてしまった時計が犯人の頭を悩ませます。止まった時間を警察が見て、これが犯行時刻だと認識することは大いにありえます。しかしだとすると、落下との間に十分近くの差が生まれることになる。犯人の行動に違和感を持たれ、そこからアリバイトリックがばれてしまうかもしれない。

幸い、時計は自分がしているのと同じ支給品。針の動きが止まっているだけで、見た目に目立つ損傷はない――これは、警察が持ち物検査をしたとき、異状に気づかれなかったことから明らかです――犯人は素早く決断し、時計をつけ替えます。

そしたら次は、紙と水です。彼が持っていた書類をばら撒き、開口部からバケツで水を汲んで、キャットウォークを水浸しにします。そうです、気絶の事実がわかった以上、この作業は雨宮さんが殺される前に行われたはずです。そもそも殺人後というのはかなりおかしいんです。

なぜなら、首から血が出たあとではサメが血の臭いを嗅ぎつける可能性があり、バケツで水槽の水を汲むのは危険すぎるからです。

水を撒くのが終わりました。最後に、手袋を洗う用の水を一杯汲んでから、次はいよいよ殺人です。包丁で、背後から首をかっ切ります。すでに気絶している状態なんですから、返り血なども簡単に防げますね。おそらく床に倒れていたはずですから、首から出た血も水に混ざりやすいでしょう。血の海は、こうして完成しました。包丁は用済みなので、雨宮さんのタオルを巻いて、奥のほうに置いておきます。そのときついでに、水浸し作業のとき避難させておいたトイレットペーパーを取ってきたはずです。

さあ、最後はアリバイトリックです。開口部にトイレットペーパーを一メートルほど巻き、画鋲（がびょう）で留め、死体を寄りかからせます。落下するのは約八分後。すべてを終えた犯人はポケットにトイレットペーパーをねじ込み、左手にバケツ、右手にモップを持ちます。ああそうそう、その際モップを血の海に押しつけて、雨宮さんを殴ったときについた血が目立たないようにすることも忘れちゃいけませんね。そのまま外に出るとモップからも水滴が垂れそうですが、そこは余計な痕跡を残さぬように軽く水を切ったのでしょう。……さて、荷物を持ったら悠々と現場をあとにします。このとき、入口付近の綺麗な紙の上に足跡がつきます。開口部付近の紙が汚かったのは、当然、そこに気絶した雨宮さんが倒れていたからでしょう」

軽い口調のまま、流れるように犯人の行動がなぞられる。

「キャットウォークを出てからはさっきも解説しましたね。中間地点で自分のタオルについた血に気づき、慌てて洗い、それをモップの血でごまかす。血をごまかすためにつけた血を、また別のごまかしに使うんですから面白いですね。証拠品を処理して、〈B〉のドアから出ていく。タオルをその場に残していかなかったのは、言うまでもなく、そんなことをしたら犯人が飼育員であると示唆することになるからです。ついでに言うと、足跡は身長がばれないよう、わざと歩幅をバラバラにしたようですね。実に用心深い犯人といえます。

トイレに入ったのは、船見さんが廊下を戻るのとほぼ入れ違いだったでしょう。ひょっとしたら、彼が戻る姿を扉の隙間からうかがっていたかもしれません。外から死角になっている男子トイレのほうを覗くと、個室のホルダーが空になっている。ちょうどいいやと、犯人はそこに自分のロールを入れる。そのとき、念には念を入れて、自分の指紋がついた外側の紙をトイレに流したとも考えられます。

……これで犯行はすべて済みました。あとはアリバイを作るだけです。

別に現場で指紋を拭いたりする必要はないわけですから、全行程は十分程度で終わったでしょう。そうですね、雨宮さんのすぐあとにキーパースペースへ入り、九時五十五分に殺害、五十九分に現場をあとにし、十時一分にトイレへ入る。こんなところでしょうか」

どうやって殺し、どういう行動を取り、どうやって逃げたのか。

最初の宣言どおり、何もかもが白日の下に晒された。裏染は言葉を切ると、もう一度だけ水を飲んだ。ペットボトルの中身は、その一口ですべてなくなった。

観客たちが呆然としている中、「さて」と、また仕切り直しの声がかかる。

「長々話しましたが、今のは、まあ蛇足ですね。本当の問題はこちらです」

彼は指の腹で、未だ残っている容疑者たちの名前を叩いた。

「腕時計がすり替えられたというのは明らかな事実です。このことから、何がわかるでしょう？　一気にいってみましょうか。

まず一つ目。すり替えられた時計、すなわち死体の腕に巻かれていた時計は、犯人自身の持ち物であるはずです。どこからか支給品の新品を持ってきたとしても、バンドが切られているなんてことはありえませんからね。ということは、犯人は、腕時計を支給されていた人物ということになります。

そして二つ目。そのバンドが切られた時計は、雨宮さんの細い腕にピタリとフィットしていました。だとすれば、その時計の真の持ち主たる犯人も、僕や雨宮さんと同じように腕が細い人物であるはずです。それよりも腕が太かった場合、あの腕時計はつけられません」

腕時計を支給されていた人物で、かつ、腕の細い人物。

「まず、バイトの仁科穂波さんは第一の条件により除外できますね。彼女が腕にしていたのは、ミッキーマウスの時計でした。バイトの身たる彼女は、電波時計の支給は受けていませんでした。支給品を持っていないなら、すり替えは不可能です」

「あ、そういえば……」と香織が声を上げる。そうだ。新聞部と穂波が階段で一緒になったとき、彼女が腕にしていたのは、子供っぽいミッキーマウスの腕時計だった。

新たに仁科穂波の名が消される。残るは三人。

「では次、第二の条件。女性にこう言っては失礼ですが、和泉さんの腕はかなり太いですね。この腕時計を巻くことはできないでしょう。除外です」

肝っ玉母さんとあだ名されていた太った女性。ショーの最中、太い腕で大きな拍手をしていたチーフ。

その、和泉崇子の名も消された。残るは、二人。

「そして最後、僕は大磯さんと左手で握手をしました。その瞬間、彼の腕にもバンドを巻くことは不可能だと確信しました」

バケツを右手に持っており、空いているほうの手で握手した大磯。つながれた、裏染の細腕と、その二回り以上ある太い腕。

大磯快の名にも、縦線が引かれた。裏染は、マーカーをポケットに戻した。

もう、講義の必要はなくなった。それぞれの名前を消し去った十本の縦線が、ただ一つの真実を浮き彫りにしていた。

「彼は飼育員で、腰のベルトにタオルを挟んでいました。犯行後、それを別のタオルと入れ替えることも可能でした。彼は腕が細く、また、モップで殴りかからないと雨宮さんに対抗できないほど非力でした。彼にアリバイが出来たのは十時三分以降で、それまで何をしていたのかは不明です。同時に、彼がいた部屋は、キーパースペースの〈A〉のドアのすぐ近くです。現場写真に写っている彼は、ずっと手首を隠すように腕組みをしていました。警察に呼び出されたときの彼は、左の手首をぎゅっと握っていました。昨日、B棟の倉庫から出てきた彼は、ひょっとして新しい時計を拝借した直後だったのかもしれません。彼のアリバイは、忘れたメモ帳を取りに行くという極めて不自然なものでした。そして何より彼は、勤続四十年のベテランで、水漏れの位置や壊れた水道など、この水族館の事情に誰よりも詳しい人間で……」

「もういい」

その人物は、ゆっくりと首を振った。

「もういいよ」

「いいんですか？　まだ証拠もあるんですが。雨宮さんの血が検出されたタオルが……」

「調餌室の奥から見つかったっていうんだろ。一番初めに、刑事さんが『クロです』って報告するのが聞こえたよ。……もう、やめよう」

あらゆる方向から自分へ向けられた視線など気にも留めぬように、彼はただまっすぐ、その優しげな瞳で、裏染のことだけを見つめていた。――あるいはその後ろの、ふわふわと漂う海の生き物たちをだろうか。

「滝野さんを始め、みんな再開初日で疲れてる。はやく切り上げて、休ませてあげよう」

最後に名前の残った容疑者――芝浦徳郎は、老いた目元にさらに皺を寄せ、力なく笑った。

「夏休みはお客が多いからね。……明日も、朝から忙しいんだ」

5　裏側に踏み込む

女性の声でアナウンスがかかり、隣の一番線に電車が滑り込んできた。

下り電車なので、この時間に降りる乗客は少ない。手早くドアが閉まり、手早く発車が済むのを、柚乃はなんとはなしに眺めていた。工業地帯の近くだからか、その先の線路には貨物列車や製油所のコンテナが停車している。闇夜に浮かぶ人気のない車両はどこか不安を煽られるようで、すぐ二番線側に目を戻した。

日はとうに暮れており、今は夜の八時だ。横浜まで戻り、自分の家へ帰るころには九時近くになっているだろう。せっかくの二連休ももう終わろうとしている。あまり夏休みらしい過ごし方はできなかった。

「でもまあ、一件落着だよね」

ふと、独り言のように香織が言う。

「ほんと、事件起きたときはどうなるかと思ったけどさ、天馬が来てくれてよかったよ」

「最初は渋ってたんですけどね……」

柚乃は、ベッドで死にかけていた探偵役のことを脳裏に浮かべ、苦笑した。

ＪＲ根岸駅のホーム。いるのは柚乃と、香織だけ。倉町と池は「感動した！」とどこかの総理みたいなことを言い合いながら一足先に帰り、柚乃たちは裏染を待っていようと思ったのだが「野暮用があるから先に帰ってろ」と追い返されてしまったのだ。

「なんでしょうね、裏染さんの野暮用って」

「さあ。もらった十万円で横浜のアニメイト寄って大人買いでもするんじゃない?」

「いや、夜道を帰る女子二人を差し置いて、そんなことはまさか……」

ありえるかもしれない。

「なんか、解決できたのが奇跡に思えてきました……」

「どして?」

「捜査中もしょっちゅうお手上げだとか言ってたし、基本駄目人間だったし」

「そうなの?」

「そうですよ。実験の後片付けはしないわ、昼まで寝てるわ、警察の車で横着するわ……あ、そうだ、私脚にカメラを向けられたんですよ!」

「え、ウソ、天馬に? 信じらんない!」

「本当です、本当! いくら時間を稼ぐためだからって、そんな……」

「天馬が三次元の女性に興味があったとは!」

「そっちじゃない!」

思わず叫んでしまい、横に並んでいたサラリーマンたちが振り向いた。柚乃は顔を赤らめて、目を逸らす。

香織ははにかんで、

「でも、あたしは信じてたけどね」

「……何をですか？　裏染さんが二次元以外にも興味があることを？」

「いや、そっちじゃなくて……事件を解決できるってこと」

そういえば彼女は、体育館の事件のときもそんなことを言っていた。一度推理がはずれても
なお、天馬なら大丈夫、と毅然とした態度で答えていた。

「なんせ、十年来のつきあいだから」

「十年来……」

幼なじみで、妹とも仲がよく、部屋の秘密も知っていた。――それより奥の秘密にも、詳し
いはずだ。

本人には聞けなくても、彼女になら。

「あの、香織さん」

柚乃は手を握りしめ、赤い眼鏡の少女へ切り出した。

「裏染さんが……裏染さんが、お父さんに勘当されたって聞いたんですけど、それって……」

言い終わるよりも先に、勢いよく両肩がつかまれた。力は強かった。服の下の日焼けした肌
に、鈍い痛みが走る。

香織と目が合った。

いつもの気楽な笑顔は消え去っていた。レンズの奥で、切羽詰まったように瞳が震える。裏

染を信じていると言ったときと同じ、あるいはそれよりもはるかに真剣な眼差し。

「柚乃ちゃんそれ、誰から聞いたの？　誰？」

「え、あの、きょ、鏡華ちゃんから……」

ピアノを奏でたような電子音が、二番線側に響く。

「鏡華ちゃん……そっか、あの子は表面しか知らないから……」

男性の声で、アナウンス。まもなく、二番線に、電車が、参ります。

「柚乃ちゃん、そのこと天馬には言ってない？　言ってないよね？」

「は、はい」

黄色い線の、内側まで、お下がりください。

「絶対言っちゃだめよ。彼の前でその話しちゃだめ。他の人にも言わないで。いい？」

「はい……」

うなずくしかなかった。

「……ありがとう」

香織は、ようやく柚乃の肩から手を離した。柚乃は一歩だけ後ずさった。

何か言おうとして口を開くが、声は出なかった。言葉も思いつかなかった。香織も胸のカメラに目を落としたまま、黙っていた。

速まっている鼓動に気づく。

開いてしまった一歩の距離が、どうしようもなく遠く感じられた。動悸はいつまでも収まらず、それと一緒に「ありがとう」という最後のひどく場違いな一言が、心の中で渦巻いていた。

——踏み込んではいけなかったのだ。

彼の裏側を、知ろうとしてはいけないのだ。

沈黙と困惑を切り裂くように、電車の轟音（ごうおん）が近づいてきた。

静かなエピローグ

パトカーの後部座席で、芝浦徳郎は深く息を吸い込んでいた。肺一杯に空気が溜まったら、今度はゆっくりと吐き出してゆく。深呼吸を繰り返すと、自分が安堵しているのがわかった。ようやく、人心地ついた。

両手には、手錠がかけられている。なかなか痛いものらしいと聞いていたが、手首は少し窮屈を感じる程度で、それほど痛みはなかった。最近は、手錠も使い心地――いや、使われ心地か――がいいように改良されているのだろうか。それとも、自分の腕が細すぎるだけか。

まったく、この痩せた腕が決め手になるとは……。自分のこととはいえ、とんだ笑い話である。正体がばれないように極力気をつけたのだが、そう上手くはいかなかった。計画をきちんと立てていても、予想外の出来事は常に出てくる。壊してしまった時計、タオルについた血、そして、突然現れたあのおかしな少年。

殺しというのはまるで、水の中の生き物と同じだ。四十年間の経験と知識を以てしても、思いどおりには育てられなかった。

「……ふふっ」

自虐的な笑いが漏れてしまう。横で見張りについている刑事が、不審な目でこちらを見てきた。

それにしても、車に乗せられはしたものの、まだ発車しないのだろうか。できれば早く駐車場を離れてほしい。街灯に照らされた丸美水族館の外観をずっと見ていると、さすがに少しばかり悲しいものが込み上げてくる。

謎解きが終わったとき、職員の誰もが唖然としていた。彼らが何を考えていたかはわからない。なんて残酷な男だと恐れられただろうか。騙していたなんてひどいと失望されただろうか。迷惑な奴だと怒っていたかもしれない。……あるいは、同情や憐みをかけられたか。

あの水族館にもう出られないのは、とてもつらい。家族とも疎遠になってしまい心残りはないが、職場のことだけが気がかりだ。淡水魚の世話は誰が代わってくれるのだろう。ただでさえ人手不足なのに申し訳ない。年金もあてにならない世の中だ、七十までは働いてみせると息巻いていたのだが――

「……おや?」

刑事の座っているほうの窓が、コツコツとノックされた。刑事は無言でドアを開けた。何やら外に出るつもりらしい。

運転席のほうを見ると、そこにいたはずの刑事もいつの間にか消えている。

なんだ?

いいのか? 一人になってしまうぞ? そもそも、外へ何をしに――

「どうも」

入れ違いで、スルリと横の席に乗り込んできた者がいた。つい一時間前、自分に引導を渡した張本人である。整った顔立ちと、眠たげな二重まぶた。さすがに暑さがこたえたのかブレザーは脱いでおり、ワイシャツの袖をまくっていた。

「いや、やっとここまで辿り着きました」

ドアを閉めると、裏染天馬はため息まじりで言った。

「ずっとこの時間を待ち望んでました……あ、逃げようとか思わないほうがいいですよ。車の外にはまだ刑事たちいますから」

「別に、逃げやしないよ」

「そうですか」

彼は片手に何かチケットの束のようなものを持っており、それを指先で弾いている。

「丸美のフリーパス、百年分ですって」

「へえ、館長にもらったのかい。よかったね」

「よかないです。もらっても使う機会ないし。三日も続けて来て、もう飽きました」

「そんなこと言わずに、また彼女さんと来たらいいじゃないか」

「だから彼女じゃな……ヘックシ！」

唐突に、裏染はくしゃみをした。

「ああ、失礼。おかしいな。駅のホームで誰かに不名誉な噂でもされてるんですかね」

よくわからないことを言う。

「……で、何か用かい？」

「用というほどではありませんが、ちょっと僕の話を聞いていただきたくて。聞くだけでいいんです。ただの自己満足ですから」

「自己満足？」

「確実な根拠はまったくないんです。ただ、思いついてしまったというだけで。まあ、勝手に話しますから」

「わからないな。なんの話だい？」

「この犯罪の動機についてです」

カチャリ、と手錠の鎖が鳴った。力を込めてしまったせいか、少しだけ手首に痛みが走った。

「最初に現場を訪れて、凶器が開口部よりも、さらに奥にあったのを見たときでした。おかしい、と感じたんです」

裏染は話し始める。一時間前の弁舌が嘘のように、ひそやかな口調で。

「凶器をわざわざ奥に捨てる必要なんて、まったくないのに。これではまるで、殺人であることを強調しているかのようです。そうやって改めて考えると、他にも奇妙な箇所はいくつもありました。

まずは足跡。濡れた紙の上には、出ていくものが一筋だけ。誰が見たって、犯人が逃げた跡だと思われます。それからモップに残った血。軽く洗っただけというのが腑に落ちません。まるで血をわざと残したかのようです。キャットウォーク上の血の海も、自殺にしてはおかしい」

　血の足跡。血の海。血のついたモップ。

「そして、今言った凶器です。自殺だとしたら、凶器にわざわざタオルが巻かれて、離れた場所に捨ててあるなんてことはありえない。何もかもが、殺人の証拠です。でも、おかしいじゃないですか。普通、計画殺人の犯人は、自殺に偽装することはあっても、殺人を強調するような真似はしません。今回の場合、紙の足跡などはトリックとも関わってますからしかたないとしても、凶器を奥に追いやったのは、わざととしか思えない」

「どうせ殺すなら、派手なほうがいいだろう？　どっちにしろ殺人だと思われるだろうし、気まぐれだよ、気まぐれ」

「そう考えると、あのモップも妙です」

　芝浦の言葉には反応を返さず、裏染は続ける。

「モップを雨宮さんを襲うために持ち込んだとしたら、気絶させたあとは用済みです。紙や水を撒くときには、すでに脇に立てかけてあったはずです。とすると、紙の繊維がたくさんついていた、というのはおかしいですよね。紙の上に押しつけないと繊維がつくことはありません。でも、紙が撒かれる前にモップを使う必要はなくなっていたんですから」

「君も、謎解きのとき言ってたろう？　雨宮を殴ったときの血を、ごまかすために……」

「ええ。ですが、もう一つの目的もある気がするんです。それはつまり、血や紙の繊維をべったりとつけて、現場から持ち去られたものだと強調するためです。これがキャットウォークの外から発見されれば、やはり殺人の根拠となりえます。バケツの水につけるとき、軽く洗っただけというのも、そう考えれば納得いきます」

芝浦は、相手に悟られぬよう歯軋り（はぎし）した。モップ。何から何まで、あのたった一本の、黄色いモップのせいで——

「この水族館という場所の殺人は、おかしなことだらけです。白昼堂々、カメラで出入口を見張られている中なのに、水槽の上で殺人が行われた。死体は、わざわざ機械的な時限装置まで仕掛けられて、サメ水槽に落下した。おまけに、犯人は殺人であることを強調したいようです。キャットウォークを犯行場所に選んだのは、死体をサメ水槽に落としやすいようにでしょう。ですが、なぜ落とさなければならないのでしょうか？　そしてなぜ、殺人を強調しなければならないのでしょうか？　死体がサメに食われて、殺人事件であると警察に断定されたら、犯人にどんな得があるでしょうか？」

無表情に語る少年の横顔を、芝浦は恐怖の目で見つめた。

だめだ。ばれている。

「……事件が起きた直後、サメはトラックで搬送され、解剖されました。そして、丸美水族館からはレモンザメが消えた。解剖に至ったのは、胃の中の死体を検死するためです。検死に至ったのは、事件性ありと警察が判断したからです。その判断に至ったのは、現場からいくつも、殺人の証拠が見つかったからです。ということは、あなたの目的は」

「やめてくれ、もう……」

「あなたの目的は殺人だけではなく、サ、メ、を、始、末、す、る、こ、と、に、もあったのではないでしょうか」

そう言うと、彼もこちらを見つめてきた。黒く、冷たい瞳だった。

「たとえ邪魔でも人間と違って、サメを簡単に殺すことはできません。何せ三メートル近くの巨体ですからね。水に細工をしようにも、最新鋭の水槽はすぐに異状を感知して、ブザーで知らせてしまいます。夜に忍び込もうにも、防犯カメラと警備室が邪魔をする。

個人で始末するのは不可能です。となると、なんらかの組織的な力に頼るしかない。警察を選んだ判断は正しかったと思いますよ。彼らなら確実に殺してくれます。ましてや、殺人事件の捜査となればなおさらです」

芝浦はさっきとは別の意味で、深く息を吐き出した。

「しかし、なぜあなたはそんなにサメを始末したかったのでしょうか。サメが丸美から消えたことで、何か変化があったでしょうか。……一つだけ、大きな変化がありましたね」

「………」

「イルカのルフィンが、ショープールから水槽に戻されました」

「そこまで見抜いたかい」

ルフィン。メスの、白いバンドウイルカ。生まれつき体が弱く、ショーに出演させることに対しては、職員の間からも反対意見が出ていた――

「僕もずいぶん昔のことですから、忘れていましたよ。『南海大冒険』に出てくるルフィンは、ただのイルカじゃない。テレパシーが使えるタイムパトロールの一員です。ここのルフィンもただの存在ではなかったようですね？」

「少なくとも私にとっては、そうだったよ。出産に立ち会ったんだからね。弱々しくて、でもかわいくて……ショーに出演なんて、寿命を縮めるだけだよ」

雨宮がいなくなれば、滝野一人で二頭を操るのは不可能になると思った。人気のレモンザメがいなくなれば、ルフィンは水槽に戻されるだろうと思った。

「……でもやっぱり、悪いことはできないもんだね」

「そうですね。特に海の平和を乱しては、マーメイドプリンセスに怒られます。『ぴちぴちピッチ』知ってます？　あ、そういえばあれにもピンクのイルカが出てきましたっけね」

冗談のように言う裏染。どこまで本気かわからない男だ。

「私は……私はどうしても、あの子を救いたかったんだ。あの子のことは誰よりも知ってる」

不安に駆られて、芝浦は語勢を強くする。

「雨宮や館長じゃ話にならん、客を呼ぶことしか考えてないんだから。ルフィンだけは、静かな場所で守ってやりたかった。何を犠牲にしてもだ。だから、だから私は……」

「へえ、そうですか。イルカとの友情。いいお話ですね」

裏染の言葉には、まるで感情がこもっていなかった。

彼は窓のほうを向き、

「ところでルフィンは、飼育下四世だそうですね？」

「……え？」

「飼育下四世。日本でもかなり珍しい。ということはルフィンが子供を産めば、飼育下五世の誕生というわけだ」

「何を言って……」

「彼女に子供を産ませれば、江ノ島水族館と並ぶ希少なイルカが手に入ります。注目を浴びて、お客だってたくさん呼べるでしょう。……そういえばちょっと前に、イルカをもう一頭飼おうという話が出て、突っぱねられたそうですね？　今の丸美にはメスのイルカしかいない。オスを新たに入れるには、時間が必要です。そのためには、ルフィンを少しでも長生きさせないといけない」

「ち、違う……」

希少なイルカが手に入る。そんな言い方しないでくれ。注目を浴びる。そんな理由を述べないでくれ。汚い動機を語らないでくれ。

人間の事情は、生き物には関係ないのだから――

「仮に、ルフィンが上手く妊娠したとしましょう。雨宮さんがいない今、その飼育を仕切るのは誰でしょうか？　一人じゃショーも満足にできない滝野さん？　それとも長いつきあいで、その飼育員として名を馳せるのは誰でしょうか？」

『あの子のことは誰よりも知ってる』ベテラン飼育員？　飼育下五世が誕生したとき、その飼育員として名を馳せるのは誰でしょうか？」

「やめてくれ！」

とうとう、芝浦は叫んだ。拘束されていることも忘れて、裏染に詰め寄った。

彼は振り向かない。

「違う……違うんだ」

絞り出した声は、震えていた。

「そんなんじゃないんだ。私は、本当にあの子のことを守ってやりたくて、ただそれだけで……」

「そうですか」

裏染は相槌（あいづち）を打つ。ただの乾いた言葉にすぎなかった。同意も反対も、そこにはなかった。芝浦にはそれが、ひどく恐ろしく感じられた。

しわがれた声で、さらに叫ぶ。

「信じてくれ！」

「無理です」

彼はドアに手をかけた。

「信じるのは無理ですし、信じたところで無意味です。最初に言ったでしょ。僕は話を聞いてほしかっただけで、あなた自身の答えなんてどうでもいい」

「…………」

「昨日、イルカは嘘をつかないと言っていましたね。素敵な相棒だと。果たして本当でしょうか？　それがあなたの言葉である以上、やはり僕には信じられません。なぜなら、あなたもよくご存じのように……」

そのまま車の外へ出る。ドアを勢いよく閉める瞬間、彼はこちらを振り向いた。

その顔には、微笑みが浮かんでいた。

「人間は、嘘をつきますからね」

解説

飯城勇三

今、この本を手にとっているあなたは、本書に何を期待しているのでしょうか？

〝平成のエラリー・クイーン〟の名にふさわしい、ハイレベルな本格ミステリでしょうか？それならば、あなたは期待を裏切られることはありません。理由は後述しますが、本書では、デビュー作にして鮎川哲也賞受賞作『体育館の殺人』（二〇一二年）を上回るハイレベルな本格ミステリを達成しているのですから。

それとも、魅力的な作中人物の活躍をシリーズで描いた、いわゆるキャラクター小説を期待しているのでしょうか？　その場合でも、あなたは期待を裏切られることはありません。デビュー作は鮎川賞の応募作なので、作者はシリーズ化を想定していませんでした。つまり、作者がキャラクター造形に本腰を入れて取り組んだのは、二作めの本作からなのです。もちろん、シリーズ三作めの『図書館の殺人』（二〇一六年）や短篇集『風ヶ丘五十円玉祭りの謎』（二〇一四年）の方が、レギュラー陣の描き込みは増えています。ですが、本書を飛ばしてしまうと、この二冊では意味不明のシーンやセリフが多すぎて、ついていけなくなるかもしれません。というわけで、置いてけぼりにならないためにも、本書を読む必要があるわけです。もっとも、そんな義務感にとらわれずとも、本作が魅力的なキャラクター小説として楽しめることは、間違いありませんが。

〈本格ミステリ〉として

私は筋金入りのクイーン・ファンなのですが、処女作『体育館の殺人』を読んだ時は、「まさしく〝平成のエラリー・クイーン〟にふさわしい作家が出て来たぞ」と感じました。その最大の理由は、クイーンを彷彿(ほうふつ)とさせる論理的な〈推理〉を描いていたことです。

例えば、傘をめぐる推理は『ローマ帽子の謎』、リモコンをめぐる推理は『エジプト十字架の謎』、被害者のポケットの中身をめぐる推理は『Xの悲劇』、といった具合です。

そして、このデビュー二作めにおいて作者が挑んだのは――クイーンのデビュー第二作め『フランス白粉の謎』。作者に直接聞いたところによると、クイーン作品では『フランス白粉』が大のお気に入りで、本作の派手な死体発見シーンは、この作の壁収納ベッドから死体が飛び出すシーンを意識したとのこと。ですが、私がここで言いたいのは、〈推理〉に関してです。

『フランス白粉』の中盤(第二十四章)で、作中探偵のエラリーは、空前絶後とも言える、超絶推理を披露します。無数の手がかりを結びつけ、犯行当時の犯人の思考と行動を、完璧にトレースするのです(これは、〈読者への挑戦状〉の前に明かされているので、書いてしまっても問題ないでしょう）。犯人は当初、死体を現場に放置し、開店時の客にまぎれてデパートを出る計画だったこと。私室の中で見つけた〝あるもの〟のため、自身が属する麻薬組織に通報する必要が生じたこと。通報の時間を稼ぐため、死体を私室から壁収納ベッドの中に移動したこと。私室での社内会議時に殺人があったことに気づかれないよう、犯行の痕跡を消し去らなければならなくなったこと。ブックエンドのフェルトについた血は消せなかったので、デパートの売り場から似た色のフェルトを手に入れ、張り替えたこと。待機している間に私室にあった剃刀（かみそり）でヒゲを剃（そ）ったが、刃が折れてしまい、怪しまれないように持ち去ったこと。

――と、信じられないかもしれませんが、これだけのことを、いや、この数倍のことを、推理によって導き出しているのです。クイーンは他の作品でも、犯人の思考や行動をトレースする推理は描いていますが、これだけのレベルに達しているのは、『フランス白粉』しかありません。まさしく、空前絶後の推理なのです……

というのは、今では正しくありません。確かに〝空前〟ではありますが、〝絶後〟ではなかったのです。なぜならば、二〇一三年に、本作が出たからです。これから読む人のために詳細は伏せておきますが、本作の「犯人の思考や行動をトレースする推理」が、『フランス白粉』に勝るとも劣らないハイレベルなものになっていることは、ここで断言します。推理を聞いたあなたは、間違いなく、「そんなことまで推理でわかるのか」と驚くでしょうね。

余談ですが、次の長篇『図書館の殺人』でも、作者は再び「犯人の思考や行動をトレースする推理」に挑み、再び高度な達成を成し遂げています。第一作『体育館の殺人』の〝ポケットの推理〟にもその片鱗はうかがえたので、どうやら、作者の資質のようですね。やはり、「絶後」という言葉は破棄しなければならないようです。

本作にはもう一つ、クイーンらしさを感じさせる部分があります。それは、裏染天馬の「推理の進捗をほのめかすセリフ」に他なりません。

例えば、クイーンの『Zの悲劇』の第十八章で、名探偵レーンは「私の解析はもっと進んだ段階に達しています。犯人は三人のうちの一人でなくてはなりません！」（鮎川信夫 訳／創元推理文庫）と断言します。これはもちろん、作者が探偵の口を借りて、「読者は小説のこの段階までに、犯人を三人にまで絞り込むことができます」と言っているわけですね。そして、やはり天馬も、

「そこでお兄さんに更衣室の調査をお願いした。結果がクロなら、やはりモップとバケツの推理はハズレ。シロならば当たりで、さらに容疑者を完全に絞り込めます」（第四章の1）

「間違いだ。俺が迂闊だった」「手袋のことを考えてなかった」（第四章の2）

「これで、容疑者はあと四人です」（第六章の3）

等々、同じように、推理の進捗を読者に伝えてくれます。

他にも、天馬が重要な手がかりに気づくシーンは、「ああ、俺は馬鹿だ、こんな当たり前のことに気づかなかったなんて……そうだ……そうだ、そうに違いない」（第四章の4）といった具合に、読者にもその手がかりの重要性がわかるように描かれています。

こういった〝作者からのヒント〟の最たるものが、クイーンの代名詞とも言える〈読者への挑戦〉に他なりません。作者はこの中で、推理に必要なデータがこの段階で揃ったことや、読者は探偵役と同じ推理が可能であることを明言しているのですから。

本作の初刊本には、挑戦状はありませんでした。しかし、作者は『体育館の殺人』同様、文庫化にあたり、〈読者への挑戦〉を追加してくれたのです。従って、初めて本作を読む人には、この文庫版の方がお薦めですね。また、初刊本で読んだ人にも、この文庫版での再読をお薦めします。真相を知っている状態で〈読者への挑戦〉を読み、フェアかどうかを判断してみてください。——おっと、文庫化にあたり、作者は推理部分のブラッシュアップを行っているので（モップをめぐる推理などは少し変わっています）、先にそこも読まねばなりませんね。

というわけで、この文庫版を読んだならば、初読の人も再読の人も、作者が〝平成のエラリー・クイーン〟と呼ばれるにふさわしい、ハイレベルな本格ミステリの書き手であることがわかるはずです。

〈キャラクター小説〉として

このシリーズのファンには言うまでもありませんが、本シリーズのレギュラー陣の魅力は、かなりのものです。しかも、前述したように、作者はこの第二作からシリーズ化を意識し、キャラ描写を深めるようになりました。天馬の妹を出して、（一作めではほとんど語られなかった）彼のプライベートを描き、新たなレギュラー・キャラを追加し、既出のキャラの描写をより増やしています。さらに、ライバル校の緋天学園も、本作から登場。今度は、こちらの面を、エラリー・クイーンと比較してみましょう。

天馬と柚乃の〝エキセントリックな名探偵と、それに振り回される常識人のワトソン役〟といった構図は、名探偵エラリー・クイーンと父親のクイーン警視と同じです。事件よりも稀覯本を手に入れることに熱心なエラリーを、何とかして捜査に巻き込もうと苦労し、「大学まで行かせてやった結果がこれか」と嘆く警視の姿は、袴田柚乃と変わりはありません。

しかし、読み比べてみると、読者は同じ印象は受けないはずです。というのも、クイーン作品はエラリー視点で、本シリーズは柚乃視点で描かれているからです。視点を振り回す側に置くか、振り回される側に置くかによって、読者の印象は、まったく違ってくるわけですね。加えて、警視がエラリーの推理の穴を指摘できる知性の持ち主であるのに対して、柚乃はそうではないのも、印象が異なる理由でしょう。

また、『フランス白粉』には、エラリーが友人を使って、何度も帽子や靴を出したり片付けたりさせるシーンがあります。これは、犯人の偽装をあばくための実験で、その意味では、本作で天馬が柚乃にスクール水着を着せて、何度もプールに落とすシーンと同じだと言えます――が、いろいろな意味で、読者の受ける印象は異なるはずです。例えば、あなたは、どちらの映像化を望むでしょうか？

そしてまた、複数の作品で舞台と登場人物を共通にして、シリーズを追うごとに描写を積み重ねて関係を深めていく手法も、クイーンは架空の町ライツヴィルを舞台にしたシリーズで取り入れています——が、これまたいろいろな意味で、読者の受ける印象は異なるはずです。

作者は、クイーンばりのハイレベルな推理を描いていますが、その描き方は、クイーンではなく、平成になってから流行した（ライトノベルなどに多く見られる）キャラクター小説に沿っています。この部分があるからこそ、作者はクイーンの模倣者（エピゴーネン）ではなく、〝平成のエラリー・クイーン〟となりえているのです。——少なくとも、私にとっては。

本書『水族館の殺人』では、その〝平成のエラリー・クイーン〟の〝平成〟ぶりと〝エラリー・クイーン〟ぶりが、どちらもたっぷり味わうことができます。さあ、今すぐ読んでor再読してみましょう！

本書は二〇一三年、小社より刊行された作品の文庫化です。

著者紹介 1991年神奈川県生まれ。2012年，明治大学在学中に『体育館の殺人』で，第22回鮎川哲也賞を受賞してデビュー。著作は他に，『水族館の殺人』『風ヶ丘五十円玉祭りの謎』『図書館の殺人』がある。

水族館の殺人

2016年7月29日　初版
2024年12月6日　12版

著者 青崎有吾（あおさき ゆうご）

発行所 （株）東京創元社
代表者 渋谷健太郎

162-0814 東京都新宿区新小川町1-5
電話 03・3268・8231-営業部
03・3268・8201-代表
URL https://www.tsogen.co.jp
フォレスト・本間製本

乱丁・落丁本は，ご面倒ですが小社までご送付ください。送料小社負担にてお取替えいたします。

ISBN978-4-488-44312-2　C0193